L'homme qui ne savait plus aimer

Du même auteur
aux Éditions J'ai lu

L'homme qui ne croyait plus en rien, *J'ai lu* 4981
L'homme qui ne craignait personne, *J'ai lu* 5078
L'homme qui ne savait plus aimer, *J'ai lu* 5232
Les orages du Sud, *J'ai lu* 5284
Le coffret d'argent, *J'ai lu* 5533
La fiancée du sérail, *J'ai lu* 5683
La maîtresse des Quatre-Vents, *J'ai lu* 6376

Robin Lee Hatcher

L'homme qui ne savait plus aimer

Traduit de l'américain
par Nathalie Dallain

J'AI LU

Titre original :

FOREVER ROSE

A Leisure Book
published by Dorchester Publishing Co., Inc., N.Y.

PROLOGUE

Cuba, juillet 1898

Le drapeau américain, paré de ses augustes étoiles et rayures, claquait dans la brise au-dessus des tranchées de San Juan Hill.

Une balle siffla dans les airs et atteignit Jeremy Wesley à la cuisse. L'homme s'effondra sur le sol, entre ses compagnons de déroute, les redoutables Rough Riders, aux visages maculés de boue.

Derrière eux, les blessés, misérablement entassés dans la fange, connaissaient les affres de la douleur et du désespoir, laissant parfois échapper des râles déchirants. Sur le champ de bataille, sur cette terre stérile et grise, des milliers d'Espagnols et d'Américains gisaient ensanglantés.

La brume, épaisse et opaque comme une chape de plomb, charriait l'odeur de la poudre à canon. Jeremy avait la gorge en feu et, dans ses oreilles, résonnait le roulement des tambours, sinistre et inquiétant. A moins qu'il ne s'agisse des derniers cris des moribonds.

Serrant les dents lorsque sa jambe l'élança, Jeremy promena un regard sur le charnier. Il aperçut bientôt le colonel de sa section qui, agenouillé devant le corps d'un ennemi, se recueillait.

Dans son bastion, Roosevelt jubilait : la victoire

n'était plus qu'une question de jours ; bientôt, on oublierait tout ce sang versé.

Jeremy aurait aimé partager ce sentiment, mais l'idée que tant de malheureux fussent tombés lui était intolérable. D'ailleurs, il ne voyait pas vraiment l'intérêt de se battre : dans sa propre vie, il y avait depuis longtemps renoncé. Il se sentait vide, désespérément vide.

Alors qu'il se bouchait les oreilles pour ne plus entendre les bruits des canons, une voix douce et familière chuchota au fond de son cœur : *Rentre chez toi, Jeremy. Il est l'heure.*

C'était la voix de sa femme, celle qu'il avait tant aimée. Peut-être avait-elle raison. Peut-être était-il temps de rentrer au pays...

1

Homestead, Idaho, décembre 1898

Chaudement emmitouflée dans une épaisse redingote, Sarah McLeod foulait l'avenue à grands pas en direction de la gare. Tom arrivait, et elle voulait être sur le quai pour accueillir son jeune frère. Cela faisait maintenant trois ans qu'il était parti mais, pour elle, ces trois années avaient duré une éternité.

Au printemps prochain, il retournerait à Boston pour finir ses études à la faculté de médecine. Et quand il reviendrait à Homestead, il pourrait enfin se targuer du titre honorifique de docteur.

Son cœur bondit dans sa poitrine ; elle était si fière de lui ! Tom était jeune — il venait de fêter ses dix-huit ans — et déjà il se préparait à accomplir une merveilleuse destinée.

Quand elle atteignit le quai, elle aperçut le Dr Varney, adossé contre le mur de la gare, à l'abri des rafales de vent glacial. D'un geste de la main, elle le salua.

Le Dr Kevin Varney était un vieil homme distingué, affublé de petites lunettes cerclées de fer, aux tempes d'argent et à la barbe grisonnante. C'était lui qui avait encouragé Tom à devenir praticien. Elle ne pouvait compter les soirs où son frère, qui avait à l'époque treize ou quatorze ans, s'était rendu chez le médecin de Homestead pour se plonger dans les innombrables ouvrages scientifiques qui, dans la bibliothèque, s'étiraient du sol au plafond. Il restait parfois très tard à poser d'interminables questions à son hôte ravi d'avoir de la compagnie. Le vieux médecin avait été impressionné par l'intelligence hors du commun de Tom, et avait sauté de joie en apprenant que son jeune protégé était admis à la fameuse Elias Crane Science Academy de San Francisco.

— Je ne savais pas que vous seriez là, dit Sarah en rejoignant le praticien.

— Vous auriez voulu que je manque l'arrivée de mon brillant élève ? (Ses yeux pétillaient de malice.) C'est bien mal me connaître, jeune fille.

Soudain, son visage se rembrunit.

— Comment va votre grand-père aujourd'hui ? reprit-il d'un ton soucieux.

Sarah haussa les épaules.

— Il rouspète, comme toujours. Enfin, j'ai réussi à le persuader de rester à la maison, même s'il a fallu pour cela discuter pendant des heures. Il voulait à tout prix m'accompagner jusqu'à la gare.

— Pour attraper une pneumonie, c'eût été la meilleure chose à faire, répondit le médecin en resserrant frileusement les pans de son pardessus. D'ailleurs, j'espère que le train n'aura pas trop de retard, car nous risquons de mourir de froid. Ce vent est mauvais.

Elle acquiesça, avant de balayer du regard les rails qui se déroulaient à travers la vallée. Comme son compagnon, elle espérait de tout cœur que le train serait à l'heure. En effet, cinq ou dix minutes de retard, et ils ne manqueraient pas de voir arriver son grand-père affolé.

Le shérif Hank McLeod, à la veille de ses soixante-quatorze ans, était plus têtu que jamais. Autrefois, c'était un homme impressionnant par sa taille et sa large carrure. Il avait maigri, s'était peu à peu voûté et n'avait plus autant d'énergie que par le passé.

Toutefois, il s'accrochait comme un forcené à sa place de shérif, et personne à Homestead n'avait le cœur de lui demander de prendre sa retraite, surtout après la mort de sa chère femme, l'été précédent. Seule Sarah tentait de le convaincre d'engager au moins un adjoint.

C'était la croix et la bannière pour s'assurer que son grand-père suivait les conseils du médecin et se ménageait. Peut-être serait-il plus facile à persuader une fois que Tom serait là ? Après tout, son frère serait bientôt médecin. Grand-père accepterait certainement plus volontiers de l'écouter...

— Le voilà ! annonça le Dr Varney, l'arrachant à ses pensées.

Sarah tourna la tête en direction du long ruban de rails et distingua, sur l'azur du ciel, un épais nuage de fumée blanche. Quelques secondes plus tard, apparut la locomotive. Son cœur se mit à battre plus vite dans sa poitrine.

— Vous croyez qu'il aura beaucoup changé ? demanda-t-elle tout en se dressant sur la pointe des pieds pour mieux distinguer le train dans le lointain.

— Assurément.

Doc Varney avait raison, bien sûr. Tom McLeod était devenu un homme. Il avait tant changé qu'elle eut toutes les peines du monde à le reconnaître quand il sortit du wagon quelques minutes plus tard.

Après une seconde d'hésitation, elle se précipita vers lui et se jeta dans ses bras.

— Tommy !

Elle l'embrassa sur la joue, avant de faire un pas en arrière.

— Tu es plus grand... et tu t'es laissé pousser la barbe !

Fronçant les sourcils, elle l'étudia plus attentivement.

— C'est incroyable ! s'écria-t-elle enfin. Tu es... si différent.

Le Dr Varney approcha derrière elle.

— Je dois dire que j'aime bien cette nouvelle allure, jeune homme, commenta-t-il d'un ton jovial. Cela vous donne un air fort distingué.

Il lui tendit la main.

— Bienvenue à la maison, Tom.

— Merci, monsieur.

Ils échangèrent une poignée de main amicale.

— J'ai entendu dire que vous avez obtenu de bons résultats, continua Doc Varney.

— J'ai fait pour le mieux.

— Je le savais.

Le médecin s'éclaircit la voix avant d'ajouter :

— Eh bien, je ne vais pas vous ennuyer plus longtemps. Il fait un froid de canard sur ce quai, et votre grand-père est impatient de vous revoir. Quand vous aurez une minute, passez me voir, d'accord ? Nous prendrons le temps de discuter un peu.

— Promis.

Sarah glissa un bras affectueux sous celui de son frère tandis que le vieux médecin s'éloignait, les mains enfoncées dans les poches de son manteau.

Tom tourna la tête vers Sarah, et lui sourit.

— Tu as drôlement embelli, grande sœur. Rien

d'étonnant à ce que Warren soit tombé sous le charme.

Il secoua la tête, puis murmura :

— J'ai du mal à imaginer que dans deux semaines tu seras mariée à cet homme.

Elle-même avait bien de la peine à y croire. En réalité, la perspective de ce mariage ne l'emballait pas autant qu'elle l'aurait souhaité. Mais, pour l'instant, elle préférait ne pas y songer.

Tom lui caressa la joue de ses doigts gantés.

— Tu as finalement renoncé à attendre le prince charmant, n'est-ce pas ? Ce seigneur anglais de tes rêves...

Pour toute réponse, elle lui offrit un sourire avant de se blottir contre lui.

— Rentrons vite à la maison, Tommy. Grand-père doit bouillir d'impatience, et le déjeuner est prêt. Je t'ai préparé ton plat préféré, un rosbif avec des pommes de terre rissolées. Tu dois être affamé.

Sur le quai, Jeremy assista à la scène. Il vit l'adorable jeune femme blonde se jeter à la tête du voyageur barbu et l'embrasser sur la joue. Ses yeux d'un bleu magnifique étincelaient de bonheur ; elle était comme un précieux rayon de soleil dans la grisaille de l'hiver.

Un peu plus tard, le couple s'éloigna bras dessus, bras dessous, indifférent à tout ce qui les entourait. Il devinait sans peine ce qu'ils pouvaient ressentir tous les deux, au point d'en oublier le monde extérieur. Il l'avait éprouvé autrefois, il y avait une éternité...

Il se baissa et récupéra ses bagages. Deux malheureuses valises, contenant tout ce qu'il possédait ! Avec un soupir, il redressa le col de son manteau et se dirigea à grands pas vers le centre de la petite ville.

Quelle ne fut pas sa surprise lorsqu'il sortit de la gare ! Homestead avait énormément changé depuis qu'il l'avait quittée.

De nouvelles maisons et des commerces avaient poussé de part et d'autre des rues, comme autant de champignons. Il y avait même une nouvelle église, ainsi qu'un hôtel et une banque. Cela n'avait plus grand-chose à voir avec la petite ville de ses souvenirs...

Mais, ici, il était chez lui. Il rentrait après des années passées au loin. Homestead ne l'accueillait pas à bras ouverts, mais il savait qu'il avait eu raison de revenir au pays.

La neige crissait sous ses bottes tandis qu'il progressait vers le cœur de la ville où il comptait, avant toute autre chose, rendre une visite au General Store. Quatre ans plus tôt, il avait en effet reçu une lettre du propriétaire dans laquelle celui-ci lui annonçait la mort de son père. Jeremy avait eu beaucoup de peine en l'apprenant. Lui qui avait tant espéré pouvoir un jour se réconcilier avec Ted Wesley, son père, lui prouver qu'il s'était trompé et que son fils aîné avait su faire quelque chose de sa vie. Dans son testament, son père lui avait légué sa ferme. C'était d'autant plus difficile à croire qu'aujourd'hui encore il se rappelait en quels termes ils s'étaient quittés.

Jeremy tenait à remercier de vive voix M. Barber d'avoir pris le temps et la peine de lui écrire. En outre, il espérait qu'Emma, l'épouse de Stanley Barber, saurait lui parler de son père, de son frère Warren, ainsi que du ranch qu'il avait quitté il y avait si longtemps. A l'époque, Mme Barber était en effet connue à travers tout le pays pour son extraordinaire faconde et sa capacité à toujours être au courant de tout.

Une clochette tintinnabula au-dessus de sa tête lorsque Jeremy poussa la porte du magasin. Il fut alors assailli par des senteurs familières, et un flot de souvenirs resurgit. Ici, rien n'avait changé. Il se rappela l'époque où, enfant, il s'arrêtait à la boutique après l'école, sur le chemin de la maison. Les yeux fermés, il aurait pu dire où se trouvait exactement le baril à cornichons, et la jarre de sucres d'orge.

Une femme derrière le comptoir fit volte-face quand il franchit le seuil. Elle était trop jeune pour être Emma Barber, et pourtant elle ne lui était pas totalement étrangère.

— Bonjour, monsieur. Puis-je vous aider ?

Il posa ses valises près de la porte, puis ôta son chapeau tout en s'approchant.

— Oui. J'aimerais parler à Stanley Barber.

— Je suis désolée, fit-elle en secouant légèrement la tête, M. Barber est mort il y a deux ans. Y a-t-il quelque chose que je… ?

Elle s'arrêta, et le considéra plus attentivement.

— Mon Dieu, mais je vous reconnais ! Vous êtes Jeremy Wesley, n'est-ce pas ?

Il la dévisagea à son tour, les sourcils froncés.

— Je suis Leslie, fit-elle avec un sourire. Leslie Barber. Enfin, je m'appelle Leslie Blake maintenant, je suis mariée. J'imagine que vous ne vous souvenez pas de moi. J'étais encore petite lorsque vous avez quitté la ville. Dites-moi, cela fait combien de temps ?

— Presque quatorze ans.

— Doux Jésus ! Déjà quatorze ans ? C'est à peine croyable. Vous avez dû avoir toutes les peines du monde à reconnaître la ville, j'imagine ? Il y a eu du changement à Homestead. Et cela, grâce au chemin de fer. Nous avons notre propre hôtel maintenant, ainsi qu'une magnifique église. Quant à l'école, ils l'ont démolie pour la reconstruire entièrement, et surtout l'agrandir. A ce propos, je disais l'autre jour à Annalee... vous vous rappelez ma sœur, n'est-ce pas ? Eh bien, je lui disais que la ville s'était littéralement métamorphosée en quelques années. Bien sûr, cela ne s'est pas fait en un jour, et nous avons eu le temps de nous y habituer. Mais pour quelqu'un qui comme vous revient après tant d'années...

Il avait beau réfléchir, il ne se souvenait pas de cette jeune femme. En tout cas, une chose était sûre : comme sa mère, elle avait la langue bien pendue !

Brusquement, Leslie se tut. Se penchant en avant, elle ajouta à mi-voix :

— Je suis navrée pour votre femme. Et pour votre père. J'ai perdu mes parents moi aussi, et je sais ce qu'on ressent...

La porte à l'arrière de la boutique s'ouvrit à cet instant. Ensemble, ils tournèrent la tête.

— George, viens voir ! héla la jeune femme. Il y a quelqu'un que j'aimerais te présenter.

Lorsque l'homme se fut approché, elle lui prit la main.

— Mon mari, George Blake. George, voici Jeremy Wesley, le grand frère de Warren Wesley.

George lui tendit la main par-dessus le comptoir.

— Enchanté, monsieur.

Jeremy le salua.

— Dites-nous ce que vous avez fait pendant toutes ces années, reprit Leslie d'une voix pressante, les yeux brillant de curiosité.

Il aurait dû s'en douter : son retour ne manquerait pas de susciter bien des interrogations. C'était du reste l'une des raisons pour lesquelles il n'était pas revenu à Homestead plus tôt. Fatalement, des questions auxquelles il n'avait pas la moindre envie de répondre fuseraient de toute part. On exigerait qu'il déterre son passé, un passé qu'il avait presque réussi à effacer de sa mémoire. Peut-être avait-il commis une erreur en rentrant au pays. Peut-être ne fallait-il jamais regarder derrière soi...

En silence, il considéra George Blake qui passait un bras autour des épaules de sa femme. Ce geste était ordinaire, et cependant il témoignait de tout l'amour qui unissait ces deux êtres. Leslie leva les yeux vers son époux et lui sourit avec tendresse.

Jeremy sentit soudain sa gorge se nouer.

— Vous avez l'intention de rester dans la région ? insista-t-elle.

— Je n'en sais rien encore.

Elle le gratifia d'un large sourire moqueur.

— Jeremy Wesley, vous ne croyez quand même pas vous en tirer ainsi ! Ne me dites pas que vous avez oublié l'opiniâtreté des femmes Barber ! Ma mère ne vous aurait jamais laissé quitter le magasin sans vous avoir arraché la confession de vos quatorze ans d'exil.

Elle échangea un regard complice avec son mari, avant d'ajouter :

— Eh bien, sachez que je suis encore pire ! Je suis impatiente de savoir ce qui vous a retenu si longtemps au loin. Avez-vous voyagé ? Lorsque mon père vous a écrit, vous vous trouviez dans l'Ohio, je me trompe ? Que faisiez-vous là-bas ?

Jeremy laissa échapper un soupir exaspéré. Cela ne faisait pas une heure qu'il était de retour, et déjà on le bombardait de questions. Malheureusement, Leslie Blake ne serait pas la dernière à essayer de lui tirer les vers du nez. Relevant la tête, il la regarda droit dans les yeux.

— Après la mort de Millie, j'ai beaucoup voyagé. J'ai d'abord élevé du bétail dans un ranch au Texas, puis j'ai contribué à la construction du réseau ferroviaire au nord du pays, avant de travailler dans une usine à New York. Et... il y a deux ans, je me suis engagé dans l'armée.

Leslie ouvrit de grands yeux.

— L'armée ? Vous étiez à Cuba ?

Cuba... La gorge nouée, Jeremy revit les scènes de carnage.

— Oui.

— J'ai cru voir que vous boitiez, quand vous êtes entré tout à l'heure. Vous avez été blessé ?

— Ce n'est rien.

Sur ce, il remit son chapeau.

— Veuillez m'excuser, je suis pressé, lança-t-il d'un ton agacé. Je voudrais louer un cheval. Warren ne m'attend pas, et je voudrais arriver au ranch avant la nuit.

Leslie secoua la tête.

— Warren n'habite plus au ranch depuis longtemps. Il travaille en ville. Il a ouvert une boutique en bas de la rue.

— Une boutique ?

— Oui, il fabrique des meubles. Et, si vous voulez mon avis, c'est une bonne chose. Votre frère est doué. (Elle marqua une pause.) J'imagine sa surprise quand il vous verra. Il va être heureux de revoir son frère.

Jeremy se borna à opiner du chef et, tournant les talons, quitta le magasin.

Alors que la porte se refermait derrière lui dans un tintement de clochettes, il songea aux paroles de Leslie. Warren serait surpris de le revoir, cela ne faisait pas l'ombre d'un doute. Mais heureux... c'était une autre histoire!

2

Du bout des doigts, Warren Wesley effleura le plateau de la table en merisier, soigneusement poli. Il avait mis d'autant plus de cœur à l'ouvrage pour fabriquer ce meuble qu'il l'installerait bientôt dans sa nouvelle demeure. Cette table remplacerait celle de la salle à manger des McLeod, aux lignes trop simples et fabriquée dans un bois de moins bonne qualité.

Tandis qu'il passait pour la énième fois la main sur le plateau de merisier, ses pensées vagabondèrent. Il allait se marier! Depuis le temps qu'il attendait ce moment... Cela faisait pratiquement cinq ans qu'il avait demandé la main de Sarah McLeod pour la première fois. Il n'avait pas été facile de la convaincre de l'épouser. Cette jeune fille était une incorrigible rêveuse, qui avait continuellement la tête dans les nuages. Depuis qu'il la connaissait, elle n'avait cessé de l'assommer avec ses projets totalement irréalistes de voyages au bout du monde, de bals et de réceptions où comtes et marquis de la vieille Europe se croisaient. Mais aujourd'hui, Sarah avait presque vingt et un ans, et avait passé l'âge de ces chimères. Il était temps qu'elle songe à redescendre sur terre et à fonder une famille.

Avec lui, pensa-t-il, un sourire aux lèvres.

Il sentit le désir monter en lui tandis qu'il imaginait les délices de leur nuit de noces. Jusqu'ici, Sarah ne lui avait jamais concédé plus qu'un chaste baiser sur la joue, et il avait peine à s'en contenter. Deux semaines encore, deux petites semaines, et la jeune fille lui appartiendrait...

La porte de la boutique s'ouvrit, laissant s'engouffrer un vent glacial. Il cligna des yeux, ébloui par le soleil qui déversait sa lumière aveuglante à travers la vitrine. Il lui fallut un instant pour distinguer l'immense silhouette devant la porte.

— Salut, Warren.

Il fronça les sourcils, indécis.

— Ai-je tant changé pour que tu ne reconnaisses pas ton propre frère ? demanda le visiteur.

Warren écarquilla les yeux. Cette voix lui était familière... Jeremy ? Ce frère disparu depuis presque quatorze ans ? Etait-ce possible ?

Jeremy éclata d'un rire sans joie.

— Eh oui, Warren, c'est moi. Ton frère. Tu as changé, toi aussi.

— Je ne pensais pas te revoir un jour.

En fait, il aurait souhaité ne plus jamais entendre parler de lui ! A n'en pas douter, son retour était synonyme d'ennuis.

Jeremy promena un regard curieux autour de lui.

— Tu es bien installé ! commenta-t-il d'un ton admiratif. Père a dû être fier de toi.

— Je ne possédais pas encore ce magasin quand il est mort.

Jeremy était à contre-jour. Warren s'approcha, curieux de le voir de plus près.

— Qu'est-ce qui t'amène dans le coin ?

Son frère hésita avant de répondre :

— J'en avais assez de me promener. J'ai eu subitement envie de rentrer.

Il marqua une pause, puis demanda :

— Y a-t-il de la place pour moi au ranch, ou la maison est-elle déjà envahie par une flopée d'enfants ?

Warren sentit sa gorge se serrer. Etait-ce possible que Jeremy ignorât qu'il était le seul héritier de la ferme ? Oui, bien sûr. Comment pourrait-il le savoir ? Leur père n'avait jamais répondu à ses lettres. Un espoir ténu s'éveilla en lui. S'il ne lui disait rien... Avec un peu de chance, Jeremy repartirait sans demander son reste.

— La maison est vide. Je vis en ville pour l'instant.

Prenant une profonde inspiration, Warren ajouta :

— Pour tout te dire, j'ai mis la ferme en vente.

Jeremy ne rétorqua pas immédiatement. Il posa ses valises sur le seuil et traversa le magasin, s'arrêtant pour caresser le bois d'une commode. Enfin, il se tourna vers son frère.

— Tu oublies un détail, Warren. La ferme m'appartient. Papa me l'a laissée.

Bien tenté ! Malheureusement, Jeremy était au courant... Warren, irrité par le ton condescendant de son frère, explosa.

— Et alors ? Tu n'étais pas là, que je sache ! Tu n'es jamais revenu. Et tu as été si longtemps sans donner de nouvelles que je te croyais mort. Et toi mort, le ranch me revenait de droit, non ? Il faut que tu comprennes, reprit-il d'un ton radouci, j'ai besoin d'argent. Je me marie dans deux semaines.

« Que le diable l'emporte ! » gronda-t-il en son for intérieur. Pourquoi fallait-il que Jeremy revienne, au moment même où tout allait pour le mieux dans sa vie ?

Sarah posa le plat encore fumant sur la table de la salle à manger.

— Je suis désolée que Warren n'ait pu se joindre à nous pour le déjeuner, déclara-t-elle à l'adresse de son frère. Mais avec les fêtes, il a un travail monstre. En revanche, il m'a promis qu'il serait là ce soir.

— J'avoue ne pas être mécontent de t'avoir pour moi tout seul, répondit Tom avec un sourire. Si tu savais comme ta cuisine m'a manqué. Ce n'est pas à la cantine qu'on nous servait des petits plats mitonnés comme les tiens.

Elle rosit, flattée par le compliment.

— Comment peux-tu savoir si c'est bon ? Tu n'as pas encore goûté. Mais n'offensons pas le Seigneur. Commençons par dire une prière, Tom, ajouta-t-elle en s'asseyant.

Il acquiesça, et joignit les mains.

— Nous te remercions, Seigneur, de nous avoir réunis. Bénis le pain que Tu as eu la générosité de nous offrir. Au nom du Père, du Fils et du Saint-Esprit, amen.

— Amen, murmura Sarah.

— Amen, répéta Hank.

Tom jeta un coup d'œil à sa sœur, puis à son grand-père, avant de se servir.

— Je suis mort de faim, grande sœur.

Sarah s'esclaffa, se rappelant combien Tom était gourmand, autrefois. C'était bien simple : dès l'instant où il rentrait de l'école, il ne quittait plus la cuisine !

Emue, elle le regarda se servir généreusement. Il n'était certes plus un petit garçon, mais il n'avait rien perdu de son appétit d'ogre.

— Vous ai-je dit que le célèbre Dr Crane, fondateur de l'Academy, m'a convoqué dans son bureau pour me proposer un poste ?

Grand-père secoua la tête.

— Non, tu ne nous l'avais pas dit.

— Vous auriez dû le voir ! Je n'ai jamais rencontré quelqu'un comme lui. Il est si brillant. C'est de loin le meilleur professeur de médecine du pays. Vous pouvez lui poser n'importe quelle question, il saura vous répondre. Imaginez comme j'étais heureux qu'il s'intéresse à mes travaux. Cela faisait des années que j'entendais parler de lui...

Il marqua une pause et eut un sourire rêveur.

— Je n'arrive toujours pas à croire qu'il m'ait choisi pour travailler avec lui. Nous étions tellement nombreux à vouloir ce poste d'assistant.

Sarah fixait le visage illuminé de son frère. Tom était devenu un jeune homme séduisant, avec ses cheveux bouclés aussi noirs que l'encre, et ses yeux d'un gris pétillant qu'il avait hérités de leur père. Il était d'ailleurs son portrait vivant...

Comme leurs parents auraient été fiers de leur fils ! songea-t-elle en l'observant. Il avait de longues mains, des mains de médecin. Des mains qui sauraient soigner et guérir. Oui, leurs parents auraient été fiers de Tom...

Et d'elle ? Que penseraient-ils d'elle aujourd'hui ? Pas que du bien, probablement. Elle avait presque vingt et un ans, et elle n'était pas encore mariée, quand la plupart de ses amies avaient déjà fondé une famille.

Non qu'elle n'ait pas eu l'opportunité de le faire ! Elle ne comptait plus les occasions où Warren Wesley lui avait demandé sa main. La première fois, elle n'avait pas seize ans. Toute à ses rêves insensés, elle avait décliné son offre, arguant qu'elle avait l'intention de voyager, et peut-être même de faire le tour du monde. Elle serait une célèbre actrice et épouserait quelqu'un de riche et d'important. Un lord anglais, peut-être un comte de l'aristocratie européenne.

Sans se laisser dépiter, Warren avait réitéré sa proposition deux ans plus tard, et elle avait encore une fois refusé. Elle était alors décidée à entreprendre des études de médecine, et à suivre la voie tracée par son frère. Elle serait un jour infirmière, et travaillerait aux côtés de Tom. Comment aurait-elle pu alors se marier ? Il y avait tant de choses qu'elle souhaitait connaître et voir...

Quand, pour ses dix-neuf ans, il lui avait de nouveau demandé de l'épouser, son refus n'avait pas été catégorique. Elle avait fini par se dire qu'elle ne serait jamais ni infirmière ni comtesse. Ni actrice d'ailleurs. En fait, elle ne savait plus vraiment ce qu'elle voulait. Combien de fois s'était-elle répété qu'elle devait cesser de rêver, qu'elle risquait de tout perdre si elle ne revenait pas sur terre ? Et puis, sa grand-mère espérait tant la voir enfin se marier...

— Tu es grande maintenant, Sarah, disait-elle souvent. Il est temps que tu penses à fonder une famille. Warren Wesley est un jeune homme gentil, que te faut-il de plus ?

Alors, lorsque Warren lui avait offert le mariage une nouvelle fois, elle avait accepté, rendant sa grand-mère folle de joie. Malheureusement, Dorie n'avait pas vécu assez longtemps pour assister à la cérémonie...

La cérémonie... Cette seule idée lui nouait l'estomac.

Elle se secoua, refusant de s'apitoyer sur son sort. Tom avait raison : elle avait trop longtemps attendu le prince charmant. En vain. Ce n'était qu'un rêve, comme tous ses autres projets. Jamais elle ne côtoierait ces gens qu'elle jugeait si fascinants. Sa vie était ici, à Homestead. Le reste n'était qu'illusions forgées par une imagination trop grande...

— A quoi penses-tu, Sarah?

La voix de Tom la fit tressaillir. Relevant la tête, elle découvrit que son frère et son grand-père la dévisageaient d'un air amusé, confortablement carrés contre le dossier de leurs chaises, leurs assiettes vides. Combien de temps avait-elle rêvassé?

— Je... je suis désolée.

Tom se mit à rire.

— Toujours rêveuse, n'est-ce pas, grande sœur? Je me souviens, quand nous allions pêcher autrefois. Tu pouvais rester des heures entières assise sur la berge, à fixer l'eau de la rivière en rêvant à la tour Eiffel, à Buckingham Palace ou à d'autres lieux fantastiques. Heureusement qu'on ne comptait pas sur toi pour nourrir la famille...

— Je me le rappelle comme si c'était hier, renchérit Hank en enveloppant Sarah d'un regard attendri. Si seulement j'avais pu exaucer tes vœux, et faire de tes rêves une réalité...

La jeune fille sentit sa gorge se nouer. Son grand-père lui paraissait brusquement si fragile, si vieux. Ce n'était plus l'homme autoritaire et impressionnant qui l'avait élevée. Que ferait-elle quand, à son tour, il disparaîtrait?

Balayant cette sombre pensée, elle retrouva son sourire et déclara:

— Si ces rêves s'étaient réalisés, vous seriez obligés de m'appeler milady chaque fois que vous me rendriez visite dans mon château!

Tom se leva d'un bond, fit mine d'ôter un chapeau imaginaire avant de s'incliner cérémonieusement.

— Milady, je vous sais gré d'avoir accueilli

l'humble serviteur que je suis à votre table, dans cette magnifique demeure.

— Je vous en prie. Asseyez-vous, mon brave, rétorqua-t-elle avec un air faussement condescendant. Les domestiques vont nettoyer cette table, et je crains que vous ne les gêniez dans leurs mouvements. Je vous connais, vous seriez bien capable de leur faire un croche-pied.

Les deux hommes rirent de bon cœur.

Elle quitta sa chaise, et entreprit de débarrasser les assiettes.

— Je vais t'aider, proposa aussitôt Tom.

Sarah avait le cœur guilleret quand, l'instant d'après, elle se dirigea vers la cuisine.

Jeremy remit du bois dans le poêle, heureux d'avoir trouvé quelques bûches derrière la maison. Si ce tas ne durait pas tout l'hiver, il pourrait au moins lui épargner de sortir dans le froid pendant les prochaines semaines.

Enfin, le problème du chauffage n'était certainement pas le plus dramatique. Non, son véritable souci était aujourd'hui d'ordre pécuniaire.

Avant de quitter la boutique de Warren un peu plus tôt dans l'après-midi, il avait promis à son frère de lui donner la moitié du prix que valait la ferme. Bien qu'il possédât le ranch en toute légalité, il ne pouvait décemment envisager de l'évincer. Du reste, il ne comprenait toujours pas ce qui avait poussé leur père à lui léguer le ranch. Pourquoi lui avoir laissé cette petite propriété qui lui était si chère, quand il le méprisait ouvertement ?

Jeremy n'oublierait jamais les paroles de son père, la veille de son départ. Ted Wesley ne lui avait jamais caché son antipathie. Tout ce que Jeremy entreprenait était invariablement une erreur. Tout, sans exception.

— Tu n'es qu'un idiot, Jeremy! avait-il craché avec fiel. Tu n'arriveras jamais à rien dans la vie!

— Je sais ce que je fais.

— Si tu es si malin, dis-moi avec quoi tu comptes entretenir ton ménage? A mon avis, tu seras mort de faim avant d'y être parvenu. D'ailleurs, as-tu pensé à Millie? N'oublie pas que ce n'est encore qu'une enfant.

— Ce n'est pas une enfant! Je l'aime. Et je vais l'épouser.

— Je te l'interdis. Tu ne l'épouseras pas tant que tu vivras sous mon toit!

— Va au diable...

Tournant le dos au poêle, Jeremy repoussa ces souvenirs douloureux, et promena un regard autour de lui. Malgré la poussière qui couvrait les meubles et les toiles d'araignée qui avaient envahi les coins de la pièce, il lui était difficile d'imaginer que personne n'y vivait plus. C'était comme si, à tout instant, son père pouvait surgir sur le pas de la porte, et aboyer contre lui. Rien n'avait bougé en quatorze ans.

Cela n'avait rien d'étonnant. Ted Wesley avait été, tout au long de sa vie, un homme qui refusait farouchement le changement.

— Un jour, mon fils, avait-il coutume de dire, tu découvriras qu'il y a un réel confort dans l'habitude.

Jeremy se laissa choir sur une chaise, et fixa les flammes orangées à l'intérieur du ventre du poêle. L'heure était venue de faire le point avec lui-même...

Au-dehors, le vent soufflait avec furie, arrachant des plaintes lugubres aux arbres de la plaine. Et, dans l'obscurité de cette nuit glaciale, la solitude ne lui parut que plus déprimante encore...

Fermant les yeux, il écouta le crépitement des bûches dans le poêle.

— Voilà, je t'ai obéi, Millie. Je suis de retour. Et maintenant, que suis-je censé faire ?

Seul le silence de la nuit lui répondit.

Tout au long du dîner, ce soir-là, Sarah trouva Warren nerveux, comme si quelque chose le chiffonnait. Mais quoi ? Elle eut beau réfléchir, elle ne voyait pas ce qui pouvait le tracasser. Et comme il n'était pas du genre à se confier…

Il ne souhaitait pas, ainsi qu'il le soulignait souvent, l'ennuyer avec ses problèmes. Parfois, elle en venait à se demander ce qu'ils auraient à se dire, une fois qu'ils seraient mariés et qu'ils vivraient sous le même toit. Et s'ils n'avaient rien à partager ?

Elle observa son fiancé, inquiète de ne rien ressentir en le regardant. Mais peut-être que de telles sensations n'existaient que dans les rêves. Ou dans les livres…

Qu'avait-elle donc à reprocher à cet homme ? Il n'était certes pas mystérieux ou impressionnant, comme tous ces époux imaginaires dont ses rêves étaient peuplés, mais il était d'un abord plaisant, et surtout, il ne rechignait pas à la tâche. Même si sa boutique l'accaparait à temps plein, il ne s'en plaignait jamais. Cette patience dont il faisait preuve l'honorait… Un autre que lui n'aurait probablement pas attendu qu'elle daigne l'épouser. Autour d'elle, chacun n'avait de cesse de lui répéter qu'il ferait un bon mari, et elle savait qu'ils avaient raison. Bien sûr, il lui semblait parfois quelque peu condescendant, mais était-ce là un véritable défaut ?

Refusant d'approfondir la question, Sarah débarrassa la table, et rangea la cuisine tandis que les hommes se retiraient dans le bureau de Hank pour fumer un cigare et boire un whisky. Elle en terminait avec la vaisselle quand ils revinrent au salon. Elle se joignit à eux.

Warren s'assit près d'elle sur l'élégant sofa damassé que Dorie, sa grand-mère, avait acheté quelques années plus tôt. Discrètement, il lui prit la main et la serra dans la sienne.

— J'ai une nouvelle à vous annoncer, déclara-t-il à brûle-pourpoint. Mon frère est de retour.

— Jeremy ? demanda le grand-père, les yeux écarquillés.

Warren acquiesça.

— Il a l'intention de s'installer au ranch.

— Eh bien, je... murmura Hank. Je n'imaginais pas qu'il reviendrait.

— Quelqu'un peut-il m'expliquer ce qui se passe ? fit Tom en plissant le front. Je ne savais même pas que vous aviez un frère, Warren.

Sarah était tout aussi perplexe. Elle avait dû croiser une ou deux fois Jeremy quand elle était enfant, mais elle l'avait depuis belle lurette oublié.

Hank leva les yeux au plafond tout en se caressant le menton.

— Voyons, songea-t-il à voix haute. Jeremy devait avoir dix-sept ans quand lui et Millie Parkerson se sont enfuis. Cela remonte à...

Un instant, il demeura silencieux.

— Cela remonte à 1885... c'est cela. Au printemps 1885, pour être tout à fait exact. Je me le rappelle bien, maintenant.

Il se tourna vers Tom.

— Rien d'étonnant à ce que tu ne t'en souviennes pas. Tu avais à peine cinq ans quand il est parti.

« Ils se sont enfuis ? » songea Sarah, jugeant la chose plutôt romantique. Que deux amoureux défient ainsi le monde entier, c'était digne d'un fabuleux roman.

— A l'époque, cela a fait jaser, continua le grand-père. Mme Parkerson a eu beaucoup de mal à s'en remettre. Millie était sa seule fille. Cette histoire l'a bouleversée. La pauvre, elle est devenue complètement folle.

Il fronça les sourcils d'un air pensif.

— J'ai cru comprendre que Millie était morte en... voyons voir... en 92, peut-être même 93. Elle est morte en donnant naissance à un enfant qui, du reste, n'a pas survécu. Par la suite, je n'ai plus jamais entendu parler de Jeremy.

— Votre frère n'a pas eu de chance, commenta Sarah d'un ton compatissant. Est-il rentré définitivement ?

— Il m'a annoncé cet après-midi son intention de reprendre la ferme. Il est prêt à me racheter ma part.

— Mais c'est une nouvelle merveilleuse, Warren ! Les deux frères vont être enfin réunis. Il faudra songer à organiser une petite fête pour saluer son retour.

Les doigts de Warren se crispèrent sur sa main.

— Ce n'est pas aussi merveilleux que vous l'imaginez. Désormais, je ne peux plus vendre la ferme, et... je comptais sur cet argent pour payer notre voyage de noces.

Sarah eut un pincement au cœur. Ce voyage qu'elle attendait depuis si longtemps... Elle avait tellement rêvé de parcourir New York, de visiter Philadelphie réputée pour son architecture.

Mais aussitôt, elle se ressaisit. Quelle égoïste faisait-elle ! Jeremy Wesley avait perdu sa femme et son enfant, et il revenait au pays après des années d'exil... Et la voilà qui pensait à son voyage de noces ! Elle ne pouvait quand même pas en vouloir à cet homme.

— Eh bien, nous partirons plus tard, repartit-elle en toute sincérité. Le plus important, c'est quand même que votre frère soit rentré. Nous allons former une grande famille…

Warren lui décocha un regard noir.

— Si vous voulez me faire plaisir, restez le plus loin possible de lui !

— Mais…

— Jeremy est une véritable source d'ennuis. Il l'était déjà enfant. Ne l'approchez pas, Sarah… je vous en prie.

3

Dès le lendemain, Jeremy retourna au General Store avec une liste interminable de courses. Quand il mentionna le fait qu'il était en quête de travail, George Blake lui apprit que la ville cherchait un nouveau marshall.

— Le dernier a claqué la porte au printemps dernier, et le shérif McLeod commence à se faire vieux. Il a besoin d'aide, même s'il prétend le contraire.

— McLeod est encore shérif? Hank McLeod?

George opina.

— Avec votre expérience dans l'armée et le fait que vous ayez grandi dans cette ville, vous avez le profil idéal pour le poste.

Marshall ? Pourquoi pas, après tout ? C'était une profession respectable. Et surtout, il avait besoin d'argent pour rembourser Warren et commencer à remettre le ranch en état. Mais en avait-il l'étoffe ?

Comme s'il avait deviné son hésitation, George insista :

— Pourquoi n'iriez-vous pas rendre visite à McLeod pendant que je me charge de vos courses ? Il vous en dira plus.

Jeremy réfléchissait. Autrefois, les gens de Homestead avaient une piètre opinion de lui. Il faisait figure de vaurien à l'époque où il avait quitté la ville, et avait été bien souvent au cœur des commérages. De toute évidence, on ne le jugerait pas suffisamment sérieux pour épingler l'étoile au revers de sa veste.

— La paie est intéressante, ajouta George comme s'il savait exactement ce que Jeremy avait besoin d'entendre.

— D'accord, décida celui-ci, avant de pouvoir changer d'avis. Je vais voir McLeod.

Après tout, il avait promis à Warren de lui racheter sa part. Il n'avait guère le choix : il devait travailler.

— Bien, fit George avec un sourire satisfait. Vous vous rappelez où habitent les McLeod ? Leur maison est de l'autre côté de la ville, au bout de North Street. Vous verrez, vous ne pouvez pas vous tromper. C'est la seule maison peinte en blanc.

— Je trouverai, merci.

De la fenêtre de sa chambre, au premier étage, Sarah considérait l'immense roue à eau de la scierie, de l'autre côté de la rue. Au printemps, en été, tout comme au début de l'automne, cette roue tournait rapidement, actionnée par des tourbillons d'eau glacée provenant de Pony Creek. Mais, au cœur de l'hiver, quand l'eau de la rivière était à son plus bas niveau, la roue s'arrêtait et un lourd silence s'abattait alors sur le quartier.

Un silence pareil à celui qui avait enveloppé la maison, depuis que Tom et grand-père étaient partis rendre visite au Dr Varney...

Décidément, la présence de Tom changeait la vie du tout au tout. Son frère avait apporté un nouveau souffle dans cette demeure. Dire que, bientôt, il repartirait ! Non qu'elle lui en veuille de les abandonner. Il n'avait pas d'autre possibilité, il ne deviendrait jamais médecin sans continuer d'étudier. Ils devaient le laisser réaliser son rêve...

Quelle chance avait-il, de pouvoir réaliser ses rêves !

Avec un soupir, elle s'assit sur le large rebord de la fenêtre et ramena les genoux jusqu'à son menton, avant de saisir un numéro du magazine *Ladies Home* qui traînait là. Le journal offrait de nombreuses illustrations de danseurs évoluant sur un parquet étincelant, dans une constellation de bijoux précieux et de tissus satinés, nimbés de la lumière éclatante de lustres en cristal. A force de le parcourir, elle connaissait par cœur le texte qui accompagnait ces photographies :

Pendant presque cent cinquante ans, l'entrée dans les hautes sphères de Philadelphie ne s'est faite qu'au travers de l'Assemblée. D'ailleurs, les dirigeants de cette cour d'honneur règnent en souverains sur la ville. Nulle part ailleurs, dans l'immensité des Etats-Unis, il n'existe pareille dynastie...

Il suffisait qu'elle ferme les yeux pour imaginer ce qu'elle ressentirait en franchissant ces grandes portes au bras d'un chevalier servant. Elle porterait une robe crème, de dentelle et de soie, et, dans les cheveux, une tiare scintillante. Lui serait vêtu d'un élégant costume noir, mettant en valeur sa large carrure athlétique. Il serait grand, avec des cheveux sombres et un visage séduisant. Par sa seule présence, il éclipserait le reste de la gent masculine. Les têtes se tourneraient sur leur passage, et les femmes la jalouseraient secrètement.

En l'occurrence, l'Assemblée dansante de Philadelphie supplante en prestige l'aristocratie de Charleston et son célèbre Caecilia. Même les réunions d'Almack, nées à Londres, et pourtant connues à travers le monde, ne peuvent rivaliser avec elle…

L'orchestre jouerait des valses jusqu'au petit matin, et Sarah verrait succéder ses cavaliers, souriant poliment en écoutant leurs louanges, sans toutefois leur donner de faux espoirs. Car pour elle, seul un homme compterait…

Un coup frappé à la porte d'entrée la ramena à la réalité. Immédiatement, elle éprouva un vif sentiment de culpabilité. Pourquoi ne s'imaginait-elle pas dansant tout au long de la nuit dans les bras de Warren ? Mais elle avait beau essayer de se le représenter dans cette fastueuse salle de bal, elle n'y parvenait pas. Warren était si… si…

On frappa de nouveau, cette fois plus fort.

Poussant un soupir agacé, elle posa le magazine et se dirigea vers l'escalier. Tandis qu'elle dévalait les marches, le visiteur donna un nouveau coup contre le battant.

— Un instant, j'arrive ! cria-t-elle en pressant le pas.

Elle ouvrit bientôt la porte, s'attendant à trouver sous le porche un visage familier. Quelle ne fut pas sa surprise en découvrant un inconnu, immense, brun, au visage séduisant. Un inconnu qui aurait pu être le comte de ses rêves... s'il avait porté, bien sûr, un bel habit noir et un chapeau de soie.

— Pardonnez-moi, déclara-t-il en effleurant le bord de son chapeau cabossé du bout des doigts pour la saluer. Je cherche le shérif McLeod.

Il n'avait pas l'accent distingué qu'elle imaginait chez un comte du Vieux Continent, mais sa voix rauque et légèrement traînante avait quelque chose de plaisant.

Elle haussa un sourcil tandis que l'inconnu la détaillait de pied en cap.

— Je croyais pourtant ne pas m'être trompé, insista-t-il, mais tout a tellement changé. Si vous pouviez m'indiquer où il habite...

— Je suis désolée, s'empressa-t-elle de répondre, et le rouge lui monta aux joues. Le shérif McLeod habite ici, mais il a dû s'absenter. Je suis sa petite-fille, Sarah McLeod. Peut-être puis-je vous aider ?

Il secoua la tête.

— Je vous remercie, mais c'est le shérif en personne que je souhaite voir. Pourriez-vous lui dire que Jeremy Wesley aimerait lui parler ?

— Jeremy ?

C'était donc lui, le fameux frère de Warren ? Elle le considéra plus attentivement. Ils ne se ressemblaient pas. Warren était châtain clair, avec des yeux gris pâle et des lèvres minces. Jeremy avait quant à lui des cheveux aile-de-corbeau, et un regard sombre. Un regard pénétrant. Et il émanait de toute sa personne une impression de puissance et de virilité, à laquelle il était difficile de rester insensible.

Quand elle se rendit compte qu'elle le dévorait du regard, elle s'empourpra de plus belle.

— Euh... entrez, je vous... prie, bredouilla-t-elle en ouvrant grande la porte. Mon grand-père ne devrait plus tarder. Lui et mon frère sont allés rendre visite au Dr Varney. Ils m'ont promis de rentrer tôt.

— Eh bien, je...

— S'il vous plaît, monsieur Wesley. Vous n'avez pas fait tout ce chemin pour rien. Et il fait trop froid pour que vous l'attendiez dehors.

Il hésita un instant avant de franchir le seuil.

— C'est fort aimable à vous, mademoiselle...

— Appelez-moi Sarah. Mademoiselle McLeod, cela fait trop formel.

Pour toute réponse, il acquiesça.

— Venez dans le salon, et réchauffez-vous devant le feu. Je vais vous servir un café.

— Ne vous tracassez pas pour moi.

— Oh, mais cela ne m'ennuie pas du tout. Le café est déjà prêt.

Elle le quitta sur le seuil du salon, et se hâta vers la cuisine. Une vive excitation l'envahit tandis qu'elle déposait deux tasses sur un plateau et les emplissait de café noir brûlant. Cette visite avait quelque chose de troublant.

Quand elle le rejoignit, Jeremy se leva poliment et attendit qu'elle pose le plateau sur la petite table devant le canapé et s'assoie, avant de reprendre sa place dans le fauteuil.

— Vous prendrez du sucre ? demanda-t-elle.

— Non, nature, s'il vous plaît.

Elle lui tendit la fine tasse en porcelaine sur sa soucoupe et, lorsqu'il la saisit, leurs doigts se touchèrent accidentellement. Sarah sentit aussitôt son cœur s'emballer. Vivement, elle retira la main.

— J'ai appris que vous êtes arrivé hier en ville, lança-t-elle pour meubler le silence qui devenait gênant. Vous étiez certainement dans le même train que mon frère, mais bien sûr vous ne pouviez pas le savoir. Etrange coïncidence, monsieur Wesley, vous ne trouvez pas ?

Son compagnon resta muet.

— Il vaut peut-être mieux que je vous appelle Jeremy, puisque nous serons bientôt parents. Qu'en pensez-vous ?

Comme il gardait obstinément le silence, elle leva les yeux vers lui et le considéra, mal à l'aise.

— Vous préférez que je continue de vous appeler monsieur Wesley ? insista-t-elle, ravalant sa déception. Qu'à cela ne tienne, je...

— J'ai bien peur de ne pas vous suivre, mademoiselle McLeod.

Elle se raidit. Une idée lui traversa brusquement l'esprit

— Warren ne vous a donc rien dit ?

Il fronça les sourcils.

— Quel cachottier ! s'exclama-t-elle. Eh bien, sachez que Warren et moi sommes fiancés. Je pensais que vous étiez au courant.

4

Dieu qu'elle était belle, la fiancée de son frère ! Il y avait dans ses magnifiques yeux bleus en amande une innocence qui l'enchantait. Jeremy se rappelait la manière dont elle avait accueilli son frère la veille à la gare, la joie qui irradiait son visage quand elle s'était jetée au cou du jeune homme.

Warren avait bien de la chance.

— Mes félicitations, mademoiselle McLeod, murmura-t-il enfin.

— Pardonnez-moi d'insister, mais je préférerais que vous m'appeliez Sarah, si cela ne vous ennuie pas.

Elle posa sa tasse sur la table avant de croiser les doigts dans son giron. Il put discerner une lueur d'excitation dans son regard quand elle lança :

— J'ai toujours eu envie de voyager. Ce doit être exaltant de visiter des endroits toujours différents, de rencontrer des têtes nouvelles. Pendant longtemps, j'ai rêvé d'aller à Philadelphie et à New York, puis à Londres et à Paris.

Elle ponctua ses mots d'un soupir.

— Racontez-moi ce que vous avez fait, ce que vous avez vu, Jeremy. Je suis impatiente de vous entendre.

— Il n'y a pas grand-chose à dire.

— Oh, détrompez-vous ! Pour une petite provinciale comme moi, tout paraît merveilleux. Et je...

A cet instant, la porte d'entrée s'ouvrit, laissant s'engouffrer un air glacial tandis que le grand-père de Sarah et son frère pénétraient dans le vestibule, l'interrompant au beau milieu de sa phrase.

Jeremy se leva aussitôt, soulagé. Il n'avait guère envie de parler de son passé. Et encore moins à la fiancée de son frère. Il ne souhaitait pas raconter sa vie, révéler ce qu'il avait vu, et fait. Peut-être parce qu'il avait l'impression d'en avoir trop vu, et trop fait !

De surcroît, il ne souhaitait pas être celui qui ferait perdre à Mlle Sarah McLeod toutes ses illusions romantiques sur le monde. En quelques secondes, il avait cerné le personnage. Cette jeune femme avait la tête pleine de chimères...

Le shérif s'arrêta sur le seuil en l'apercevant. Il

s'était tassé avec l'âge, et ne correspondait plus à l'image de l'homme de loi intimidant que Jeremy avait gardée en mémoire. Les yeux gris de Hank McLeod étaient toutefois aussi acérés que par le passé et, en moins d'une seconde, ils le jaugèrent tandis que Sarah procédait aux présentations.

Apparemment, le shérif n'en avait pas besoin.

— Bienvenue à Homestead, Jeremy, dit-il en lui tendant la main avec un sourire amical.

— Je vous remercie, monsieur.

— Jeremy t'attendait, grand-père, expliqua Sarah. Il voudrait te parler.

— Très bien, très bien, répondit Hank avant de s'effacer pour désigner Tom derrière lui. Vous ne vous souvenez peut-être pas de mon petit-fils ? Tom, voici Jeremy Wesley.

Les deux hommes se serrèrent la main.

De taille moyenne, Tom était la copie de Sarah en brun. Il était séduisant. Ses yeux bleus dénotaient une grande intelligence, et son sourire était chaleureux et sincère.

— Enchanté de vous rencontrer, monsieur Wesley.

— Appelez-moi Jeremy, répliqua-t-il avant de se tourner vers Hank McLeod. J'aimerais vous parler en particulier, monsieur. George Blake m'a laissé entendre que vous recherchiez un adjoint. Je serais intéressé par le poste.

— Vraiment ? Dans ce cas, suivez-moi dans mon bureau...

Le bureau de Hank était une petite pièce feutrée, au fond de la maison, lambrissée de chêne et tapissée par des milliers de livres. Une immense table était installée devant la fenêtre.

Hank poussa la porte derrière lui.

— Prenez un siège, offrit-il en désignant un fauteuil en cuir, avant de contourner le bureau et de s'installer à son tour.

Un instant, le vieil homme ferma les yeux, visiblement fatigué, et Jeremy hésita. Il s'apprêtait à proposer de repousser cette conversation à plus tard, mais Hank ouvrit les paupières et s'inclina vers lui.

— Ainsi, vous êtes intéressé par le poste d'adjoint au shérif ?

— C'est exact.

— Veuillez pardonner ma franchise, mais votre démarche m'étonne un peu. Si ma mémoire est juste, vous n'avez jamais fait bon ménage avec la loi. Je me rappelle fort bien d'un garçon qui ne ratait pas une occasion de faire une bêtise...

La lueur amusée dans ses yeux sombres démentait la sévérité de ses mots. Jeremy acquiesça.

— Je ne le nie pas. Et je serai honnête avec vous, shérif McLeod. Je n'ai jamais eu l'âme d'un homme de loi. D'ailleurs, si M. Blake ne m'en avait pas parlé, je n'aurais jamais songé à vous proposer mes services.

— Tout le monde a bien le droit de changer... Procédons par ordre. De quelle expérience disposez-vous ?

— Juste après mon départ de Homestead, je me suis occupé d'une petite ferme dans l'Ohio. Mais après que Millie... Enfin, après la mort de Millie, je n'ai pu supporter d'y rester. Alors j'ai voyagé. J'ai travaillé dans une mine, puis dans un bar. J'ai surveillé du bétail dans le Montana. Pendant presque un an, j'ai travaillé à la construction du réseau ferroviaire dans le nord du pays. J'ai vécu ensuite à New York, et j'ai été embauché dans une usine où l'on assemblait des moteurs. Après cela, j'ai rejoint l'armée.

Il marqua une pause, avant de poursuivre :

— J'ignore ce que ma contribution pourrait apporter à la ville, mais une chose est certaine : j'ai besoin de ce travail.

Le shérif hocha la tête, comme s'il enregistrait soigneusement tout ce qu'il venait de lui raconter.

— Avez-vous jamais eu de problèmes avec la justice ? De véritables problèmes, j'entends. Pas des vétilles comme lorsque vous étiez jeune...

— Non.

— J'imagine que si vous avez servi dans l'armée, vous savez utiliser une arme ?

Jeremy se mordit la lèvre, mais acquiesça.

— J'ai entendu dire que vous aviez été blessé à Cuba, ajouta le shérif. Votre jambe ne vous pose plus de problèmes ?

Jeremy avait oublié comme les nouvelles circulent vite dans une petite ville. Tout le monde devait à présent savoir qu'il était rentré au pays, et cela grâce aux bavardages de la délicieuse Leslie Blake...

— Non, pas particulièrement. Je n'ai plus qu'une cicatrice.

Hank jeta un coup d'œil au-dehors.

— Homestead a toujours été une ville tranquille et agréable. Il y a eu quelques ennuis il y a de cela huit ou neuf ans, mais en majeure partie à cause du marshall de l'époque, qui avait un fort penchant pour l'alcool et qui ne manquait jamais une occasion de provoquer des bagarres... Votre travail consisterait bien entendu à m'assister, à mettre un peu d'ordre au saloon, à collecter les impôts, peut-être à arrêter de temps en temps un chapardeur. Ce genre de choses, vous voyez ?

Son regard croisa de nouveau celui de Jeremy.

— Cela n'a rien de très excitant pour un homme comme vous qui a vu du pays.

— Je ne recherche pas un poste excitant. J'ai juste besoin de travailler.

Hank se renversa contre le dossier de son fauteuil.

— Vous étiez dans l'armée, n'est-ce pas ? Pouvez-vous me préciser ce que vous y avez fait ?

— Je me suis borné à obéir aux ordres.

— Où avez-vous servi ?

— Au Texas, en Floride, puis à Cuba.

— Je vois.

Vraiment ? Jeremy en doutait fort. Il avait grand-peine à imaginer que quelqu'un puisse comprendre ce qu'était la guerre, à moins bien sûr de l'avoir vécue. L'ennui. La chaleur. Les moustiques. Les odeurs pestilentielles. La maladie. Le sang. Les corps gisant sur le champ de bataille, atrocement mutilés...

— Pardonnez mon indiscrétion, mais pourquoi êtes-vous rentré à Homestead ?

— J'ai eu envie de poser mes valises. Et je suppose que je n'avais pas d'autre endroit où aller.

— Avez-vous l'intention de rester définitivement ici ?

— Tant que possible.

— J'ai connu votre père, Jeremy. Ted Wesley était un homme bon. Honnête et travailleur. Et il était fier de vous.

Fier ? Jeremy eut du mal à en croire ses oreilles. Il ne se rappelait que trop toutes ces fois où Ted lui avait jeté son mépris à la figure.

— Vous lui avez manqué, ajouta Hank.

Il plongea son regard inquisiteur dans celui de Jeremy et conclut :

— Il aurait été heureux de voir son fils accéder au poste de shérif adjoint.

D'un bond, il se leva et lui tendit la main par-dessus le bureau.

— Le poste est à vous, si vous le voulez toujours. Réfléchissez-y cette nuit, vous me donnerez votre réponse demain. Et venez déjeuner avec nous, dimanche prochain. Ne dites pas non. Je compte sur vous...

Sarah distingua les voix des hommes dans l'entrée et se leva du canapé, espérant secrètement qu'ils reviendraient bavarder un peu au salon. L'instant d'après, la porte d'entrée s'ouvrit et son grand-père souhaita une bonne journée au visiteur. La porte se ferma avant même qu'elle ait pu atteindre le vestibule.

Une vague de déception l'envahit alors. Elle n'avait pas eu le temps de lui poser des questions sur son long périple.

— Jeremy est un homme fort sympathique, commenta Hank en la dépassant pour aller s'asseoir dans son rocking-chair, près du feu.

— T'a-t-il dit où il s'était rendu pendant toutes ces années ? demanda Sarah, aiguillonnée par la curiosité. T'a-t-il expliqué ce qu'il faisait ?

Le vieil homme secoua la tête.

— Non, pas vraiment.

— Tu ne l'as pas interrogé ?

— Un homme a le droit à ses secrets. Il ne faut jamais chercher à s'immiscer dans les affaires des autres.

Comment aurait-elle pu lui donner tort ? Personne n'aimait que l'on fouille dans son intimité. Mais si elle ne lui tirait pas les vers du nez, comment apprendrait-elle tout ce qu'elle rêvait de savoir ?

— Eh bien, intervint Tom derrière Sarah, va-t-il prendre le poste d'adjoint ?

Hank acquiesça.

— Il ne m'a pas encore donné sa réponse. Mais a priori, c'est oui. Au fait, Sarah, je l'ai invité à partager notre repas dimanche prochain. Nous en profiterons pour discuter un peu plus. J'espère que cela ne t'ennuie pas ?

— Non, bien sûr. Au contraire.

— Et Warren ? lança Tom. Après ce qu'il a dit hier à propos de son frère, je doute qu'il soit ravi de cette invitation.

Sarah releva le menton.

— Je lui parlerai. Ils sont frères, après tout. Ils devront bien faire la paix un jour.

Comme Jeremy descendait Main Street à cheval, il entendit des cris d'enfants dans la cour de l'école. Au coin de West Street et de North Street, il s'arrêta un moment pour les regarder, et laissa ses pensées dériver.

Il se rappelait l'époque où la première classe avait été construite. Mlle Adélaïde Sherwood était alors leur institutrice. Elle avait une épaisse crinière rousse et un sourire charmeur. Tous les enfants étaient excités devant ces nouveaux locaux, ces étagères pleines de livres et ces pupitres neufs. Dans le couloir où étaient accrochés les manteaux, il flottait une odeur de laine mouillée. Comment aurait-il pu oublier la salle de classe, glaciale en plein hiver quand on n'avait pas la chance de se trouver près du poêle ?

Balayant ce flot de réminiscences et la nostalgie qu'elles insufflaient au plus profond de son être, il fit tourner bride à sa monture et s'engagea sur West Street. Devant lui, sur l'épais tapis de neige, s'étiraient quelques rares traces de chariots. Les flocons s'étaient remis à tomber, recouvrant la ville d'une chape de silence. En franchissant le pont, Jeremy jeta un coup d'œil sur sa droite, vers la scierie, et songea à son père.

Ted Wesley était parti travailler dans cette seule et unique usine dès qu'il s'était installé dans la vallée. Après chaque journée passée à scier des planches, il revenait à la ferme pour s'atteler aux travaux des champs et s'occuper de leur maigre cheptel. Pourtant, malgré ce rythme infernal, Jeremy ne se souvenait pas de l'avoir entendu se plaindre. Il acceptait la vie comme elle venait.

Brusquement, cet homme intransigeant lui manqua. Si seulement il avait pu lui reparler, lui dire qu'il était désolé de lui avoir fait tant de peine. Combien il regrettait de s'être enfui. Combien il regrettait de s'être montré buté et sourd à ses conseils. D'avoir fait si souvent l'école buissonnière et de l'avoir irrité par ses bêtises. Et l'argent qu'il lui avait dérobé...

— Allez ! cria-t-il en talonnant sa monture.

Quelques minutes de chevauchée effrénée à travers la plaine, et il réussit enfin à faire le vide dans son esprit. Ce fut alors que le souvenir de Sarah McLeod s'imposa à lui. Le souvenir de ses grands yeux bleus. De ses magnifiques prunelles d'azur qui regardaient le monde comme s'il s'agissait d'un merveilleux cadeau.

Il revoyait son adorable visage en cœur, son teint de lys, son petit nez retroussé et ses pommettes hautes. Son épaisse chevelure blonde comme les blés retenue en chignon lâche, découvrant une nuque gracile. Il ne pouvait ôter de sa mémoire le doux renflement de ses petits seins, mis en valeur par un décolleté ourlé de dentelles sombres.

Puis il se rappela qu'elle était fiancée à son frère.

S'il souhaitait trouver la paix à Homestead, il ferait mieux de ne pas se laisser aller à de telles pensées, et d'oublier Mlle Sarah McLeod...

5

Tom tenait dans les bras le nouveau-né qui hurlait de tous ses poumons, tandis que le Dr Varney s'occupait de la mère. Le jeune homme avait le cœur battant. Jamais il n'aurait imaginé en rentrant à Homestead qu'il seconderait le médecin dans un accouchement.

— Alors, voyons voir ce beau garçon, lança Doc en lui prenant l'enfant des bras. Pourquoi ne diriez-vous pas à M. Jones d'entrer, maintenant ?

Il ponctua ses paroles d'un large sourire, et le gratifia d'un clin d'œil.

Tom se dirigea aussitôt vers la porte qu'il ouvrit.

— Monsieur Jones, fit-il à l'homme au visage blême, assis sur le rocking-chair près du feu. Vous pouvez entrer.

— Mon épouse... est-elle... ?

— Elle se porte comme un charme. Votre fils aussi, d'ailleurs.

Yancy Jones bondit de son siège.

— C'est un garçon ? s'écria-t-il, les yeux brillants.

Tom eut un sourire amusé.

— Pourquoi ne venez-vous pas le constater par vous-même ?

Le fermier, une véritable force de la nature, le dépassa aussi prestement que lui permettait son poids, et pénétra dans la pièce. Il jeta un bref coup d'œil au médecin qui auscultait le bébé, puis s'approcha du lit. Un sourire ému sur les lèvres, il saisit la main de son épouse.

Lark Jones, une jolie femme au teint de pêche, lui sourit faiblement.

— Vous avez un fils, monsieur Jones.

Il lui pressa les doigts.

— Je m'inquiétais pour toi, ma chérie. Les heures passaient... Katie avait mis moins de temps pour venir au monde. Si je t'avais perdue, je ne...

— Chut, murmura Lark en luttant contre le sommeil. Ne dis pas de bêtises. Tout s'est très bien passé.

Tom savait qu'elle mentait. L'accouchement avait été particulièrement difficile. Sans le Dr Varney, cette vaillante jeune femme n'aurait probablement pas survécu.

Le vieux praticien langea l'enfant et l'enroula dans une couverture, avant de le rendre à sa mère.

— Vous devriez essayer de l'allaiter tout de suite. J'ai comme l'impression qu'il a déjà faim.

Lark coula un regard en direction de Tom, et rougit légèrement.

Doc s'éclaircit la voix :

— Tom, pourriez-vous aller chercher ma mallette ? Je l'ai laissée dans le salon. Je vous rejoins à la voiture.

Le jeune homme s'exécuta. Une fois dans le vestibule, il enfila son manteau avant de le boutonner jusqu'au col et de mettre ses gants pour affronter le froid du dehors. La nuit était tombée, et la lune pleine inondait la ville d'une lumière presque irréelle, se réfléchissant sur l'épais manteau de neige.

Quand il eut rejoint la carriole avec la mallette, Doc Varney apparut sur le pas de la porte.

— N'hésitez pas à venir me chercher en cas de problème, déclara-t-il à l'adresse de Yancy. Je reviendrai après-demain.

— D'accord. Merci… Doc.

Le vieil homme eut un sourire pour le nouveau papa et lui tapota affectueusement l'épaule.

— Je n'ai fait que le plus facile. Maintenant, c'est à vous de prendre la relève.

Se tournant vers Tom, Doc ajouta :

— Rentrons. Votre sœur doit commencer à s'inquiéter.

Dès que le médecin fut monté à son côté, Tom s'empara des rênes et les claqua sur la croupe de l'animal. Les sonnettes tintinnabulèrent tandis qu'ils reprenaient la route en direction de Homestead, sur un chemin éclairé par la lune.

— Pourquoi Lark était-elle soudain gênée de me savoir dans sa chambre ? demanda Tom après quelques minutes de silence.

— J'imagine qu'elle se rappelait l'époque où vous alliez, votre sœur et vous, à l'école avec elle. Aujourd'hui, vous êtes là pour son accouchement. Elle doit avoir du mal à vous considérer comme un praticien. Pour elle, vous êtes toujours Tommy McLeod, celui qui s'amusait à tirer les cheveux des filles dans la cour de récréation.

Tom hocha pensivement la tête.

— Que se passera-t-il quand je rentrerai de Boston pour m'installer ici ? Il faut espérer que personne ne réagira comme Lark ce soir. Imaginez qu'on refuse de me considérer comme un médecin. Je ne suis quand même plus l'enfant espiègle qui dégringolait des arbres et s'écorchait invariablement les genoux !

Son compagnon s'esclaffa.

— Rassurez-vous, vous saurez les convaincre de vos compétences. J'ai une grande confiance en vous, mon garçon. Vous savez être à l'écoute de votre prochain. Et c'est une chance, croyez-en mon expérience.

Ce compliment lui réchauffa le cœur.

— Cette vallée a besoin de vous, Tom, ajouta le docteur. Aujourd'hui, je me fais trop vieux pour sortir arpenter la campagne par une nuit aussi glaciale. Il est temps que je songe à rester à la maison en compagnie de ma chère Betsy, pour passer mes soirées tranquillement au coin du feu. Il faut qu'un jeune homme comme vous reprenne le flambeau. Vous ne gagnerez peut-être pas une fortune en exerçant ici, mais d'un point de vue humain, vous vous enrichirez. Je vous le promets.

— Je me moque d'être riche un jour.

— Je le sais, mon garçon. Je le sais...

Jeremy ajouta du fourrage dans la stalle de son alezan. Pas plus tard que le lendemain, se promit-il, il ramènerait l'animal aux écuries, et achèterait sa propre monture. Une manière de célébrer sa nouvelle vie à Homestead et son poste de marshall...

Il secoua la tête avec incrédulité. Jamais il n'aurait imaginé que Hank McLeod l'engagerait. Après tout, le shérif le connaissait depuis qu'il était tout petit. Et savait pertinemment les bêtises dont il était capable. D'ailleurs, à l'époque, tout le monde pensait que Jeremy Wesley finirait mal. Combien de fois son père le lui avait-il répété ?

Millie était bien l'une des seules personnes à avoir cru en lui.

— Tu es un homme juste et honnête, Jeremy, lui avait-elle souvent déclaré. Ne prête pas attention à ce que ton père raconte. Moi, je sais qui tu es vraiment...

Avec un soupir las, il récupéra sa lanterne et

quitta la grange, pour traverser la cour enneigée jusqu'à la maison. Là, il ferma soigneusement la porte d'entrée et, s'installant près du poêle, il prit le temps de savourer le silence, un silence que seuls les crépitements des bûches interrompaient parfois.

Il avait cru Millie autrefois. Naïvement, il s'était cru capable de construire une nouvelle vie à partir de rien, simplement parce qu'elle avait foi en lui. En vérité, tout ce qui lui était arrivé de bien se résumait à Millie.

Il promena un regard sur cette pièce vide, et se demanda pour la énième fois ce qui l'avait poussé à rentrer ici. Cela n'avait pas de sens. Non, pas le moindre...

Sarah souleva le rideau et jeta un coup d'œil à la rue que la lune éclairait.

— Tu crois que le bébé est né, grand-père ?

— On ne sait jamais avec ces choses-là. Ta mère a mis plus de vingt-quatre heures.

La jeune femme pivota sur ses talons, resserrant frileusement les pans de son châle sur ses épaules.

— Comment était-elle ?

Son grand-père sourit.

— Un peu comme toi, princesse. Dorie disait toujours que Dieu lui avait offert une autre fille le jour où ton père avait épousé Maria. Elle a su rendre notre fils très heureux.

— Raconte-moi, s'il te plaît.

Elle s'agenouilla sur le tapis aux pieds de Hank, et posa la tête sur ses genoux. D'un geste tendre, il lui caressa les cheveux.

— Cette maison était la leur. Ton père l'avait construite à leur arrivée en ville. Ils souhaitaient bâtir une immense demeure qu'ils rempliraient d'enfants.

Son sourire s'effaça.

— Pendant plusieurs années, ils ont essayé d'en avoir mais, chaque fois, Maria les perdait. Peu à peu, ils ont abandonné tout espoir. C'est alors que tu es arrivée.

Il lui frotta la joue affectueusement, comme il le faisait quand elle était petite.

— Et, dès le premier instant, tu nous as littéralement menés par le bout du nez !

Sarah éclata de rire. Mais, au fond, elle savait qu'il n'exagérait pas, du moins pour ce qui était de sa grand-mère. Dorie McLeod n'avait jamais su lui dire non, à elle comme à son petit frère, d'ailleurs. Elle ne les grondait pas souvent, et pourtant Dieu sait ce qu'ils inventaient comme bêtises ! Tom surtout.

— Il deviendra un grand médecin, n'est-ce pas ?

Grand-père ne parut pas surpris qu'elle saute ainsi du coq à l'âne. Il en avait l'habitude.

— Oui, ma chérie. Bientôt, il prendra soin de nous tous ici, à Homestead.

Sarah ferma les yeux, et demeura immobile un long moment, écoutant le craquement des bûches dans l'âtre.

Quand la porte d'entrée grinça, elle se redressa.

— Tom ! Il est rentré ! s'exclama-t-elle en bondissant sur ses pieds.

L'instant d'après, Tom pénétra dans le salon, les joues rougies par le froid, les yeux brillants d'excitation.

— C'est un garçon, annonça-t-il avec fierté.

— Et Lark ? demanda Sarah.

— Elle va bien.

Il ôta son manteau et son chapeau, puis disparut dans l'entrée pour accrocher ses vêtements.

— Il y a du café de prêt ? s'enquit-il lorsqu'il les rejoignit. Je suis gelé.

— Je m'en occupe, proposa Sarah en se dirigeant vers la cuisine, s'arrêtant au passage pour déposer un baiser sur sa joue. Suis-moi, Tommy. Je voudrais que tu me racontes tout cela en détail.

Le jeune homme lança un coup d'œil contrit à son grand-père. Ce dernier haussa les épaules.

— Vas-y, mon garçon. J'avais justement l'intention de monter me coucher. Je commence à être fatigué, j'ai du mal à garder les yeux ouverts. Nous en reparlerons demain matin, si tu veux bien.

Sarah avait déjà servi le café quand Tom gagna la cuisine. Ils s'assirent l'un en face de l'autre.

— Tu te sens mieux ? interrogea-t-elle lorsqu'il eut bu le café d'un trait. Bien ! Maintenant, parle-moi de ce que tu as fait ce soir. Je meurs d'impatience.

— Je ne pense pas que ce soit un sujet dont on puisse discuter avec une jeune femme encore célibataire.

Elle lui assena un coup de pied sous la table.

— Aïe ! protesta-t-il avec un sourire amusé.

— Ne me dis plus jamais cela, Tommy McLeod ! Sache que j'en connais plus que toi sur la question.

Il se pencha en avant.

— Je viens de vivre l'une des plus merveilleuses expériences qui soient, Sarah. Certes, Lark a souffert... mais de voir la vie naître ainsi, comme par magie...

Les mots s'étranglèrent dans sa gorge.

Les yeux de Sarah se posèrent sur les mains de son frère, des mains qui sauraient un jour soigner et guérir leurs amis et voisins. Des larmes lui brûlèrent les yeux.

— Je suis si fière de toi, Tommy, balbutia-t-elle. J'espère que tu le sais.

— Parce que tu crois que je ne suis pas fier de toi ?

Sarah sentit son cœur bondir dans sa poitrine...

Tapie dans un coin, Fanny observait sa sœur, Opal, susurrant des mots doux à l'oreille d'un client affalé au bar, lui offrant par la même occasion une vue plongeante sur son décolleté. Parfois, on l'entendait rire par-delà les mélodies rythmées que jouait Quincy au piano.

Son estomac se serra tout à coup ; la nausée l'envahissait de nouveau.

Réprimant une grimace de douleur, elle tourna la tête et vit que Grady O'Neal la fixait, les sourcils froncés. Grady était le propriétaire du Pony Saloon, et c'est grâce à lui qu'elle avait un endroit chaud pour survivre à l'hiver. Quelques semaines plus tôt, à la mort de sa mère, elle était venue chercher refuge auprès d'Opal. Elle ne savait pas alors que sa sœur travaillait dans un saloon. Il fallait dire qu'elles n'avaient jamais été très proches. Treize ans les séparaient, sans compter qu'elle avait à peine cinq ans quand Opal avait quitté la demeure familiale.

— Je veux bien qu'elle reste ici, avait lâché Grady de guerre lasse lorsque Opal avait traîné Fanny jusqu'au bureau du patron. Mais elle devra gagner sa vie, comme toutes les autres filles.

— Elle ne connaît rien à ce genre de choses, Grady, avait alors protesté Opal. Il suffit de la regarder. Tu ne peux quand même pas lui demander de...

— Elle n'aura qu'à servir, et sourire. C'est tout... pour l'instant, en tout cas.

Fanny sentit son estomac se soulever à ce souvenir. Elle avait la gorge nouée, et les larmes embuaient ses yeux.

Elle ne comprenait pas comment Opal pouvait vivre ainsi. Tous les soirs, sa sœur aînée se fardait outrageusement et enfilait une robe moulante qui ne cachait rien de sa poitrine opulente et de ses hanches généreuses, avant de descendre flirter avec les clients avinés du Pony Saloon. Certains d'entre eux finissaient dans son lit. Fanny était bien placée pour le savoir, car elle devait attendre qu'il n'y ait plus de visiteurs pour regagner la chambre qu'elles partageaient toutes les deux.

Fermant les yeux, la jeune fille prit une profonde inspiration et pria pour que son malaise se dissipe rapidement. Grady l'avait mise en garde. Au moindre faux pas, il n'hésiterait pas à la jeter dehors. Elle devait jouer le jeu : servir les clients éméchés, et leur sourire en paradant dans une robe plus qu'audacieuse. Le matin, elle s'occupait du ménage du saloon, et nettoyait la vaisselle...

— Salut, beauté !

Elle ouvrit les yeux et découvrit devant elle un homme vêtu d'un costume sombre, égayé d'une cravate à rayures. Il avait les cheveux peignés en arrière, et une barbe soigneusement taillée. Mais à en juger par l'odeur qu'il répandait, il ne devait pas savoir ce qu'était une baignoire. Ses yeux d'ivrogne étaient injectés de sang, et il tituba légèrement en s'approchant d'elle.

— Tu es nouvelle ici ? Pourquoi ne viendrais-tu pas t'asseoir à une table avec moi ?

Elle secoua la tête. Cette seule perspective la glaçait d'effroi.

— Que se passe-t-il ? gronda-t-il, brusquement furieux. Ne suis-je pas assez bien pour toi ?

— Je suis désolée, je… je…

— Allez, allez. Ne fais pas ta timide, viens donc.

Sans attendre sa réponse, il l'agrippa par le bras et l'attira vers lui.

Au même instant, elle fut prise de spasmes violents et vomit, éclaboussant les habits de l'homme. Une douleur fulgurante lui déchira le ventre, et elle se plia en deux. Quelqu'un hurla derrière elle, mais elle ne comprit pas ce qu'on lui disait.

Et, tout à coup, on la secoua brutalement. Elle reçut une gifle qui lui fit perdre l'équilibre.

Elle tomba à genoux et s'écroula sur le sol. Les larmes roulaient sur ses joues.

Au tréfonds de son esprit, une petite voix lui ordonnait de se lever. Sinon, Grady O'Neal la chasserait. Opal ne pourrait plus rien pour la défendre. Que ferait-elle alors ? Où irait-elle si Grady la jetait dehors ?

Peut-être mourrait-elle comme sa mère. Peut-être même était-ce ce qui pouvait lui arriver de mieux. Ainsi, elle ne poserait plus de problèmes, elle n'ennuierait plus personne !

Elle voyait à présent trente-six chandelles. La pièce s'était mise à tournoyer dangereusement. Les bruits autour d'elle se brouillèrent, jusqu'à ce qu'elle n'entende plus rien…

6

Cela faisait des années que Jeremy n'avait pas assisté à l'office. Pourtant, en s'asseyant sur l'un des bancs de l'église, il éprouva un curieux sentiment, comme si ce lieu faisait partie de sa vie.

En y réfléchissant, il se rappela que rares étaient les fois où, jadis, Ted Wesley leur faisait manquer l'homélie du dimanche. Aujourd'hui, après quatorze ans d'absence, il reprenait sa place sur ce banc où s'installait la famille Wesley.

Bien sûr, certaines choses avaient changé. Quand il était enfant, c'était le révérend Pendroy qui prêchait du haut de sa chaire. Le pasteur s'appelait désormais Simon Jacobs, un homme bedonnant qui clamait son sermon d'une voix impérieuse, en martelant chacun de ses mots. Jeremy essaya de lui prêter une oreille attentive, mais bientôt son esprit s'évada tandis qu'il coulait un regard discret autour de lui.

Beaucoup, parmi la communauté des fidèles, lui étaient totalement inconnus, même s'il demeurait encore quelques visages familiers. Certains avaient été à l'école avec lui, et avaient aujourd'hui fondé une famille.

Il reconnut la jolie Rose Townsend — Rose Rafferty depuis qu'elle avait épousé Michael, maire de la ville et propriétaire du Rafferty Hotel. Leurs enfants, un garçon et une fille, les encadraient. La petite fille avait hérité de la magnifique chevelure blonde de sa mère ; le garçon était, lui, aussi brun que son père. Ils formaient tous les quatre une bien belle famille.

Rose et Michael étaient certainement le couple le plus en vue de Homestead. Du moins, c'est ce qu'on lui avait raconté. Avec un vaurien pour frère, et un père alcoolique qui leur avait mené la vie dure, c'était un miracle que Rose s'en fût sortie.

Michael Rafferty se pencha et chuchota quelques mots à l'oreille de sa femme. Rose sourit alors, un sourire qui creusa deux adorables fossettes. Il y avait une telle intimité dans leurs regards, tant d'amour entre ces deux êtres !

Jeremy, embarrassé, détourna les yeux.

Le vieux Doc Varney était assis sur le banc devant lui. Avec les années, il avait pris de l'embonpoint. Ses cheveux poivre et sel et sa barbe striée de fils d'argent lui conféraient une plus grande dignité encore.

Comme Jeremy l'observait, le vieux praticien s'inclina lui aussi vers sa voisine de droite et lui chuchota quelque chose à l'oreille.

Doc était-il marié ? L'idée que ce célibataire endurci ait pu s'engager pour la vie était surprenante. Mais pourquoi pas, après tout ?

George et Leslie Blake occupaient la rangée suivante avec leurs enfants, tous les trois sagement assis. Le plus jeune ne devait pas avoir beaucoup plus d'un an.

Son regard s'arrêta enfin sur le profil de Sarah McLeod. Brusquement, il oublia la promesse qu'il s'était faite la veille de l'éviter soigneusement. Elle était si belle...

Dans cette élégante toilette d'un bleu aussi lumineux que ses immenses prunelles, avec ce magnifique chapeau orné de plumes et de perles légèrement penché sur sa tête, elle avait un charme fou...

Sarah savait qu'il l'observait.

Elle sentit brusquement son cœur s'emballer et son souffle s'accélérer. Inutile de jeter un coup d'œil derrière elle : elle aurait pu décrire cet homme de tête, tellement il la hantait. Son nez légèrement aquilin, ses pommettes saillantes, son menton volontaire et ses lèvres fermement dessinées... Elle s'imagina se retournant, plongeant son regard dans celui, énigmatique, de Jeremy... Ils resteraient là, les yeux dans les yeux, oubliant le monde autour d'eux. Il lui offrirait son plus beau sourire...

« Décidément, tu délires, ma pauvre ! » se gourmanda-t-elle. Tout cela était totalement absurde. Warren avait raison, elle avait trop souvent la tête dans les nuages. Il fallait qu'elle songe à grandir. Elle était quand même sur le point de fêter ses vingt et un ans ! Son anniversaire aurait lieu dans deux semaines. Le lendemain de son mariage. Elle soufflerait les bougies au bras de son nouvel époux...

Warren... C'est à lui qu'elle devait songer, plutôt qu'à son frère. Beaucoup auraient été folles de joie à la perspective de ce mariage. Sans compter qu'il y avait mille choses à faire en vue de cette grande cérémonie.

Bien sûr, Warren lui aurait facilité la tâche s'il avait accepté ce matin de l'accompagner à l'office, mais voilà, il n'avait pas jugé bon de venir. Il était furieux contre elle depuis qu'elle lui avait annoncé qu'ils avaient invité Jeremy à partager leur repas dominical.

— Je croyais vous avoir demandé de rester loin de lui, Sarah ! s'était-il exclamé.

— C'est mon grand-père qui l'a invité, pas moi.

— Eh bien, n'espérez pas me voir m'asseoir à la même table que lui !

— Warren, il s'agit de votre frère ! Ne pourriez-vous pas faire un effort ?

— Décidément vous ne comprenez pas, Sarah...

Elle réprima un soupir. Non, elle ne comprenait pas cette attitude, et ne la comprendrait jamais s'il ne lui exposait pas clairement ses raisons.

Une fois encore, elle essaya de se concentrer sur ce que disait le révérend, mais elle sentait le regard de Jeremy posé sur elle. Qu'avait-il à la fixer ainsi ? Son chapeau était-il mal mis ? A moins qu'elle n'ait une tache dans le dos... Qu'importe, il fallait qu'il cesse tout de suite !

Jeremy se souvint brusquement pourquoi il s'était juré de ne plus regarder Mlle Sarah McLeod. Elle allait devenir la femme de Warren !

Pour Jeremy, la seule femme qui ait vraiment compté était Millie. Non qu'elle ait été aussi séduisante que Sarah McLeod, mais elle avait une âme généreuse et belle. La vie l'avait dotée d'un charisme extraordinaire. Elle avait su lire en lui comme dans un livre ouvert... Il mesurait la chance qu'il avait eue de la croiser sur son chemin.

De nouveau, il songea à Sarah. Warren trouverait-il auprès de cette exquise jeune femme le bonheur que lui-même avait connu dans les bras de Millie ?

Curieusement, cette question le troublait...

Le révérend Jacobs achevait son sermon. Les paroissiens se levèrent pour chanter en chœur l'alléluia. Une dernière hymne, et l'office toucha à sa fin. Il s'apprêtait à s'éclipser quand la voix de Hank McLeod l'arrêta.

— Attendez un moment, Jeremy ! Je souhaiterais vous présenter quelques personnes. Les gens, ici, sont impatients de faire la connaissance du nouvel adjoint.

Faisant volte-face, Jeremy avisa Sarah, près de son grand-père, et croisa son regard aussi bleu que l'azur.

— Bonjour, marmonna-t-il entre ses dents.

— Bonjour, Jere... my.

La voix de Sarah tremblait lorsqu'elle prononça son nom, et il se sentit tout à coup embarrassé.

Il se tourna vers Hank qui lui présenta les membres les plus importants de la communauté. Il dut faire appel à toute sa concentration pour retenir les noms et les visages de chacun. Mlle McLeod fut alors rapidement oubliée.

Enfin, pas tout à fait... Les magnifiques prunelles bleues continuèrent de le hanter. Ces prunelles si innocentes, aussi resplendissantes qu'une promesse...

Tom se tenait près de Sarah sur le parvis de l'église, observant son grand-père tandis qu'il présentait Jeremy Wesley à leurs voisins et amis.

— J'aime bien cet homme, songea-t-il à voix haute. Grand-père aussi. Je pense que M. Wesley fera un bon adjoint.

Comme Sarah ne répondait pas, il lui coula un regard. Elle fixait Jeremy d'un air rêveur. Mon Dieu ! Cette expression, il ne la connaissait que trop bien...

Il se pencha vers elle.

— A quoi penses-tu, grande sœur ? Ne me dis pas que tu as vu le prince charmant ?

— Que racontes-tu ? demanda-t-elle en faisant volte-face, si brusquement qu'elle faillit le heurter de plein fouet.

Elle avait rougi.

Tom choisit avec sagesse de se taire. Si elle était en train de tomber sous le charme de Jeremy Wesley, il n'y avait rien à faire pour l'en empêcher. Il connaissait sa sœur mieux que quiconque. Lui donner une leçon de morale, la mettre en garde, ne servirait qu'à la fâcher.

— Ecoute, Sarah, déclara-t-il d'un ton conciliant en changeant prudemment de sujet. Le Dr Varney et son épouse nous attendent. Rentrons avec eux. Grand-père et M. Wesley nous retrouveront plus tard à la maison.

Sans lui laisser le temps de protester, il lui prit le bras et l'entraîna vers le médecin et sa femme.

— Vous êtes ravissante, Sarah, déclara Betsy Varney en les regardant s'approcher. C'est fort aimable à vous de nous avoir invités à partager votre repas.

Sarah lui sourit.

— Vous êtes toujours les bienvenus à la maison. Vous le savez bien, madame Varney.

Tom observait sa sœur à la dérobée. Il ne pouvait balayer le pressentiment qu'elle était attirée par Jeremy, et il était inquiet. Il n'avait peut-être que dix-huit ans, et ne connaissait pas grand-chose de la vie, mais il savait que Sarah ne trouverait pas le bonheur auprès de Warren Wesley si elle rêvait à un autre.

La jeune fille croisa son regard.

— Nous y allons ? demanda-t-elle avec un sourire éclatant, en glissant un bras sous le sien.

Non, se dit-il, il avait dû se tromper. Jamais Sarah ne s'intéresserait à un autre que son fiancé, et surtout pas à son propre frère. C'était lui qui voyait le mal partout...

Ils quittèrent le parvis de l'église, Doc et son épouse ouvrant la marche. Comme ils avançaient sur Main Street, une femme habillée d'un manteau sombre et coiffée d'un fichu bigarré se faufila jusqu'à eux, et s'approcha discrètement du médecin.

— Excusez-moi, fit-elle en s'arrêtant devant lui. Puis-je vous parler, docteur ?

Tom vit Betsy Varney blêmir.

— Je suppose que vous ne vous rappelez pas de moi, reprit la femme, mal à l'aise. Mon nom est Opal.

Elle avait les paupières fardées de bleu, et les lèvres aussi rouges qu'une fraise bien mûre.

— Opal Irvine, précisa-t-elle d'une voix essoufflée. Vous êtes venu me voir l'année dernière, quand je suis tombée gravement malade.

— Bien sûr, mademoiselle Irvine. Je m'en souviens. Que puis-je pour vous aujourd'hui ?

— C'est à propos de ma sœur. Elle n'est pas bien du tout. Vous devriez venir la voir.

— Que lui arrive-t-il ?

— Elle ne mange plus, et quand je la force à manger, elle ne garde rien. Même pas de l'eau. J'ai l'impression qu'elle a beaucoup de fièvre.

Doc Varney se libéra gentiment de l'étreinte de son épouse.

— Partez devant avec Sarah, ma chérie. Je vous rejoins dès que j'en aurai fini avec cette jeune femme.

Il jeta un coup d'œil à Tom derrière lui.

— Mon garçon, pourriez-vous aller jusqu'à ma carriole récupérer ma trousse ? Vous avez de meilleures jambes que moi. Rejoignez-moi ensuite au saloon.

— C'est comme si c'était fait.

Et, sans perdre un instant, Tom s'éloigna, oubliant ses inquiétudes au sujet de sa sœur.

Sarah regardait son frère disparaître au bout de la rue, quand son grand-père et Jeremy quittèrent enfin le parvis.

Se rappelant la remarque moqueuse de Tom, la jeune fille étudia à la dérobée le nouveau shérif adjoint. A la lumière du jour, il n'avait plus rien d'un élégant aristocrate, se dit-elle, soulagée, avec son sombre costume quelque peu élimé et son chapeau à larges rebords.

Oui, vraiment, c'était un soulagement ! Elle avait déjà suffisamment de peine à envisager son prochain mariage avec sérénité, sans rêver en plus à un prince charmant. Avec le temps, peut-être se ferait-elle un ami de cet homme, bientôt son beau-frère. Que rêver de mieux ? Warren finirait par se raisonner, et accepterait d'enterrer la hache de guerre.

— Où sont Tom et Doc ? demanda son grand-père, Jeremy dans son sillage.

Betsy fit la moue comme si elle venait de croquer un fruit encore vert.

— Il paraît qu'une femme est malade au saloon. Il est allé la voir.

— Un docteur choisit rarement ses clients, fit remarquer Hank d'un ton léger.

Mais la femme du médecin ne se radoucit pas pour autant.

— Si vous voulez mon avis, on serait quand même plus tranquilles si ces filles de saloon quittaient la vallée.

Sarah jugea l'attitude de Betsy quelque peu exagérée. Elle se garda toutefois de tout commentaire.

— Venez, madame Varney, dit-elle aimablement en lui prenant le bras. Nous allons finir de préparer le repas en attendant votre mari et Tom. Ils ne devraient pas en avoir pour longtemps.

Elles se mirent en route, suivies de près par le shérif et son nouvel adjoint qui marchaient en silence.

— Vous ne saisissez pas, Sarah, insista Betsy. Vous ignorez encore les tentations qu'un endroit comme celui-là peut offrir à un homme. Vous verrez, quand vous serez mariée. Comment voulez-vous qu'on dorme sur nos deux oreilles, quand ces femmes de mauvaise vie essaient d'attirer nos époux ?

Attirer nos époux ? L'idée fit sourire Sarah. Elle essaya d'imaginer le digne Dr Varney dans les bras d'une créature comme Opal Irvine. C'était grotesque !

7

Tom observait attentivement chacun des gestes du Dr Varney, tandis que ce dernier auscultait sa patiente, prenant son pouls, écoutant son cœur.

La jeune fille, si ce n'était une ecchymose sur la joue, avait un visage d'une pâleur mortelle. Sa respiration n'était plus qu'un faible râle.

— Que lui est-il arrivé ? demanda le docteur à Opal Irvine qui se tenait derrière lui, en désignant l'ecchymose.

La femme haussa les épaules.

— Fanny a rendu furieux l'un des clients du bar. Il l'a frappée.

Elle avait parlé d'un ton dénué de toute émotion comme si, au Pony Saloon, ce genre d'incidents était monnaie courante.

Mon Dieu, quelle honte ! songea Tom, le cœur serré. Ces femmes n'avaient pas droit à plus de considération que des bêtes parquées dans un enclos.

— Quel âge a votre sœur ? interrogea le médecin.

— Seize ans.

— Elle est peut-être enceinte ?

Opal secoua la tête.

— Non, monsieur. Elle ne reçoit pas de visiteurs. Elle ne fait que servir au bar et faire un peu de ménage.

Tom en fut soulagé. Il ne pouvait imaginer une jeune fille aussi frêle et douce se prostituant pour survivre. Il imagina la terrible existence qu'elle devait endurer, en travaillant dans un lieu de perdition comme celui-ci.

Comme si Opal avait deviné ses pensées, elle crut bon de se justifier :

— Notre mère est morte cette année, et Fanny ne savait où aller. Nous n'avons pas de famille.

Elle laissa échapper un faible soupir et ajouta :

— Est-ce qu'elle va s'en tirer ?

— Je ne vois pas ce qui l'en empêcherait, mademoiselle Irvine, lui assura Doc en se levant et en lui tendant une petite fiole foncée. Elle n'a rien de sérieux. Donnez-lui une cuillerée de ce médicament quatre fois par jour. Et n'oubliez pas de lui appliquer des compresses humides sur le front, pour faire baisser la fièvre. Cette nuit, faites-la boire à intervalles réguliers. Si elle ne vomit pas demain, vous pourrez essayer de l'alimenter. Commencez par un bouillon. Et un peu de confiture de prunes, si vous en avez.

Il saisit sa mallette sur le lit.

— Je reviendrai la voir demain dans la soirée.

— Merci, docteur.

Opal posa les yeux sur Tom, puis sur le vieux médecin.

— Fanny n'est pas comme moi, précisa-t-elle. C'est une fille honnête, avec un grand cœur. Je fais ce que je peux pour elle. Malheureusement...

Doc Varney lui tapota gentiment l'épaule.

— J'en suis certain, mademoiselle Irvine. Au revoir.

Une fois qu'ils eurent rejoint la rue, Tom laissa échapper un soupir.

— Pauvre enfant, déclara-t-il, ému. Ça n'a pas l'air d'aller très fort...

— Prions le Ciel pour qu'elle se rétablisse rapidement.

— On ne lui donnerait même pas seize ans. Quelle honte qu'elle soit obligée de vivre ainsi.

— Elle est jeune, répondit le médecin. Elle aura sûrement sa chance d'échapper à ce milieu.

Il passa un bras autour des épaules de Tom avant d'ajouter :

— Et maintenant, allons faire honneur au succulent repas que votre sœur nous a préparé. Si nous ne nous dépêchons pas, elle va nous étriper !

Tout au long du repas, Jeremy ne cessa d'observer Sarah à la dérobée.

Cette jeune femme l'intriguait. Elle évoquait des sujets pour le moins inhabituels. A l'écouter, on aurait pu croire qu'elle avait voyagé dans le monde entier, tant elle connaissait la géographie des pays et une foule d'anecdotes sur leurs habitants. Sans difficulté apparente, elle guidait la conversation d'un sujet à l'autre, souriant, riant à point nommé. Et pourtant, il n'y avait rien d'artificiel dans son attitude. Ses émotions étaient sincères et vraies.

« Mon frère a décidément beaucoup de chance, songea-t-il brusquement. Comme moi quand j'ai rencontré Millie. »

Oui, il avait eu beaucoup de chance... Dans les bras de son épouse, il avait connu la tendresse. Dieu sait que la vie n'avait pas été facile, mais l'amour les avait aidés à surmonter tous les obstacles.

Sarah McLeod ne ressemblait pas à Millie. Sarah était aussi blonde que sa femme avait été brune ; elle avait des yeux clairs, Millie avait des prunelles d'un noir velouté. Sarah n'hésitait pas à rire aux éclats, Millie était plus discrète, plus effacée. Peut-être moins impétueuse...

Un coup fut frappé à la porte d'entrée, l'arrachant à ses pensées. Tom McLeod quitta la table pour aller ouvrir, et, quand il revint, Warren l'accompagnait.

— Bonjour, tout le monde. Désolé pour mon retard. Je n'ai pu me libérer plus tôt.

Sur ces mots, il se dirigea vers le siège vacant, à droite de Sarah, et s'assit.

Sarah savait qu'elle n'avait aucune raison valable d'en vouloir à son fiancé. Après tout, il était venu déjeuner, il avait fait un effort malgré la présence de son frère. Mais, à l'instant même où Warren prit place à table, la bonne humeur de chacun s'envola mystérieusement.

Le repas à peine achevé, les hommes se retirèrent dans le bureau de Hank, tandis que les femmes portaient la vaisselle sale à la cuisine. Un peu plus tard, le Dr Varney et son épouse prirent congé. Tom offrit de les raccompagner jusqu'à chez eux. Ils venaient de sortir lorsque Hank annonça qu'il était fatigué et qu'il se retirait dans sa chambre. Jeremy se dirigea à son tour vers la porte. Et, bredouillant quelques excuses, il s'éclipsa.

Sarah demeura sur le perron à le regarder s'éloigner en direction de l'église où il avait laissé sa monture, puis referma le battant. Quand elle pivota sur ses talons, elle découvrit Warren barrant la porte du salon, les bras croisés. Il la fixait d'un air revêche.

— Je ne comprends pas ce qui vous empêche de faire la paix avec votre frère, lança-t-elle à brûle-pourpoint. Je le trouve fort sympathique, et d'agréable compagnie. En fait, je suis déçue qu'il nous quitte si vite.

Elle aurait été bien en peine de décrire les émotions qui s'inscrivirent tour à tour sur le visage de son fiancé. Mais une chose était sûre : elle l'avait fâché. Elle se sentit aussitôt penaude.

— Je suis navrée, Warren.

Elle se précipita vers lui et posa les mains sur son veston.

— Je sais que vous n'êtes pas en bons termes avec lui, que vous n'avez plus rien en commun. Mais Jeremy va devenir l'adjoint de grand-père. Vous serez certainement amenés à vous revoir. Alors, pour tout le monde, ne pourriez-vous pas essayer d'aplanir vos différends ? Il en serait ravi, j'en suis sûre.

La réponse de son fiancé fut aussi soudaine qu'inattendue. D'un geste brutal, il l'enserra dans ses bras et la plaqua contre lui. Puis il s'empara de sa bouche. Furieuse, elle voulut le repousser mais il refusa de la lâcher. Au contraire, il resserra son étreinte, et son baiser se fit plus exigeant.

Sarah ressentit alors une bouffée de panique. Dans un coin embrumé de son esprit, elle se répétait que ces baisers feraient désormais partie de leur vie de couple, et qu'elle devait s'en réjouir. Mais c'était plus fort qu'elle. Elle ne pouvait pas.

Quand enfin il la libéra, elle recula vivement et plaqua une main sur son cœur qui battait la chamade.

— Sarah... commença-t-il en s'éclaircissant la voix.

Que lui arrivait-il tout à coup ? Elle n'avait aucune raison d'avoir peur de Warren. Cet homme était probablement l'être le plus inoffensif qu'elle ait jamais rencontré. Non seulement il se montrait toujours patient et prévenant, mais il était généreux avec son prochain. Jamais il ne ferait de mal à une mouche. Elle ne se rappelait pas l'avoir vu sortir de ses gonds avant le retour de son frère. En tout cas, il n'avait pas voulu la blesser. Ne lui avait-il pas souvent répété qu'il l'aimait ?

Toutefois, la peur était bien le seul sentiment qu'il lui inspirait en cette minute.

Il soupira.

— Je... je crois que je ferais mieux d'y aller.

Elle aurait dû insister pour qu'il reste. Elle aurait dû l'inviter à boire un dernier verre dans le salon, mais elle n'en fit rien.

Warren ouvrit la porte et jeta un coup d'œil pardessus son épaule. Il ouvrit la bouche comme pour ajouter quelque chose, mais finalement il se contenta de hocher la tête et de sortir, refermant doucement la porte derrière lui.

Sarah retourna au salon, et s'assit dans le canapé devant le feu. Elle fixa les flammes, essayant de mettre de l'ordre dans ses idées. Mais pour l'instant, tout demeurait désespérément confus...

« Dommage que l'on soit dimanche ! » songeait Warren en foulant les pavés. Un autre soir, il serait allé boire un verre au Pony Saloon. Mais, le jour du Seigneur, l'établissement fermait ses portes. Alors il rentra directement chez lui.

Chez lui, c'était un bien grand mot ! Il vivait pour

l'instant dans l'arrière-boutique. La pièce était exiguë et sombre, mais pour lui seul cela suffisait amplement. Quand Sarah et lui seraient mariés, ils s'installeraient dans la demeure des McLeod.

S'allongeant sur le matelas dans un coin de la pièce, les bras croisés derrière la tête, il réfléchit à ce que Sarah lui avait dit un peu plus tôt à propos de son frère. D'après elle, il devait faire la paix avec Jeremy. Bien sûr, il ne pouvait obliger la jeune fille à comprendre les différends qui opposaient les frères Wesley. Il avait déjà toutes les peines du monde à y voir clair lui-même !

Toutefois, Sarah avait raison sur un point. Jeremy serait bientôt le nouvel assistant du shérif — ce qui lui paraissait totalement insensé. Comment ceux qui avaient connu Jeremy plus jeune pouvaient-ils avoir confiance en lui ? Il devait être le seul en ville à se rappeler qui était réellement son frère : un rebelle en puissance, un fauteur de troubles. Il n'avait pas le profil d'un marshall.

Mais, avec Jeremy travaillant à Homestead, ils ne manqueraient pas dorénavant de se croiser régulièrement. Alors peut-être, comme le soulignait sa fiancée, serait-il plus simple de faire une trêve…

Bon sang ! Pourquoi diable Jeremy était-il revenu ?

Warren fixa le plafond au-dessus du lit. Dire qu'il avait passé sa vie à essayer de faire plaisir à son père… Pas une seule fois il n'avait désobéi à Ted Wesley. Il ne se serait jamais aventuré à le contredire, à contrecarrer ses ordres ou à lui mentir. Contrairement à Jeremy qui n'en faisait qu'à sa tête !

Et qu'y avait-il gagné ?

Rien, absolument rien. Après toutes ces années passées à aider au ranch, malgré tout le mépris qu'il avait pour les travaux de la ferme, la boue, le purin, la poussière… Après être resté des mois au chevet de son père, sans jamais se plaindre... Après tout ce qu'il avait entrepris pour lui rendre la vie plus facile, ce dernier l'avait remercié en léguant ses biens à Jeremy. Il avait tout laissé à ce fils qui, non content de lui avoir volé de l'argent, s'était enfui. C'était à n'y rien comprendre...

Non, Sarah ne mesurait pas ce qu'elle exigeait de lui !

8

Jeremy fut officiellement nommé à son poste d'adjoint au shérif le lundi suivant. Après quelques mots de félicitations, le maire et le shérif le laissèrent dans le bureau.

Adjoint au shérif, Jeremy Wesley...

Un sourire au coin des lèvres, il balaya la pièce du regard.

Le mobilier se résumait à un immense bureau encombré de paperasse, un fauteuil en cuir affaissé avec les années, et quelques chaises de paille.

Au mur, derrière le bureau, une vitrine recelait les armes de service, plusieurs winchesters ainsi que deux colts. Et, pour égayer l'ambiance plutôt austère de cette pièce, on avait suspendu des tableaux. Une nature morte, une reproduction de fleurs aux couleurs vives... et une aquarelle d'un couple d'amoureux pique-niquant au bord d'une rivière. Jeremy soupçonna la petite-fille de Hank de les avoir placés là.

A l'autre bout de la pièce, près de la porte qui conduisait aux deux geôles, se dressait un poêle à bois Windsor qui diffusait une douce chaleur dans tout le bureau. Posée dessus, une cafetière émaillée, qui avait connu de meilleurs jours, gardait le café au chaud. Et sur une étagère à côté, on avait rangé les tasses, les cuillères et une boîte à sucre.

S'approchant du poêle, Jeremy se servit un café. Mais à la première gorgée, il faillit tout recracher, tant la boisson brûlante avait un goût corsé et amer. La cafetière n'avait pas dû être nettoyée depuis longtemps. Mais il n'allait pas jouer les difficiles. C'était déjà bien de pouvoir boire quelque chose, et puis il avait connu pire dans l'armée.

Emportant sa tasse avec lui, il alla jeter un coup d'œil dans la pièce voisine. Des barreaux séparaient les deux étroites cellules. A l'intérieur de chacune, on avait jeté un vieux grabat à même le sol et une couverture de laine brune. L'endroit était humide et sombre, le seul éclairage provenant de la minuscule fenêtre en hauteur.

Avec une grimace, Jeremy tourna les talons et retourna s'asseoir derrière le bureau.

Il pianota distraitement sur le bord du plateau de chêne, avant de s'intéresser aux documents qui s'entassaient devant lui.

Que faire ? Ou plutôt par quel bout commencer ? Après lui avoir sommairement expliqué en quoi consistait son travail d'adjoint, Hank McLeod lui avait demandé de faire un peu de rangement dans les papiers.

Il posa la tasse et s'attaqua à la première pile. Ces papiers étaient pour la plupart des avis de recherche, distribués à travers tous les comtés de la région. Lentement, il les parcourut un à un, prenant le temps d'enregistrer les noms avant d'étudier les portraits-robots. Sait-on jamais, il pourrait croiser l'un de ces malfaiteurs lors de ses rondes en ville…

— Bonjour, Jeremy !

Il leva les yeux tandis que Sarah McLeod pénétrait dans la pièce, claquant la porte derrière elle. La jeune fille portait un élégant manteau d'épais lainage gris, resserré à la taille et ourlé de fourrure aux poignets. Elle lui tendit un panier recouvert d'un linge à carreaux rouges et blancs.

— Voici votre déjeuner.

Jeremy se leva d'un bond, les sourcils froncés. Elle éclata de rire.

— Ne prenez pas cet air mécontent, monsieur Wesley. Loin de moi l'intention de vous empoisonner.

Elle haussa les épaules, penchant légèrement la tête sur le côté avec coquetterie.

— Que voulez-vous ? J'ai apporté le déjeuner à mon grand-père pendant des années. C'est devenu une habitude. Et, que je sache, vous n'avez personne qui puisse cuisiner pour vous ?

Elle haussa un sourcil, attendant une réponse. Il déglutit à grand-peine.

— C'est très gentil à vous, Sarah.

Comme si elle voyait là une invitation à s'attarder quelques instants, la jeune fille ôta son chapeau, lui offrant la vision de sa magnifique chevelure blonde.

— Pour être tout à fait honnête, Jeremy, je ne suis pas venue uniquement pour vous apporter votre déjeuner. J'avais besoin de vous parler.

Tout en discutant, elle repoussa les papiers qui envahissaient le bureau et étala soigneusement le torchon à carreaux devant lui. Puis elle sortit deux sandwichs appétissants au pain frais, des pommes et une bouteille de lait. Quand elle eut tout déballé, elle leva les yeux.

— Voilà... J'ai une faveur à vous demander.

Sans un mot, Jeremy lui fit signe de s'asseoir. Qu'allait-elle bien pouvoir inventer ?

— C'est à propos de votre frère, lança-t-elle sans autre préambule.

Il ouvrit de grands yeux.

— A propos de Warren ? Allez-y, mademoiselle McLeod. Je vous écoute.

Elle s'installa en face de lui, prenant soin de ne pas froisser ses jupons, puis joignit ses fines mains gantées sur ses genoux.

— Warren n'a pas d'autre famille que vous. Je vous sais en mauvais termes tous les deux, et je me demandais si... Enfin, n'y a-t-il rien que vous puissiez faire pour vous réconcilier ?

Comme il ne répondait pas, se contentant de la regarder, elle soupira.

— Warren refuse de me dire ce qui s'est passé entre vous mais, manifestement, il souffre de cette situation. Je ne supporte pas de vous voir vous regarder en chiens de faïence. Pour ma part, je ne sais pas ce que je ferais sans mon frère. Tom est mon confident. Quand je suis triste, il est toujours là pour me consoler. Tout le monde a besoin d'un ami. Warren a besoin de vous.

Décidément, son frère avait beaucoup de chance, pensa Jeremy en écoutant attentivement sa visiteuse. S'en rendait-il au moins compte ? Des femmes comme Sarah ne couraient pas les rues...

Croiser le regard ténébreux de Jeremy Wesley s'avérait une expérience bien troublante ! songeait la jeune fille. C'était comme si, tout à coup, son esprit cessait de fonctionner. Pour tout dire, elle ne se rappelait même plus la raison qui l'avait conduite ici. Son cœur s'emballait, et elle était incapable de réfléchir.

Jeremy secoua la tête.

— Si seulement j'avais une solution à proposer... La situation ne me plaît pas plus qu'à vous. Malheureusement, je ne sais comment briser la glace avec Warren. Il est buté, et refuse de m'écouter, mademoiselle McLeod.

— Sarah, corrigea-t-elle machinalement, incapable de détacher le regard de ses lèvres fermes et sensuelles.

— Sarah, répéta-t-il d'une voix soudain plus douce.

Elle crut que son cœur allait bondir hors de sa poitrine.

Jeremy baissa les yeux, feignant d'observer les pieds du bureau.

— Warren et moi n'avons jamais été proches. Probablement à cause de notre différence d'âge. Et puis...

Il redressa la tête avant d'ajouter :

— Warren a de bonnes raisons de m'en vouloir. Il n'a jamais aimé la terre, et pourtant c'est lui qui est resté au ranch pour s'en occuper. Dieu seul sait à quoi pensait notre père quand il m'a légué le domaine ! Je n'aurais jamais imaginé...

Sarah sentit sa gorge se nouer. Il y avait une telle tristesse à présent dans les prunelles sombres de Jeremy. Elle n'avait plus qu'une envie : le réconforter. Mais comment ?

Elle se rappela soudain pourquoi, ou plutôt pour qui, elle était ici. Warren ! Elle était venue dans l'espoir d'aider Warren. L'homme qu'elle était sur le point d'épouser !

Prenant une profonde inspiration, elle déclara :

— Je suis sûre qu'il suffirait de peu pour vous réconcilier. Cela vaut la peine de faire un effort, ne croyez-vous pas ? Pourquoi ne pas essayer de lui parler ? Je vous en prie. C'est important pour lui.

— J'essaierai.

Le visage de la jeune fille s'illumina aussitôt.

— Merci, Jeremy. Je suis si heureuse ! Nous allons pouvoir être amis, nous aussi.

Tom suivit Doc Varney jusqu'à la chambre de Fanny, au premier étage du Pony Saloon. Le médecin frappa doucement à la porte. Comme il n'obtenait pas de réponse, il poussa le battant et entra dans la pièce plongée dans la pénombre.

Fanny Irvine ouvrit les yeux quand le docteur s'approcha du lit. Elle alluma la lampe sur la table de chevet, et tenta tant bien que mal de redresser les oreillers derrière sa tête.

— Eh bien, je vois que vous allez déjà beaucoup mieux ! s'exclama-t-il d'un ton enjoué. Vous avez retrouvé des couleurs.

Tom n'était pas tout à fait de cet avis, il trouvait la jeune fille encore bien pâle. La seule couleur qui ressortait sur son visage cireux était l'ecchymose sous son œil droit, qui avait viré au violet.

— Vous permettez ? ajouta Doc en faisant signe à Tom d'approcher. Aujourd'hui, c'est mon jeune assistant qui va vous ausculter.

Il ouvrit sa mallette en cuir et en sortit un stéthoscope.

— Ecoutez son cœur, Tom, et dites-moi ce que vous en pensez.

Mal à l'aise, le jeune homme saisit l'instrument d'une main tremblante et fit le tour du lit, conscient du regard inquisiteur que le médecin posait sur lui. Et s'il s'y prenait mal ? Doc serait à n'en pas douter déçu, d'autant que l'examen n'avait rien de bien compliqué.

Il croisa le regard de la malade. Des yeux marron éclaboussés de paillettes d'or. Superbes.

— Ne vous inquiétez pas, souffla-t-il gentiment en se penchant vers Fanny. Je ne vous ferai aucun mal.

Elle lui offrit un faible sourire, et Tom se sentit tout à coup intimidé.

Rougissant, il détourna le regard, et plaqua le stéthoscope sur la poitrine de la jeune fille. Le cœur de la malade battait tout à fait normalement. Peut-être un peu vite, mais il n'y avait là rien d'alarmant.

Il se tourna vers le Dr Varney.

— Rien à signaler.

Le vieux médecin hocha la tête avant de reporter son attention sur Fanny.

— Dites-moi, mademoiselle Irvine, comment vous sentez-vous aujourd'hui ?

— Mieux.

Sa voix n'était qu'un faible murmure. Elle déglutit avant de répéter :

— Mieux.

— Avez-vous mangé un peu ?

Elle fronça le nez mais acquiesça.

— Vous allez essayer de prendre un vrai repas ce soir. Il faut retrouver des forces, jeune fille.

Confuse, Fanny baissa les yeux et, distraitement, glissa un doigt dans un accroc de la couverture.

— Vous ne connaissez pas la cuisine de M. O'Neal. Je ne pourrai jamais rien avaler, tout est bien trop gras.

Doc coula un regard en direction de Tom avant de se pencher vers sa patiente.

— Mme Potter aura certainement un de ses bons petits plats à vous offrir. Mon assistant va aller vous chercher cela tout de suite.

Les yeux de la jeune fille s'agrandirent d'effroi.

— Non, surtout pas! Je n'ai pas d'argent pour payer! Opal m'écorcherait vive si...

— Ne vous faites pas de souci pour cela, Fanny, répliqua Doc en lui tapotant gentiment la main. Souvenez-vous, c'est moi le médecin. Vous devez m'obéir.

La jeune fille jeta un coup d'œil anxieux en direction de la porte.

— Opal ne peut plus recevoir ses clients ici parce que je suis malade, et coincée dans ce lit. Et je ne peux pas travailler. Si Grady savait que je...

— Raison de plus pour suivre à la lettre mes instructions. Tom va aller vous chercher de quoi manger, et je veux que vous avaliez tout jusqu'à la dernière bouchée. Tom, vous resterez auprès de cette jeune fille pour vous assurer qu'elle finit son repas.

Les yeux de Fanny s'emplirent de larmes, et Tom sentit son cœur se serrer. Comment osait-on faire peur à cette jeune fille au point qu'elle n'ose même pas s'alimenter?

— Je reviens tout de suite, lui promit-il avec un sourire chaleureux.

Sarah se sentait le cœur plus léger quand elle quitta le bureau du shérif. Elle avait mené à bien sa mission. Jeremy lui avait promis de faire un effort avec son frère. Il ne lui restait plus maintenant qu'à arracher à Warren la même concession.

Son allégresse céda la place à l'inquiétude alors qu'elle descendait Main Street, en direction de la boutique de son fiancé. Sarah savait que ce dernier pouvait être têtu comme une mule. Il était difficile, sinon impossible de lui faire changer d'avis.

Warren était un homme qui s'accrochait à ses

habitudes. Il dînait avec les McLeod le mercredi, le samedi et le dimanche, après l'office. Le mardi, lui et Sarah se retrouvaient au Rafferty Hotel pour déjeuner. Il commandait toujours le même plat : du poulet rôti accompagné de pommes de terre rissolées.

Il travaillait de huit heures le matin jusqu'à six heures le soir, et cela six jours par semaine. Et, à l'exception du mardi, il ne prenait jamais plus de vingt minutes le midi pour manger.

Warren Wesley était ennuyeux. Pourquoi refusait-elle de l'admettre ?

En réalité, il était ennuyeux à mourir. Pour rien au monde il ne dérogerait à ses sacro-saintes habitudes. Sa vie se résumait à un emploi du temps précis où la passion n'avait aucune place.

Ennuyeux. Insipide. Lassant !

Elle s'en voulut aussitôt de penser cela de son fiancé. Warren avait bien d'autres qualités. Il était scrupuleusement honnête. Sa gentillesse ne faisait pas l'ombre d'un doute, et il était toujours le premier à porter secours. Jamais il n'oubliait la date de son anniversaire. Il lui offrait systématiquement un présent pour Noël et Pâques. Il ne rechignait pas à la tâche, et serait à n'en pas douter un bon père de famille.

Car il souhaitait fonder une famille. Il voulait quatre enfants. Elle ne comptait plus les fois où il le lui avait répété. Un frisson, qui ne devait rien au froid qui sévissait en ce début d'après-midi, la parcourut tandis qu'elle se rappelait ses baisers. Comment pourraient-ils faire l'amour et concevoir des enfants ?

— L'amour se construit au jour le jour, avait coutume de dire sa grand-mère. Tu verras, ma petite-fille, tes sentiments pour Warren ne feront que grandir avec les années.

Mais que se passerait-il si elle ne supportait pas les étreintes de Warren ?

Tout à coup, elle se retrouva devant son magasin. Elle fixa les lettrines dorées sur la porte d'entrée : *Warren Wesley, ébéniste.*

Nerveuse. Oui, elle était simplement nerveuse à l'idée de son prochain mariage, et des détails encore confus de la vie maritale. Jamais, jusqu'à ce jour, elle n'avait jugé son fiancé ennuyeux.

La porte s'ouvrit.

— Sarah, que faites-vous dehors avec ce froid ? Vous allez attraper la mort !

Warren la prit par le bras et l'entraîna à l'intérieur de la boutique.

Une douce odeur de bois fraîchement coupé lui chatouilla les narines. Le sol disparaissait sous des monticules de copeaux dorés.

— Vous ne devriez pas sortir par un froid pareil, ajouta-t-il. Il gèle.

— Je voulais vous parler.

— Et cela ne pouvait pas attendre demain ? Je vous rappelle que nous déjeunons ensemble à l'hôtel. Vous êtes incorrigible !

Il la gratifia d'un sourire indulgent.

— Si j'avais pensé que cela pouvait attendre, je ne serais pas là, Warren, répliqua-t-elle sèchement.

Dieu qu'elle était agressive ! Que lui arrivait-il donc ?

— Eh bien, concéda-t-il avec un soupir. Dans ce cas… nous pourrions peut-être nous asseoir. Vous me direz ce que vous avez sur le cœur.

Il la guida à travers la boutique jusqu'à deux fauteuils installés dans un coin.

L'avait-il toujours traitée comme si elle était une

enfant irréfléchie ? se demandait-elle tout en le suivant docilement. Non, Warren s'inquiétait juste pour elle. Il l'aimait et faisait en sorte de la protéger.

Elle ôta ses gants et les glissa dans les poches de son manteau, avant de se débarrasser de son chapeau qu'elle posa sur le bras du fauteuil. Elle s'assit alors, regardant son fiancé qui partait fermer la porte d'entrée laissée entrouverte.

Il était tellement différent de son frère... Cette pensée lui fit monter le rouge aux joues.

Warren avait un visage tout ce qu'il y avait de plus ordinaire. Sans être déplaisant, il n'avait rien de fascinant non plus. Il était à peine plus grand qu'elle. Ses cheveux châtain clair étaient déjà clairsemés sur son crâne ; d'ici à quelques années, il serait chauve.

Oui, il était bien différent de Jeremy Wesley...

Elle revit l'adjoint du shérif dans son bureau, ses cheveux noirs épais qui encadraient un visage noble et séduisant, ses épaules larges et ses jambes musclées, son allure athlétique, le mouvement de ses lèvres sensuelles quand il souriait...

Elle rougit de plus belle et baissa les yeux, craignant que Warren, qui revenait vers elle, ne s'aperçût de son trouble.

— Alors, racontez-moi ce que vous aviez à me dire de si important, fit-il en s'asseyant en face d'elle.

Sarah prit une profonde inspiration.

— Je suis venue vous parler de Jeremy.

Il esquissa une grimace.

— Votre frère à été nommé au poste d'adjoint au shérif aujourd'hui, poursuivit-elle. Il va soulager mon grand-père de la majeure partie de ses tâches.

— C'est ce que j'ai cru comprendre.

— Warren... il est votre seule famille. Et, dans un certain sens, il va bientôt devenir mon frère. Je vous en prie, si ce n'est pas pour vous, faites au moins un effort pour moi.

— Ce n'est pas aussi simple que cela, ma petite Sarah.

C'en était trop ! Agacée par ce ton paternaliste, elle sentit la colère l'envahir.

— Bien sûr que c'est simple, Warren Wesley ! Et cessez de me traiter comme si je n'avais pas un sou de bon sens.

Elle se leva d'un bond.

— Campez sur vos positions si cela vous chante. Quant à moi, j'ai l'intention de recevoir Jeremy comme il se doit. A bras ouverts. Il fera partie de la famille, et je le considérerai comme mon propre frère.

Sur ces mots, elle prit son chapeau et quitta la boutique, laissant la porte grande ouverte derrière elle.

Fanny sourit à Tom McLeod, assis au bord de son lit, qui la regardait manger. Elle n'avait pas beaucoup d'appétit, et la présence du jeune homme n'arrangeait rien.

Pourtant, elle savait qu'elle serait malheureuse quand il s'en irait. Jamais personne ne l'avait traitée avec autant de gentillesse.

Tandis qu'elle chipotait dans son assiette, Tom la distrayait en lui parlant de sa vie à l'université. Elle ne comprenait pas un traître mot de ce qu'il racontait, mais elle aimait le son de sa voix.

— J'ai bien failli être renvoyé à cause de cette escapade, expliquait-il avec un sourire espiègle. Si

Doc n'avait pas été un ami personnel du directeur... Enfin, j'ai retenu la leçon. Je me suis assagi par la suite. Je tiens trop à obtenir mon titre de docteur en médecine pour gaspiller mes chances en faisant l'imbécile.

Il désigna son assiette.

— Vous n'avez pas fini. Doc a dit toute l'assiette.

— Mais je n'ai plus faim.

Tom lui sourit en secouant la tête.

— Allez, pas d'histoires. Il faut finir.

« Il a le plus beau sourire que j'aie jamais vu », pensa-t-elle, le cœur battant.

— Je vous assure, monsieur, je ne peux plus avaler quoi que ce soit.

Il se pencha vers elle. Il sentait bon le savon. C'était rare qu'un homme sente aussi bon.

— D'accord. Mais vous direz à Doc que vous avez tout mangé, murmura-t-il avec un clin d'œil complice.

Elle hocha gravement la tête.

— D'accord.

Il lui prit le plateau des mains et le posa sur le tapis, près du lit.

— Il faut vous reposer, maintenant.

— Viendrez-vous avec le Dr Varney demain ?

— Oui, bien entendu. Vous êtes ma première patiente, après tout. Il est donc normal que je vienne moi aussi.

Pour la première fois depuis des mois, Fanny se sentit merveilleusement légère.

9

Jeremy enfilait son manteau, s'apprêtant à se rendre à la boutique de son frère, quand la porte du bureau s'ouvrit, et Warren fit son apparition. Ils se dévisagèrent longuement, sans un mot.

Enfin, Jeremy désigna la chaise devant le bureau.

— Nous pourrions peut-être nous asseoir.

Avec un hochement de tête, Warren s'installa. Puis, s'éclaircissant la voix, il déclara :

— J'ai cru comprendre que Sarah était venue te voir.

— Oui, c'est exact.

— J'ai l'impression que, pour elle, il est important que nous fassions la paix.

— Apparemment.

Warren promena un regard autour de lui.

— Je ne t'imaginais pas devenir un jour adjoint du shérif. Surtout pas ici, à Homestead.

— Pour être honnête, moi non plus.

— Je voulais te dire, fit Warren en changeant abruptement de sujet. Je trouve injuste que notre père t'ait laissé la ferme. C'est quand même moi qui suis resté. Le ranch me revenait de droit.

Il croisa le regard de Jeremy et ajouta :

— Pendant tout ce temps où tu n'étais pas là, je l'ai aidé à cultiver, à nourrir les bêtes…

— Je sais.

— Pourtant, s'il y avait bien quelque chose que je détestais, c'étaient les travaux de la ferme. Mais voilà, étant le seul à pouvoir donner un coup de main, je n'avais guère le choix. De cela, père se fichait totalement. A ses yeux, il n'y avait que toi qui comptais. Même quand nous étions petits, il n'y en avait que pour toi.

Jeremy ne répondit pas.

— Il a économisé, il s'est serré la ceinture pour que tu puisses poursuivre tes études. Pour moi, il n'a jamais rien fait.

Il se pencha en avant et poursuivit :

— J'étais heureux le jour où tu t'es enfui. J'ai cru que peut-être...

Laissant sa phrase en suspens, il se renversa contre le dossier de sa chaise.

Jeremy songea à toutes ces années passées auprès de Ted Wesley. Jamais il n'avait vu les choses sous cet angle. Tout ce dont il se souvenait, c'était d'un père lui rappelant constamment qu'il était déçu par sa conduite.

Ted Wesley était un homme qui ne montrait jamais la moindre affection, qui n'ouvrait la bouche que pour se mettre en colère et critiquer.

Et si c'était son frère qui avait raison ?

Une chose était certaine : Warren, lui aussi, avait souffert. Son frère avait dû supporter les foudres de leur père sans piper mot. Un père qui se fichait bien qu'il ait une passion. Le bois ! Travailler le bois, fabriquer des meubles... Petit, il passait des journées entières à sculpter des figurines dans des rebuts récupérés à la scierie.

Jeremy, lui, adorait la terre. Cette passion, il ne la tenait de personne, pas même de son père qui avait gardé la ferme à seule fin de subvenir aux besoins de sa famille. Enfant déjà, il aimait travailler dans les champs, sentir sur lui le souffle du vent, et rentrer à la maison, le soir venu, perclus de courbatures. A la fin de l'hiver, il était le premier à arpenter la campagne, observant les plantes qui perçaient la surface du sol encore gelé. Mais la saison qu'il préférait était celle des récoltes, lorsque les hommes recueillaient les fruits de leur labeur, sous un soleil généreux...

— Savais-tu que notre père avait envoyé le reste de l'argent destiné à tes études à la grand-mère de Millie ? s'enquit Warren, l'arrachant à ses pensées. Pour qu'elle puisse vous aider financièrement ! Tu imagines ? Il n'a pas gardé un dollar pour nous. Même pas un malheureux cent.

Jeremy n'en croyait pas ses oreilles.

— Eh oui, cela t'étonne ! reprit son frère, amer. Mais c'est la pure vérité.

— Je l'ignorais, Warren. La grand-mère de Millie ne nous en a jamais rien dit.

Il marqua une pause et ajouta :

— Je suis désolé. Sincèrement désolé.

Son frère s'était levé, et arpentait la pièce comme un lion en cage.

— Sarah est une jeune femme merveilleuse, lança-t-il d'un ton agressif. Sa famille jouit d'une grande considération dans la région. C'est important. Parfois, j'avoue que les lubies de ma fiancée m'agacent quelque peu, mais je ne m'inquiète pas trop. Sarah est jeune, je saurai la dresser et la remettre dans le droit chemin.

Il s'assit de nouveau.

— Mais, en ce qui te concerne, je reconnais qu'elle n'a pas tort. Homestead est une petite ville. Je tiens un commerce, et toi, maintenant, tu représentes la loi. Des disputes nuiraient à notre réputation. Alors, suivons le conseil de Sarah. Sauvons au moins les apparences et montrons-nous coopératifs. Qu'en penses-tu ?

— Cette idée me plaît assez.

Ensemble, ils se levèrent et échangèrent une poignée de main. Leurs regards restèrent un instant rivés l'un à l'autre.

Ce fut Warren qui retira sa main le premier, en toussotant d'un air gêné.

— Je ferais mieux de retourner à la boutique, marmonna-t-il. J'ai une commande à livrer pour la fin de la semaine, et je ne suis pas en avance dans mon travail.

Il se dirigea vers la porte, mais s'arrêta sur le seuil :

— Sarah aimerait que tu te joignes à nous mercredi, pour le dîner.

— Je ne voudrais pas m'imposer.

— Tu la connais ! Elle serait vexée si tu déclinais son invitation.

Sur ces mots, il sortit.

Jeremy se laissa choir dans son fauteuil, et exhala un soupir de soulagement. Pour la première fois depuis très longtemps, il se sentit serein.

Rose Rafferty serrait frileusement les pans de son manteau tandis qu'elle se dirigeait vers l'hôtel. Son cœur battait le tocsin dans sa poitrine, et elle avait l'impression d'avoir des ailes.

Elle allait avoir un nouveau bébé.

Un bébé !

Dire qu'elle avait presque fini par abandonner tout espoir ! Benjamin était né avant que Michael et elle ne fêtent leur premier anniversaire de mariage. Sophie était arrivée un an plus tard, presque jour pour jour. Puis sept ans s'étaient écoulés, et Rose avait craint de ne plus jamais retomber enceinte.

Michael voulait une maison pleine de rires d'enfants. C'est pourquoi, quand il avait construit leur maison, après l'hôtel, il avait aménagé plusieurs chambres à l'étage. Ces chambres allaient enfin pouvoir servir !

Elle entra dans l'hôtel par la porte principale.

Paul Stanford, le réceptionniste, lui jeta un coup d'œil étonné par-dessus le comptoir.

— Bonjour, madame Rafferty.

— Bonjour, Paul, répondit-elle avec un sourire éclatant. Michael est dans son bureau ?

— Oui, m'dame.

— Il est seul ?

— Oui, m'dame.

Devant la porte du bureau, elle se composa un air sérieux, bien décidée à ne pas trahir tout de suite sa joie, pour faire durer le plaisir.

Prenant une profonde inspiration, elle ouvrit la porte et passa la tête dans l'embrasure.

— Tu es occupé ?

Michael se leva.

— Jamais quand il s'agit de toi.

Avec un large sourire, il contourna son bureau et la rejoignit.

Tandis que la porte se refermait derrière elle, il l'attira dans ses bras et l'embrassa comme elle aimait être embrassée. Lentement, tendrement.

— Qu'est-ce qui t'amène ici en plein après-midi ? Cela ne te ressemble pas.

— Oh, rien de bien important ! mentit-elle en reculant d'un pas. J'avais quelques emplettes à faire en ville.

Du bout des doigts, elle effleura son nouveau chapeau, orné de violettes en tissu.

— Tu aimes ?

Michael hocha la tête.

— Il te va à ravir.

— Mme Gaunt l'a créé spécialement pour moi. Cette femme a des doigts de fée. Elle a presque terminé la robe que je lui ai commandée la semaine dernière. Je n'arrive pas à comprendre comment elle fait...

Il fronça les sourcils.

— Rose, y a-t-il quelque chose dont tu voudrais me parler ?

— Te parler ?

Elle ouvrit de grands yeux, feignant l'étonnement.

— Qu'est-ce qui te fait penser une telle chose, Michael ?

— Tu es... bizarre.

— Eh bien...

Michael lui tendit la main, et elle vint se réfugier dans ses bras.

— Que se passe-t-il, Rose ? s'enquit-il d'un ton tout à coup alarmé.

— Pardonne-moi, Michael. J'aurais dû te dire tout de suite que j'avais fait une commande exceptionnelle chez Leslie.

Il haussa un sourcil, attendant qu'elle poursuive, et resserra légèrement son étreinte sur sa taille.

— Eh oui, les affaires de Sophie étaient démodées, j'ai pensé qu'il valait mieux refaire le trousseau.

— Le trousseau ? répéta-t-il, ébahi.

Elle hocha la tête avec un sourire.

— C'est pour juillet prochain.

— Un bébé !

Brusquement elle se retrouva dans les airs, et la pièce se mit à tournoyer. Quand son époux la reposa enfin sur le sol, il lui scella les lèvres d'un baiser ardent.

— Ma chérie, je t'aime tant !

Rose éclata de rire. Elle était certainement l'une des femmes les plus heureuses au monde...

— Tu veux me dire ce qui te tracasse, princesse ?

Sarah fit volte-face, tournant le dos à la fenêtre, et rencontra le regard inquiet de son grand-père. Elle laissa échapper un long soupir avant de hausser les épaules.

— Eh bien, je me suis querellée avec Warren.

Grand-père pénétra dans la chambre et vint s'asseoir dans le fauteuil près du lit.

— C'est sérieux ?

— Non, je ne pense pas. Je trouve juste qu'il ne se comporte pas très bien avec son frère.

Hank hocha la tête.

— C'est tout ce que tu lui reproches ?

« Non ! eut-elle envie de répondre. Non, ce n'est malheureusement pas tout. En fait, je ne sais plus très bien où j'en suis. Quand je regarde Warren, je ne ressens pas ce que je devrais normalement ressentir. Tout est si confus dans mon esprit... »

— C'est tout, répliqua-t-elle cependant pour ne pas l'inquiéter.

— Alors pourquoi ne viens-tu pas disputer une partie d'échecs au salon ? Maintenant que j'ai un adjoint qui se charge du travail à ma place, je ne sais plus quoi faire de mes dix doigts. Parfois je me dis que je devrais rendre mon insigne.

— Cela t'ennuie ?

Hank quitta le fauteuil et glissa un bras autour des épaules de sa petite-fille.

— Non, plus vraiment. Je me sens un peu désœuvré, c'est tout.

— Peut-être pourrais-je t'apprendre à cuisiner ?

Il s'esclaffa de bon cœur.

— Si tu veux que je mette le feu à la maison, c'est la meilleure solution !...

Une demi-heure plus tard, alors que Sarah menait la partie, la porte d'entrée s'ouvrit.

— C'est moi ! annonça Tom en surgissant sur le seuil du salon. Regardez qui j'ai rencontré en route.

La jeune fille leva les yeux, et découvrit Jeremy derrière son frère. Il tenait à la main le panier qu'elle lui avait laissé la veille.

— J'ai pensé que vous en auriez peut-être besoin, déclara le visiteur avec un sourire. Et puis, je voulais vous remercier. Le repas était excellent.

Elle bondit de sa chaise.

— J'avais totalement oublié que je vous l'avais laissé...

« Menteuse ! » se gourmanda-t-elle. Elle s'approcha et lui prit le panier.

— Merci de me l'avoir ramené.

Jeremy salua le grand-père de Sarah, avant de reporter son attention sur la jeune fille.

— Puis-je vous parler un instant, mademoiselle McLeod ? Je veux dire, en tête à tête ?

Elle éprouva une drôle de sensation quand elle croisa son regard intense.

— Bien sûr, murmura-t-elle dans un souffle. Suivez-moi...

Sans plus attendre, elle quitta le salon, le cœur battant, n'osant même pas regarder derrière elle pour s'assurer que Jeremy la suivait. Du reste, elle sentait sa présence dans son dos, comme s'il la frôlait à chacun de ses pas.

Elle pénétra dans le bureau, et alla s'installer près du fauteuil de Hank. Jeremy referma la porte derrière lui. Sarah sentait son cœur cogner contre ses côtes.

Il fit un pas vers le bureau, puis s'arrêta, comme si lui aussi jugeait plus sage de garder ses distances.

— Je... je voulais juste vous remercier pour ce que vous avez fait, Sarah.

— Ce que j'ai fait ?

Il était si grand, si fort... si séduisant. Une mèche rebelle lui barrait le front, et elle eut soudain l'envie absurde de la repousser.

Jeremy avait l'allure d'un véritable aristocrate. Malgré ses vêtements qui avaient dû connaître des jours meilleurs, il avait beaucoup de prestance.

— Oui, ce que vous avez fait pour moi et Warren, mademoiselle McLeod.

Plonger le regard dans celui de Jeremy, c'était comme se baigner dans l'eau glacée de Pony Creek au premier jour du printemps. « Non, se tança-t-elle, je t'en prie, redescends sur terre ! »

— Warren et vous ?

Décidément, elle devait lui donner l'impression d'être une parfaite idiote, à répéter tout ce qu'il disait.

— Oui. Warren est venu me voir cet après-midi. Nous avons... Enfin, je pense que les choses vont s'arranger entre nous. Merci.

Prenant une profonde inspiration, elle s'assit dans le fauteuil de son grand-père.

— Tant mieux si j'ai pu vous être utile. C'est le moins que je puisse faire pour votre frère...

Elle croisa le regard de Jeremy, un regard mystérieux, envoûtant. De nouveau, elle sentit son cœur s'emballer.

— Warren a beaucoup de chance, souffla-t-il d'une voix rauque et traînante.

Elle avait beaucoup de mal à respirer normalement. Pourquoi diable ne détournait-il pas le regard ? Pourquoi la fixait-il avec autant d'intensité ? S'il continuait ainsi, elle allait finir par perdre tous ses moyens.

— Warren a patienté longtemps pour vous épouser, lança-t-il finalement. Mais cela en valait la peine.

— C'est lui qui vous a dit cela ?

Son visiteur secoua la tête, et un sourire flotta sur ses lèvres sensuelles.

— Non, mais vous savez combien les gens aiment bavarder. C'est Leslie Blake qui me l'a confié.

Elle acquiesça, pensive. La plupart des habitants de Homestead devaient croire Warren follement amoureux, pour avoir attendu si longtemps qu'elle dise oui. Se pouvait-il qu'ils se trompent ? Warren éprouvait une grande tendresse à son endroit, certes, mais il voyait en elle surtout un bon parti. Lorsqu'elle l'écoutait parler des aménagements qu'il ferait dans la maison de son grand-père, après la mort de ce dernier, elle avait parfois des doutes quant à la sincérité de ses sentiments. N'en déplaise aux romantiques forcenés, il s'agissait là d'une décision pragmatique. Warren était pragmatique. D'ailleurs, était-il autre chose que pragmatique ?

Elle réprima un soupir. Warren ne comprendrait jamais rien à ses rêves. Il était bien trop terre à terre.

— Vous aimiez votre épouse ? demanda-t-elle à brûle-pourpoint.

Le visage de son interlocuteur se ferma sur-le-champ.

— J'espère qu'un jour vous accepterez de m'en parler, insista-t-elle.

— Il faut que je vous laisse, mademoiselle McLeod. Le travail m'attend.

L'instant d'après, il avait disparu.

Sarah fixa longuement la porte close, surprise

par le besoin qu'elle éprouvait de mieux connaître cet homme.

— Pourquoi êtes-vous rentré à Homestead ? songea-t-elle à voix haute.

10

Deux jours plus tard, aux premières lueurs de l'aube, Jeremy ouvrit les yeux, réveillé par le vent. Un vent violent, soufflant comme un damné sur la ferme, giflant les murs de ses rafales furieuses. Il quitta le lit et s'approcha de la fenêtre. Dans le ciel gris, les nuages s'étaient amoncelés. Ils roulaient et se déchiraient sur la toile céleste, tristes présages de la neige qui ne manquerait pas de tomber avant la fin de la journée.

Avec le mauvais temps qui montrait les griffes, Jeremy ne pourrait bientôt plus effectuer le trajet matin et soir entre le ranch et Homestead. Il allait devoir emménager en ville, du moins jusqu'au printemps. Car autrement, comment les gens feraient-ils pour le prévenir si quelque chose de grave survenait ? Il était payé pour remplir ses fonctions de marshall, il ne pouvait s'y dérober.

Laissant retomber le coin du rideau, il s'approcha du poêle. « Ce n'est que provisoire », se répétait-il en allumant le feu. Dès que les beaux jours se profileraient, il reviendrait au ranch. Peut-être pas tous les soirs, mais au moins une à deux fois par semaine. Jusque-là, il s'installerait dans la petite pièce austère au-dessus des cellules, qu'il aménagerait sommairement.

Dès que les flammes eurent un peu réchauffé la

maison, Jeremy se lava et se rasa. Après s'être habillé, il déjeuna à la va-vite, tandis que son esprit s'activait déjà fébrilement.

Il lui fallait un lit, une table et une chaise. Warren devrait pouvoir les lui fournir. Pour ce qui était du reste, il n'avait besoin que du strict minimum. Il ne changerait rien à ses habitudes pour ce qui était des repas : il les prenait dans l'un des deux restaurants que comptait la ville.

Sauf les mercredis et samedis soir. Ces jours-là, il était en effet convié chez les McLeod pour partager leur dîner.

Le souvenir de Sarah McLeod jouant les hôtesses de maison était fort plaisant : ses cheveux blonds retenus en un chignon lâche sur sa nuque, les boucles folles qui s'en échappaient et caressaient son front et ses joues, ses prunelles bleues frangées de longs cils épais et recourbés, son petit nez délicieusement retroussé et son visage en cœur.

Il serra les dents. A quoi pensait-il donc ? Il était manifestement attiré par cette ravissante jeune femme... Non ! Il refoula cette idée. Elle allait bientôt épouser Warren. De plus, elle n'était pas son genre. Ce qu'il lui fallait, c'était quelqu'un comme Millie. Tranquille, timide, une femme aux besoins simples. Il avait été très heureux auprès d'elle. Jamais il ne retrouverait une telle sérénité dans les bras d'une autre.

Sarah était tout le contraire de Millie. Il émanait une telle vitalité, une telle exubérance de Sarah McLeod qu'elle en était étourdissante. Il n'avait pas besoin de la connaître davantage pour savoir qu'elle vivait dans ses rêves. Dans chaque nuage, elle voyait se profiler un nouveau destin. Il en était presque chagriné pour elle. Un jour, elle devrait se rendre à l'évidence : le monde n'avait rien de magique.

Enfin, cela ne le regardait pas. Elle était la fiancée de Warren. C'était à son frère de se soucier d'elle.

Il recula sa chaise, tout en passant la main dans ses cheveux. Il ferait mieux de se dépêcher s'il voulait atteindre Homestead avant que la neige ne se mette à tomber.

— Bonté divine ! s'écria Madeline Gaunt lorsque Sarah entra dans sa boutique, laissant pénétrer un souffle d'air glacial. Dépêchez-vous de fermer cette porte, ma chère, il fait un froid de canard.

La couturière, un petit bout de femme toute mince, lui prit la main d'un geste péremptoire pour l'entraîner vers l'arrière-boutique, où un poêle diffusait une douce chaleur.

— Otez votre manteau, Sarah. Je vous prépare un thé.

— Je n'ai pas froid, madame Gaunt. Je vous assure.

— Quand il fait ce temps-là, je me demande toujours ce que je suis venue faire dans cette région. Une vieille femme comme moi aurait besoin de plus de soleil.

— Vous n'êtes pas vieille ! protesta Sarah avec un sourire.

Ce sujet revenait irrémédiablement sur le tapis, chaque fois qu'elle lui rendait visite.

— Bien sûr que je le suis, et vous ne pouvez pas m'empêcher de le dire, jeune fille ! J'ai travaillé dur pour en arriver là, et je suis fatiguée.

Madeline lui tendit une tasse.

— Et maintenant, avalez-moi ça ! Nous commencerons les essayages ensuite.

Sarah accepta volontiers la boisson chaude, et prit place dans un fauteuil près du poêle.

— J'ai pratiquement terminé votre robe, ma chère, annonça la couturière. Et si vous voulez mon avis, c'est l'une de mes plus belles créations.

Tout en parlant, elle se rendit dans la pièce voisine, et en revint avec la robe de mariée de Sarah.

— Venez. Le mariage est pour bientôt. Nous ne devons pas perdre de temps...

Un peu plus tard, Sarah admirait son reflet dans l'élégante psyché de la boutique. Cette toilette digne d'une princesse, complétée d'une longue traîne entièrement brodée à la main, était en satin. Le bustier au col échancré était rehaussé de perles, et une ceinture soulignait sa taille étranglée. Les manches bouffantes donnaient de l'ampleur à ses gestes.

— Ô mon Dieu! souffla la couturière en plaquant la main sur sa bouche. Cette robe vous va comme un gant. Vous êtes aussi ravissante que votre maman le jour de son mariage. C'est bien simple, vous êtes belle à croquer. M. Wesley a beaucoup de chance. Vous allez faire une adorable mariée...

Sarah sentit les larmes lui monter aux yeux. Jamais elle n'avait porté une chose aussi somptueuse, et pourtant elle avait le cœur lourd.

Sans remarquer son trouble, Madeline alla chercher ses aiguilles.

— Il reste une ou deux retouches à faire. Pas plus. Et maintenant, ne bougez plus. Je ne voudrais pas vous piquer...

Tom quitta le restaurant de Zoé avec un plateau repas. Sachant que le déjeuner ne resterait pas chaud longtemps avec le froid qui régnait dehors, il pressa l'allure tandis qu'il se dirigeait vers le

Pony Saloon. En entrant dans l'établissement, il ignora le regard noir que lui décocha le propriétaire et s'engouffra dans l'escalier.

Au premier étage, il frappa doucement à la porte de la deuxième chambre.

— Mademoiselle Irvine ? C'est moi, Tom McLeod. Puis-je entrer ?

Une petite voix féminine lui répondit. Il tourna alors le bouton de la porte, et poussa le battant.

Fanny était assise dans son lit, carrée contre ses oreillers. Elle avait brossé et tiré ses cheveux en arrière, les attachant avec un ruban de couleur. Son pyjama était bien trop grand pour elle. Il donnait l'impression qu'elle avait encore maigri.

— Je vous ai apporté votre déjeuner. Ordre du médecin, s'empressa-t-il d'ajouter comme elle ouvrait la bouche pour protester.

Un sourire timide se dessina sur ses lèvres purpurines. Elle lui faisait penser à une biche aux abois.

— Voyons... qu'avons-nous au menu aujourd'hui ? murmura-t-il en s'asseyant sur la chaise au chevet du lit.

Il ôta le linge qui couvrait le plateau et huma le doux fumet qui s'échappait de l'assiette.

— Hum, fit-il d'un air gourmand. Une tourte au poulet. Mon plat préféré.

Avec précaution, il posa l'assiette sur les genoux de Fanny.

— Alors, qu'aimeriez-vous que je vous raconte aujourd'hui, pendant que vous mangerez ?

La jeune fille baissa les yeux vers l'assiette.

— Ce que vous voulez, souffla-t-elle d'une voix presque inaudible.

Elle leva furtivement la tête, pour la détourner aussitôt.

— J'aime bien vous écouter parler, monsieur McLeod.

Dieu qu'elle était jolie quand elle souriait ainsi, songea Tom, troublé. Il sortit une fourchette de sa poche.

— Voilà, maintenant vous pouvez commencer votre repas. Dépêchez-vous, ça va refroidir. Mangez tant que c'est chaud.

Fanny saisit la fourchette qu'il lui tendait, sans oser le regarder. Dommage, car il aimait tant l'éclat de ses yeux…

« Tu perds l'esprit, songea-t-il, furieux contre lui-même. Un médecin ne doit jamais s'attacher à ses patientes. » Doc Varney lui avait recommandé de veiller sur cette jeune fille, et sa seule tâche était de s'assurer qu'elle recouvre rapidement la santé.

S'éclaircissant la voix, il se renversa contre le dossier de sa chaise.

— Vous ai-je déjà raconté la fois où, accidentellement, nous avons mis le feu au laboratoire du professeur Hurley ?

Hank McLeod était posté devant la fenêtre de sa chambre, quand il aperçut sa petite-fille à l'angle de la rue. Sa gorge se serra. Elle qui d'ordinaire rayonnait ! Elle semblait soudain si triste, si malheureuse…

— Ah, Dorie ! songea-t-il à voix haute. J'aimerais tant que tu sois encore là.

Son épouse aurait su aider Sarah, mais lui se sentait totalement impuissant devant la détresse de sa petite-fille.

C'était Dorie McLeod qui avait toujours affirmé que Warren serait l'époux idéal pour Sarah, que son tempérament tranquille et sérieux était juste ce qu'il fallait pour contrebalancer la nature rêveuse de la jeune fille.

— Tu verras, Hank, Warren est un bon garçon, disait-elle souvent. Grâce à lui, Sarah redescendra sur terre. Elle sera heureuse.

Aujourd'hui, Dorie aurait deviné ce qui rongeait leur petite-fille et aurait su comment réagir, trouver les mots pour la réconforter. Tout ce dont il était capable, lui, était de faire comme si de rien n'était. Il n'avait pas de réponse à ses tourments. A moins que...

Il secoua la tête. Les inquiétudes de Sarah n'étaient pas uniquement causées par sa dispute avec Warren. D'ailleurs, comme tous les mardis, elle était allée déjeuner avec son fiancé et, en rentrant, elle l'avait assuré que tout allait bien entre eux. Tout s'était arrangé.

Non, ce qui taraudait Sarah était bien plus qu'une querelle d'amoureux. Si seulement il réussissait à lui tirer les vers du nez...

Tournant le dos à la fenêtre, il quitta sa chambre et gagna lentement le rez-de-chaussée, maudissant chaque marche de se trouver là. Il était furieux que son corps le trahisse. Lui qui n'avait jamais été malade !

Doc Varney lui demandait de ralentir le rythme, de se reposer, de ménager son cœur.

Les années avaient filé trop vite, il ne s'était même pas vu vieillir...

— Comment Mme Gaunt se débrouille-t-elle avec la robe ? demanda-t-il en souriant à sa petite-fille qui pénétrait dans le vestibule.

Elle leva les yeux et s'efforça de lui rendre son sourire.

— Très bien. La robe est magnifique. Et elle est presque finie.

Otant son chapeau, elle l'accrocha derrière la porte.

— Où est Tom ? s'enquit-elle.

— Avec Doc, je suppose. S'il continue, il n'aura bientôt plus besoin d'aller à l'université de Boston. Le Dr Varney est en train de lui apprendre toutes les ficelles du métier.

Sarah traversa le vestibule, et se dressa sur la pointe des pieds pour l'embrasser sur la joue.

— Je préférerais qu'il nous consacre un peu plus de temps ! Si ça continue, je n'aurai même pas l'occasion de profiter de lui avant qu'il ne reparte. Il n'est peut-être pas obligé de passer toutes ses journées à l'extérieur.

— En tout cas, il ne manque jamais l'heure du repas ! répliqua Hank avant de s'esclaffer.

Cette fois, le sourire de Sarah n'eut rien de forcé.

— A ce propos, fit-elle avec une grimace, je ferais peut-être mieux de m'en préoccuper maintenant. Je ne voudrais pas décevoir mon petit frère.

Sur ce, elle se dirigea vers la cuisine et, bientôt, Hank entendit le tintamarre des casseroles tandis que Sarah se chargeait de préparer le dîner. Si quelque chose la tracassait, elle n'avait apparemment nulle intention de lui en parler. En tout cas, pas pour l'instant...

Sarah maudit les larmes qui roulaient sur ses joues, incriminant les oignons qu'elle coupait en fines lamelles. C'était toujours la même chose avec les oignons, ils la faisaient pleurer à chaudes larmes. Ce fut d'ailleurs ce qu'elle expliqua à Tom quand, dix minutes plus tard, il fit son apparition et s'étonna de la voir sangloter.

— Si tu n'aimais pas autant les oignons, déclara-t-elle en reniflant, je m'en passerais volontiers.

Son frère ne parut pas convaincu par son explication.

— Pourquoi ne me dis-tu pas plutôt ce qui te tracasse ? Peut-être pourrais-je t'aider...

— Tiens, occupe-toi des oignons si tu veux m'aider, rétorqua-t-elle en lui tendant son couteau.

Avec un haussement d'épaules résigné, Tom s'exécuta.

Sarah s'approcha alors du fourneau, tout en s'essuyant les yeux avec un coin de son tablier.

« Qu'est-ce qui m'arrive ? se demandait-elle. Je pleure tout le temps... »

Elle prit une profonde inspiration, bien déterminée à se ressaisir. Serrant les dents, elle vérifia si le pain était cuit dans le four, avant de goûter au ragoût qui mijotait sur le feu.

— Il t'en faut plus ? s'enquit Tom derrière elle.

Sarah fit volte-face, et sourit.

— Oui.

— C'est bien ce que je pensais.

Il rassembla les oignons coupés menu dans une assiette, et s'attaqua au reste du sac.

— Laisse-moi surveiller la cuisson du pain, Sarah, suggéra-t-il gentiment. Pourquoi ne montes-tu pas dans ta chambre pour te passer un peu d'eau sur le visage et mettre l'une de tes plus jolies robes ?

Les larmes menaçaient de nouveau de couler. Elle déglutit à grand-peine.

— Je t'aime tant, Tommy, souffla-t-elle avant de quitter précipitamment la cuisine.

11

Tom réussit à transformer la soirée en une véritable fête. Il régala chacun avec le récit de ses escapades à l'école. Les rires fusèrent tout au long du dîner et, quand il fut l'heure pour Sarah de servir le dessert, elle se sentait déjà beaucoup mieux.

Elle avait la chance de pouvoir compter sur un grand-père et un frère qui l'adoraient. Grâce à Dieu, elle avait toujours été à l'abri du besoin et, si elle était un tant soit peu honnête avec elle-même, elle devait reconnaître qu'elle avait tout pour être heureuse...

Oh, bien sûr, ses rêves de voyages lointains, ses rencontres avec de beaux princes mystérieux ne se réaliseraient jamais. Mais n'avait-elle pas assez rêvé dans sa vie ? Aujourd'hui, elle allait avoir vingt et un ans, et il était grand temps de revenir à la réalité.

Oui, elle se sentait soudain mieux ! Beaucoup mieux...

— Alors, Jeremy, fit Hank, arrachant Sarah à ses pensées. Dites-moi ce que vous pensez de votre nouveau poste ? Vous aimez ce travail ?

— Disons que je m'y habitue.

Il marqua une pause avant de poursuivre :

— J'ai décidé de m'installer à Homestead pour l'hiver. Et si vous n'y voyez pas d'inconvénient, shérif, je compte aménager la pièce au-dessus des cellules.

— Excellente idée ! Je serai bien content de vous avoir sous la main, en cas d'urgence.

— Le grenier... intervint Tom d'un air pensif. J'avais presque oublié cet endroit.

Il lança à sa sœur un regard amusé.

— Tu te souviens, Sarah, le jour où nous nous y sommes cachés pour échapper à grand-mère, car nous avions dérobé tous les gâteaux destinés au dîner ?

Sarah acquiesça avec un sourire.

— Toute la ville nous a cherchés pendant des heures, continua Tom. J'ai bien cru que grand-mère allait nous écorcher vifs quand nous sommes finalement sortis de notre cachette. Elle a demandé par la suite à grand-père d'installer un verrou sur la porte.

Sarah regarda Jeremy.

— Cette pièce n'a rien de bien confortable, si ma mémoire est bonne.

— Je m'en contenterai.

Il y avait, dans les profondeurs de ses yeux, une lueur douloureuse qui laissait supposer qu'il avait vécu dans des lieux bien plus inconfortables que celui-là. L'espace d'un instant, elle put lire au-delà de son regard, jusqu'au tréfonds de son cœur. Elle découvrit alors une infinie solitude, et une souffrance qui lui noua la gorge. Et, aussi rapidement qu'elle était venue, cette impression s'estompa, comme si, brusquement, il refermait la porte de son âme.

Gênée, elle baissa les yeux, mais son appétit s'était envolé. Elle n'avait plus aucune envie de goûter à la tarte qu'elle avait préparée.

Le grincement d'une chaise sur le parquet l'arracha à sa torpeur, et elle coula un regard en direction de Jeremy qui se levait :

— J'ai bien peur qu'il ne me faille vous quitter. Je dois faire un tour en ville pour voir si tout va bien. Ce dîner était parfait. Merci de m'avoir convié.

— Vous êtes toujours le bienvenu, Jeremy, répondit Sarah.

Un instant, elle regretta de ne pouvoir en dire davantage. Pour rendre la joie de vivre à cet être si morose, si affligé...

Warren se leva à son tour.

— Il est temps que j'y aille, moi aussi. Je t'accompagne, ajouta-t-il à l'adresse de son frère.

Jeremy opina.

— Comme tu veux.

Warren s'approcha de Sarah et, lui prenant la main, la baisa courtoisement.

— Bonne nuit, Sarah.

Elle avait cru un instant qu'il l'embrasserait sur la joue, mais pourquoi l'aurait-il fait ? En public, il mettait un point d'honneur à se montrer réservé. Il n'appréciait pas les grandes effusions au vu et au su de tous.

Sarah resta à table tandis que Tom raccompagnait les deux frères jusqu'à la porte d'entrée, fixant les assiettes sales devant elle.

« Je n'aime pas Warren... »

Pourquoi tout à coup pensait-elle une telle chose ? Et pourquoi en était-elle surprise ? Elle n'avait jamais prétendu l'aimer. Elle l'appréciait, tout au plus. Grand-mère estimait que cela suffisait, au début en tout cas, et Sarah l'avait crue.

« Je ne veux pas être sa femme... »

Mon Dieu ! Cette petite voix en elle ne se tairait donc jamais... Warren était quelqu'un de fort gentil. Certes, il pouvait se montrer agaçant. Mais qui ne l'était pas, de temps à autre ? Warren avait des qualités, et elle devait s'estimer heureuse qu'il lui demande sa main. Tout le monde le disait. Il était si patient avec elle.

« Mais faudrait-il encore que je l'aime, et ce n'est pas le cas. Je n'ai pas envie de l'épouser... »

Jeremy et Warren marchaient l'un à côté de l'autre depuis quelques minutes, quand Warren rompit le silence qui les enveloppait.

— Elle est merveilleuse, n'est-ce pas ?

Son frère le regarda à la dérobée.

— Sarah ? Oui... Tu as beaucoup de chance, Warren.

— J'ai toujours été attiré par elle. La première fois, elle avait à peine quatorze ans. Et je savais déjà que je voulais l'épouser. C'est une jeune fille de bonne famille, bien sûr. Tout le monde ici respecte les McLeod, ce qui, pour un commerçant comme moi, n'est pas négligeable. J'ai dû attendre longtemps pour qu'elle accepte de m'épouser, mais tu vois, cela en valait la peine.

— Hmm.

Warren s'arrêta net. Jeremy fit quelques pas encore, puis s'arrêta à son tour, jetant un coup d'œil intrigué à son frère.

— Dans moins de dix jours, Sarah sera ma femme. Elle t'accueille chez nous parce que tu es mon frère. Je... je voulais juste que tu le saches, Jeremy.

Celui-ci ne sut que répondre. D'ailleurs, y avait-il quelque chose à répondre ? Ils reprirent leur route.

— Nous habiterons la demeure des McLeod quand nous serons mariés, continua Warren. Je veux une grande famille, et cet endroit est suffisamment spacieux pour accueillir plusieurs enfants. J'ai déjà imaginé comment j'aménagerai la maison.

Il tourna la tête vers Jeremy.

— Et toi, quels sont tes projets ? As-tu l'intention de faire des travaux sur le ranch ?

— Je n'y ai pas pensé.

— Tu devrais pourtant le faire. La maison serait plus agréable si elle était agrandie. Tu la céderais à un meilleur prix que maintenant.

— Je n'ai pas envie de vendre, alors je t'avoue que, pour l'instant, je m'en fiche un peu.

— Et si tu te remariais ? Avec une femme et des enfants, tu y serais rapidement à l'étroit.

— Je ne souhaite pas me remarier.

Un instant, Jeremy crut que son frère allait faire une remarque, mais ce dernier se tut. Quand ils atteignirent la boutique de Warren, ils se souhaitèrent une bonne nuit et se séparèrent.

Jeremy se dirigea vers la rue principale.

Une lampe brûlait dans le salon de la pension tenue par Virginia Townsend. De l'autre côté de la rue, l'hôtel des Rafferty arborait des rubans de couleur qui annonçaient Noël.

Les bains publics étaient plongés dans l'obscurité. Jeremy s'en approcha pour s'assurer que les portes étaient bien fermées. Rassuré, il continua sa ronde.

La musique provenant du Pony Saloon s'échappait jusqu'à lui. Jetant un coup d'œil par la fenêtre de l'établissement, il distingua plusieurs hommes attablés qui jouaient aux cartes, d'autres qui buvaient au bar leurs chopes de bière ou leur whisky. Deux femmes outrageusement fardées, vêtues de robes qui ne cachaient rien de leurs formes, se faufilaient parmi eux.

Il songea alors à toutes celles qu'il avait connues après la mort de Millie. Toutes travaillaient dans des établissements comme celui-ci. Secouant la tête, il s'éloigna...

Environ une demi-heure plus tard, après avoir vérifié qu'il n'y avait rien d'anormal du côté des commerces et de l'église, Jeremy rentra au bureau, et rejoignit la pièce au-dessus des cellules. Il alluma le poêle, puis se débarrassa de son manteau et de son chapeau avant de se glisser entre les couvertures, sur son lit de fortune.

Mais, avant de pouvoir s'endormir, la question de Warren revint le torturer :

Et si tu te remariais ?

Il ne pouvait attendre de son frère qu'il le comprenne. D'ailleurs, il n'était pas certain de se comprendre lui-même. Millie lui avait donné tout ce dont il avait rêvé. Elle lui avait donné confiance en lui. Elle l'avait changé.

Millie avait fait de lui un homme meilleur.

Mais cet homme-là était mort, le jour où son épouse avait rendu son dernier soupir.

Alors, il n'était pas question de songer à un second mariage. Il n'avait rien à offrir à une femme.

Il se roula sur le côté et tira les draps sur sa tête pour ne plus penser, pour ne plus entendre sa conscience. Alors, défendue et ensorcelante, l'image de Sarah McLeod s'imposa dans son esprit. Ses épais cheveux blonds qui donnaient envie d'y glisser les doigts. Ses yeux aussi bleus que l'azur par un matin d'été. Sarah, à la fois provocante et ingénue. Sarah...

Il ferma les yeux. S'il voulait se prouver que le meilleur de lui-même s'était envolé avec la disparition de Millie, il n'avait qu'à continuer sur cette voie. Un homme intègre ne penserait pas continuellement à sa future belle-sœur !

— Que fais-je ici, Millie ? murmura-t-il dans le noir. Pourquoi suis-je revenu ?

Mais la douce voix qui, ces dernières années, lui avait si souvent répondu dans les profondeurs de son cœur, se taisait ce soir. C'était comme si Millie l'avait abandonné...

12

— Maman, quand irons-nous chercher le sapin de Noël ? demanda Benjamin Rafferty.

Rose coula un regard affectueux en direction de son fils.

— Demain après-midi, ton père l'a promis.

— Youpi !

Et le petite garçon de quitter la cuisine en courant.

— Sophie ! cria-t-il dans le couloir. Nous irons chercher le sapin demain !

Rose se mit à rire.

— Chaque année, c'est la même chose, fit-elle à l'attention de Sarah McLeod. Ils sont impatients d'aller couper le sapin.

Un sourire aux lèvres, elle se pencha sur la tarte aux pommes qu'elle achevait de préparer.

— Je me souviens combien nous étions heureux, Tom et moi, quand nous allions chercher un arbre de Noël avec grand-père, répondit Sarah. J'adorais faire un tour de traîneau. Les clochettes accrochées au harnais tintinnabulaient comme si elles aussi étaient en fête. Il faisait presque toujours un temps glacial, et j'étais persuadée que mon nez allait geler et se casser.

Rose se tourna vers Sarah. La jeune fille fixait le mur d'un air absent, perdue dans ses souvenirs.

— Grand-mère nous attendait toujours avec une tasse de chocolat chaud, enchaîna-t-elle avec un sourire. Dans ces moments-là, j'ai connu ce que Benjamin et Sophie peuvent ressentir aujourd'hui.

— Pourquoi ne venez-vous pas avec nous demain, choisir un sapin, Sarah ?

— Oh, je ne peux...

Rose s'approcha d'elle.

— Je vous en prie, dites oui. Nous pourrions en couper deux, un pour vous, un pour nous. Ce n'est pas votre grand-père qui ira dans la montagne cette année. Sa santé ne le lui permet plus. Quant à Tom... D'après ce que j'ai entendu dire, Doc l'accapare du matin au soir. De plus, je serais bien contente de vous avoir avec moi pour vous occuper des enfants. Je me fatigue rapidement, en ce moment.

Elle ponctua ces derniers mots d'un sourire mystérieux.

L'espace d'un instant, elle crut que Sarah n'avait pas compris l'allusion. Après tout, cette jeune fille n'était pas mariée et n'avait jamais eu d'enfants.

Mais c'était mal la connaître.

— Rose, êtes-vous en train de me dire que vous attendez un bébé ?

Rose hocha la tête tandis que son sourire s'élargissait.

— Oui.

Contournant la table, Sarah s'approcha pour la prendre dans ses bras.

— C'est merveilleux ! s'exclama-t-elle.

Elle se rembrunit tout à coup.

— Mais Rose, êtes-vous sûre de pouvoir entreprendre une telle sortie ? Peut-être devriez-vous rester sagement chez vous. Tom et moi pourrions accompagner Michael et les enfants dans la forêt.

— Je ne manquerais cette promenade pour rien au monde. J'y suis déjà allée quand j'étais enceinte de Benjamin, puis de Sophie et, à l'époque, j'étais encore plus fatiguée que cette fois-ci.

— Ce bébé, il est prévu pour quand ?

— Juillet.

— C'est encore loin.

Gentiment, Sarah lui tapota le bras.

— Je suis heureuse pour vous, ajouta-t-elle avant de se pencher vers le four pour ôter la première fournée de gâteaux.

Rose la regarda faire.

— Juillet est peut-être encore loin, mais je sais par expérience que ça arrive vite.

— C'est étrange comme le temps passe vite, approuva Sarah d'un air sombre. Il file quand vous voudriez qu'il s'arrête.

— J'imagine que vous devez compter les jours jusqu'à votre mariage.

— Pas vraiment.

Surprise, Rose lui décocha un regard interrogateur. Sarah se força à sourire.

— Il y a tant de choses à préparer, expliqua-t-elle. Ce n'était pas une bonne idée de fixer la date du mariage si près des fêtes de Noël. Et grand-père a tant besoin de moi en ce moment. Si Tommy n'était pas là...

Elle haussa les épaules.

— Pour être honnête, je voudrais avoir plus de temps pour me faire à l'idée que je vais me marier.

Rose fronça les sourcils, étonnée.

— Eh bien, s'il y a quelque chose que je puisse faire pour aider, il n'y a qu'à demander.

— Merci, Rose. Je m'en souviendrai.

— Fanny, tu ne peux pas passer tout ton temps au lit ! gronda Opal en considérant son reflet dans le miroir de la chambre. Grady ne va pas supporter cette situation bien longtemps.

— Je suis malade.

Opal fit volte-face.

— Tu as été malade, mais n'exagère pas. Tu es

pratiquement guérie maintenant. Qu'est-ce que tu t'imagines ? Que ce garçon va tomber dans tes bras ? Sache que, s'il le faisait, il ne manquerait pas de s'en aller ensuite, et claquerait la porte de cette chambre sans un regard pour toi. Tu le sais aussi bien que moi, Fanny Irvine.

La jeune fille déglutit à grand-peine.

— Je ne veux pas de lui dans mon lit. Pourquoi dis-tu cela ?

— Non, bien sûr ! railla sa sœur. J'ai vu la manière dont tu le couvais du regard.

— Je ne...

Elle se tut brusquement, avant de poursuivre d'une voix sans timbre :

— Je ne peux pas continuer à vivre ainsi.

Opal s'esclaffa tandis qu'elle se penchait sur ses pots de cosmétiques.

— Tu te crois trop bien pour cela, je me trompe ? Eh bien, ne te fais pas trop d'idées sur cet homme. Regarde-toi, ça se voit comme le nez au milieu de la figure que tu ne viens pas d'un milieu aisé. Si c'est le mariage que tu attends, tu ferais mieux de renoncer à tes rêves tout de suite. J'ai entendu dire que Tom McLeod quitterait Homestead au printemps.

Fanny refoula les larmes qui lui brûlaient les yeux, tout en se tournant pour se dérober au regard de sa sœur. Opal avait raison. Ses paroles détruisaient les chimères qu'elle avait tissées ces derniers jours autour du jeune homme. Elle s'était naïvement imaginé qu'il était gentil avec elle parce qu'il éprouvait de l'affection à son égard. Malheureusement, elle se voilait la face...

Quelques minutes plus tard, Opal quitta sa coiffeuse et passa l'une de ses robes flamboyantes. Puis elle s'aspergea d'eau de Cologne.

— Bon, ça suffit, Fanny ! Tu sors de ce lit et tu te

tiens prête à déguerpir quand je reviendrai avec un client ! ordonna-t-elle en traversant la pièce.

Elle s'arrêta sur le pas de la porte.

— Ou je te garantis que Grady montera pour te demander de faire tes valises et de partir immédiatement !

Le battant claqua derrière elle, et Fanny se retrouva seule.

Les larmes roulèrent en silence sur ses joues. Elle avait appris depuis longtemps à ne pas faire de bruit en pleurant, pour n'alerter personne. C'était devenu une habitude. Cependant, elle n'avait qu'une envie : hurler sa rage de tous ses poumons... Mais à quoi bon ?

Laissant échapper un soupir résigné, elle se glissa hors du lit et gagna la coiffeuse, où elle considéra son reflet dans la glace.

Ses cheveux châtains retombaient en cascade sur ses épaules. Sa peau laiteuse était éclaboussée de taches de rousseur. Elle avait des yeux trop grands, une bouche trop petite. Sans compter qu'elle était maigre et sans formes. D'ordinaire, elle s'en accommodait bien, surtout quand il s'agissait de servir les clients au bar. Pourquoi en effet un homme s'intéresserait à elle, quand il avait sous la main de voluptueuses créatures aux courbes avantageuses et aux poses aguichantes ?

Comment pouvait-elle espérer que quelqu'un comme Tom McLeod la remarque ? Bientôt, il obtiendrait son diplôme de médecin. Il trouverait alors une personne de son rang social, avec de bonnes manières et de l'éducation, une jeune fille qui saurait parler, avec de beaux cheveux et de beaux vêtements. Cette jeune fille qu'elle ne serait jamais !

Se laissant choir sur la chaise, elle éclata en sanglots.

Jeremy se frayait un chemin dans l'épais manteau de neige qui était tombé pendant la matinée. Il sortait du bureau de poste, où l'on venait de lui télégraphier des dépêches. Il avait été surpris de constater que toute cette paperasse ne le rebutait pas. En fait, ce travail lui plaisait. Cela valait mieux que d'assembler des moteurs dans une usine, de construire des voies de chemin de fer, ou de vivre sous une tente de l'armée dans une chaleur tropicale.

Il ouvrit la porte du bureau du shérif, essuya ses pieds couverts de neige avant de pénétrer dans la pièce. Quand il leva les yeux, il découvrit Sarah assise devant le bureau, son panier sur les genoux, recouvert du même torchon à carreaux rouges et blancs que les fois précédentes.

— Bonjour, Sarah, fit-il sans masquer sa surprise.

Il ne pensait pas la trouver ici aujourd'hui.

— Je vous ai apporté votre déjeuner, annonça-t-elle.

Il secoua son manteau pour ôter les flocons qui y restaient accrochés, et le pendit derrière la porte.

— Je vois.

— Je...

Elle se leva — plus ravissante que jamais, nota-t-il malgré lui.

— Grand-père vous propose de prendre un des matelas qui sont rangés dans notre grenier. Ainsi qu'une lampe.

— C'est fort gentil à lui. Vous le lui direz de ma part.

La jeune fille posa le panier sur le bureau.

— Ce sont encore des sandwichs froids, quelques pêches au sirop et des gâteaux que j'ai préparés.

— Il ne fallait pas, vous savez…

Il traversa la pièce.

— Il ne fallait pas m'apporter un repas, reprit-il d'un ton sec. Je peux très bien déjeuner à l'hôtel ou chez Zoé.

— Cela me fait plaisir.

Elle leva la tête et leurs regards se croisèrent. Elle avait les pommettes rouges, et les yeux brillants.

— Après tout, ajouta-t-elle vivement, vous avez accepté ce travail pour racheter une partie de la ferme à Warren. Il vous faut économiser votre argent. (Sa voix se radoucit.) Je sais que vous n'étiez pas obligé de le faire. J'ai appris que votre père avait légué le ranch à vous seul.

Jeremy haussa les épaules.

— Vous n'y êtes pas du tout. J'avais besoin d'occuper mon temps en attendant que les beaux jours reviennent et que je puisse m'attaquer à la terre. De plus, il me semble normal que Warren ait la moitié de l'héritage. Cela vous sera utile lorsque vous serez mariés.

Il s'assit derrière le bureau.

— Je suppose, acquiesça-t-elle sans grande conviction.

— Croyez-moi, vous en aurez besoin.

— Warren a juste besoin de cet argent pour m'offrir un voyage de noces dans l'est du pays. Philadelphie et New York. J'ai toujours rêvé de visiter ces villes merveilleuses.

Sans attendre d'y être invitée, Sarah reprit place dans le fauteuil en face de lui.

— Moi, je n'y retournerais pour rien au monde, répliqua-t-il avec une grimace, avant de mordre un sandwich à pleines dents.

Elle se trompait lourdement sur ces villes. La plupart des gens qui vivaient là-bas étaient parqués dans des taudis infestés par la vermine, ils travaillaient comme des esclaves dans des usines où ils crevaient de chaud pendant l'été, et se gelaient pendant l'hiver pour quelques malheureux dollars...

— Jeremy ?

Sarah l'enveloppait d'un regard attentionné.

— Comment était votre femme ? Je suis sûre de l'avoir connue quand j'étais petite, comme vous j'ai dû vous rencontrer. Mais je ne m'en souviens pas. Je vous en prie, dites-moi...

Brusquement, son appétit s'envola. Il n'avait aucune envie de lui parler de Millie.

D'un geste nerveux, il enveloppa le reste du sandwich dans le torchon et le reposa dans le panier.

— J'ai du travail, Sarah. Je vais devoir vous demander de me laisser.

Sur ces mots, il se leva. Une manière de lui donner congé.

Comme il lui tendait le panier, elle secoua la tête.

— Non, vous aurez peut-être faim plus tard. Gardez-le.

Elle s'était levée à son tour. Comme elle boutonnait son manteau, elle ajouta :

— Pardonnez-moi d'avoir insisté, Jeremy... Je ne voulais pas vous fâcher.

— Je le sais.

Alors que la porte se refermait sur elle, Jeremy comprit pourquoi il tenait si peu à lui parler de Millie. Cette jeune fille était capable de briser les murailles qu'il avait érigées autour de son cœur. Et il n'avait pas le droit de la laisser faire.

Elle appartenait à son frère...

13

Ce matin-là, l'aube s'éveilla sur un ciel clair et limpide. Et, pour la première fois depuis plusieurs semaines, la température fut supérieure à zéro. C'était une journée parfaite pour aller chercher un sapin de Noël.

Chaudement emmitouflée dans son manteau de laine, la tête couverte d'une large capuche et les mains glissées dans un manchon, Sarah se dirigea à grands pas vers l'hôtel. Elle dépassait les écuries quand la porte s'ouvrit, et Jeremy sortit en trombe sur le dos de sa jument. Il tira sur les rênes en l'apercevant.

Le cheval se mit aussitôt à hennir, son souffle dessinant de petits nuages de vapeur devant ses naseaux.

Le cœur de Sarah manqua un battement. L'animal et son cavalier semblaient ne faire qu'un, aussi puissants et rétifs tous les deux.

Elle n'en avait pas pris conscience plus tôt mais, en venant jusqu'au centre de la ville, elle avait secrètement espéré le rencontrer.

— Bonjour, Sarah, lança-t-il en touchant le bord de son chapeau pour la saluer.

Elle lui offrit un timide sourire.

— Bonjour, Jeremy. Vous sortez ?

La question était ridicule. Où pourrait-il aller avec son cheval si ce n'était à l'extérieur de la ville ?

— Je vais au ranch, expliqua-t-il. J'ai besoin d'affaires.

Le silence menaçant de retomber, elle chercha autre chose à dire.

— Les Rafferty m'ont invitée à aller couper un sapin de Noël. Nous irons dans les montagnes, non loin de votre ranch. Peut-être nous rencontrerons-nous en route ?

Il ne répondit pas, et elle s'apprêtait à s'éloigner quand, tout à coup, une idée lui traversa l'esprit. Elle leva les yeux vers lui.

— Est-ce que nous pouvons compter sur vous pour la réunion de Noël demain soir ?

Comme il gardait toujours le silence, elle ajouta :

— Vous n'avez pas le droit de nous faire défaut. Je vous en prie, Jeremy.

Longuement, il la considéra, le visage fermé.

— Je serai là, lâcha-t-il enfin, visiblement de mauvaise grâce.

« Tant mieux. J'aurais été si déçue que vous ne veniez pas... »

Voilà, elle l'admettait enfin. Du moins à elle-même. Elle avait besoin de voir Jeremy. De le savoir près d'elle. Cet homme la subjuguait !

Peut-être l'inviterait-il à danser... Peut-être la prendrait-il dans ses bras pour virevolter au rythme d'une valse. Elle imaginait déjà les lustres scintillant de perles de cristal, reflétant à l'infini la précieuse lumière des bougies. Jeremy porterait un élégant costume, et des gants. Elle revêtirait une magnifique robe de satin avec une longue traîne et...

— Sarah !

S'extirpant de ses pensées, elle entendit Warren la héler. Avec un soupir, elle pivota lentement sur ses talons.

Warren jeta un coup d'œil en direction de son frère et le salua d'un bref hochement de tête, avant de reporter son attention sur sa fiancée.

— Vous feriez mieux de venir. Les Rafferty sont prêts à partir. Ils vous attendent.

— Vous ne venez pas ?

Il secoua la tête.

— J'ai reçu une nouvelle commande aujourd'hui. Je n'ai pas de temps à perdre à aller couper des sapins !

Jeremy fit tourner bride à sa monture.

— Je vous laisse. Amusez-vous bien, Sarah.

— Merci.

Elle voulut le regarder s'éloigner, mais Warren lui prit le bras d'un geste autoritaire et l'entraîna sur le trottoir, en ronchonnant entre ses dents.

— Tâchez d'être un peu plus ponctuelle à l'avenir. Benjamin et Sophie sont impatients de partir. Vous savez comment sont les enfants, surtout à cette période de l'année.

Elle ravala la remarque sarcastique qui lui venait aux lèvres.

— J'ai de bonnes nouvelles à vous annoncer, continua-t-il. J'ai reçu un télégramme de M. Kubicki ce matin. Il m'a offert de nous associer. Il aimerait que j'aille à Boise City pour en discuter avec lui, et pour éventuellement signer un contrat.

— J'en suis heureuse pour vous.

Elle n'avait qu'une envie : se tourner et regarder derrière elle. Regarder Jeremy s'en aller…

— Sarah, vous ne comprenez pas ce que je suis en train de vous expliquer ! Une association à Boise. Nous pourrions vivre dans cette grande ville. Mon chiffre d'affaires doublerait, triplerait même. Nous aurions une belle maison en plein centre. C'est une occasion unique.

Elle lui coula un regard en biais.

— Vous voulez quitter Homestead ? murmura-t-elle, incrédule.

— Qu'est-ce qui nous retient ici ? On ne peut quand même pas laisser passer une telle opportunité, vous ne croyez pas, Sarah ? Vous apprendrez à vous plaire à Boise, j'en suis certain.

Qu'est-ce qui nous retient ici ? Et son grand-père, son frère, sa maison ? Bien sûr, Warren n'en avait cure !

— N'est-ce pas quelque chose dont nous devrions d'abord discuter tous les deux ? demanda-t-elle, choquée par son attitude.

— Ne vous inquiétez pas. Si cette affaire se conclut, vous aurez tout le temps de vous préparer à déménager pour Boise.

Ces paroles lui coupèrent le souffle. Il se fichait bien de ce qu'elle voulait ou pensait. D'ailleurs, il ne l'écoutait même pas. Il s'imaginait que c'était à lui de prendre toutes les décisions, sans même la consulter. Elle n'avait qu'à se soumettre !

Elle ne pouvait supporter tant d'arrogance et de mépris. Déjà qu'elle ne l'aimait pas. Et qu'elle passait ses jours et ses nuits à songer à un autre...

Peut-être devrait-elle le lui avouer, là, tout de go... C'est probablement ce qu'elle aurait fait, si Michael Rafferty ne les avait pas apostrophés à cet instant.

— Bonjours les amoureux ! Vous avez finalement décidé de venir avec nous, Warren ?

— Malheureusement, non. J'ai trop de travail. Mais je voulais accompagner Sarah jusqu'ici. Je l'ai trouvée en train de discuter avec mon frère à l'écurie. Dieu seul sait quand elle serait arrivée, si je n'avais pas été la chercher.

Sarah serra les dents et garda le silence. Ce n'était pas le moment pour discuter de leurs différends ! Michael, Rose et les enfants écoutaient...

Non, elle rongerait son frein, et attendrait qu'ils soient seuls... pour annuler le mariage.

Rose devina rapidement que quelque chose chiffonnait Sarah. Elle la soupçonna d'avoir eu une querelle avec son fiancé et, à en juger par l'air sombre qu'elle affichait, ce devait être sérieux.

Déterminée à faire oublier ses problèmes à sa jeune amie, Rose se mit à deviser, parlant de tout et de rien. Elle fit allusion au petit garçon que venait d'avoir Lark, mentionna leur projet de se rendre en famille à San Francisco au printemps prochain, avant de dériver sur les derniers commérages qui couraient à Homestead.

— Leslie m'a raconté que notre nouveau marshall s'était installé au-dessus des cellules, dit-elle en tirant l'épaisse couverture de laine sur les jambes de Sophie, assise à son côté. Ce ne doit pas être très confortable... Enfin, je suppose qu'il a l'habitude de vivre à la dure.

Sarah se tourna vers sa compagne, intriguée.

— Il a eu la vie dure ?

— Eh bien... je m'avance peut-être, mais...

Rose choisit ses mots précautionneusement, avant d'ajouter :

— Si j'en crois ce que Leslie m'a raconté l'autre jour, il a fait la guerre. Des horreurs, il a dû en voir quotidiennement. Et puis, sa femme qui est morte en couches, son fils qui n'a pas survécu...

Sarah sentit son cœur se serrer douloureusement.

— Racontez-moi comment était Jeremy, ou plutôt comment étaient Jeremy et Warren quand ils étaient petits.

— Il faudrait encore que je m'en souvienne, c'est si loin. Une chose est sûre, Warren et moi étions à l'école ensemble. Mais c'est à peu près tout. Vous savez comment ça se passe à l'école, les garçons sont d'un côté, les filles de l'autre. On ne se parlait pas beaucoup à l'époque.

Elle sourit, puis ajouta :

— Quant à Jeremy... Il a quitté Homestead, je n'étais encore qu'une gamine.

— Vous vous rappelez son épouse ?

— Millie ? Oui, je m'en souviens bien. Il n'y avait pas une personne plus douce qu'elle, plus effacée. Il suffisait de lui parler pour qu'elle rougisse. Sa timidité était presque maladive. Alors vous imaginez la surprise de chacun, lorsque Jeremy s'est mis à la courtiser. Lui, c'était plutôt le genre à se faire remarquer, et le plus souvent pour ses bêtises. Il fumait en cachette, faisait l'école buissonnière pour aller pêcher... Il se battait avec ses camarades dans la cour de récréation. Rien de sérieux, bien sûr. Mais vous connaissez les gens. On ne pourra jamais les empêcher de cancaner.

Elle secoua la tête, tout à coup pensive.

— Personne n'aurait pu supposer que la sage Millie Parkerson s'intéresserait à lui.

— Et un jour, ils se sont enfuis ?

— Oui. Ils voulaient se marier et s'installer ici, mais le père de Jeremy n'a rien voulu entendre. La mère de Millie, elle non plus, n'était pas enchantée par ce projet. Millie n'avait que seize ans, et Mme Parkerson aurait préféré qu'ils attendent un peu. Alors ils ont pris la clé des champs.

Sarah promena un regard distrait sur le paysage qui les entourait.

— Elle devait beaucoup l'aimer.

— Oui, certainement.

Un long moment, Sarah demeura silencieuse, puis elle tourna la tête vers Rose.

— Dites-moi, comment est le bébé de Lark ? demanda-t-elle, changeant abruptement de sujet.

Rose ne s'en étonna pas, trop heureuse de répondre à cette question. Tout ce qui concernait les enfants la passionnait.

Jeremy alluma un feu dans le poêle et resta devant jusqu'à ce que la pièce se réchauffe quelque peu. Il repensait à la jeune fille blonde drapée dans son manteau de laine grise, ourlé de fourrure blanche qui mettait en valeur son teint de pêche et l'ovale parfait de son visage. Il s'imagina la débarrassant de son manteau, puis ôtant une à une les épingles qui retenaient son chignon. Il l'attirerait alors contre lui et, doucement, tendrement, scellerait ses lèvres d'un baiser.

Agacé, il jura entre ses dents. N'y avait-il donc plus une once de décence en lui ? Combien de temps rêverait-il encore de cette femme ? Avait-il oublié que son frère l'épouserait dans quelques jours ?

De nouveau, il égrena un chapelet de jurons et tourna le dos au poêle. Il était de retour à Homestead depuis quelques semaines seulement, et déjà il s'interrogeait sur le bien-fondé de cette décision.

Son regard se promena sur la pièce.

« Que suis-je censé faire maintenant, Millie ? »

Il n'espérait plus de réponse, ce murmure familier dans son cœur, mais il gardait l'habitude de lui parler, de l'interroger, même après toutes ces années. Il écouta, espérant entendre enfin la voix de la sagesse.

Mais seule la plainte du vent glacial au-dehors lui répondit.

Sarah fit de la luge avec les enfants pendant que Rose regardait son époux abattre le premier des deux sapins qu'ils avaient choisis. La colline était peu pentue, mais la neige rendait le sol particulièrement glissant. Sarah criait et riait avec Benjamin et Sophie tandis qu'ils filaient jusqu'en bas, leurs visages cinglés par des flots de poudre blanche. Quand la luge s'arrêta, la jeune femme eut du mal à reprendre son souffle.

— Encore! cria Sophie d'un ton implorant en trébuchant dans la neige. Encore une fois.

Benjamin saisit la corde accrochée à la luge.

— Une fois, si tu veux.

— D'accord, répondit Sarah en suivant les enfants vers le sommet de la butte.

Un flocon s'écrasa sur son nez alors qu'elle arrivait à mi-parcours, et elle leva la tête, découvrant avec surprise qu'il avait recommencé à neiger. Elle qui espérait qu'il ferait beau toute la journée...

Le temps qu'ils glissent une deuxième fois en bas de la butte, les flocons s'étaient épaissis et tombaient drus. Soudain, la neige devint si dense qu'on apercevait à peine les chevaux et le traîneau là-haut. La température avait chuté, le vent se levait.

— Venez, ordonna Sarah à ses deux petits compagnons. Il faut rejoindre vos parents avant qu'ils ne s'inquiètent.

Ils retrouvèrent Michael près du traîneau, essayant tant bien que mal d'accrocher le deuxième sapin à l'arrière. Sarah lui vint en aide et, à deux, ils réussirent enfin à le fixer. Quand il se redressa, elle surprit son regard alarmé.

— Nous ferions mieux de nous dépêcher, dit-il d'un ton mal assuré. J'ai l'impression que le temps ne va pas s'arranger.

En un tournemain, tout le monde fut installé dans le chariot, les couvertures tirées sur les genoux, mais il était déjà presque trop tard. On ne voyait plus à un mètre devant. Comment les chevaux retrouveraient-ils la route de la vallée, dans cette tempête?

Warren s'écarta de son établi, et bâilla à se décrocher la mâchoire. Quand il se tourna vers la vitrine, il fut surpris de voir la neige tomber au-dehors. Et sa surprise laissa place à l'inquiétude devant l'ampleur de la tempête. Rapidement, il traversa la boutique et alla regarder par la fenêtre. Le vent soufflait avec rage.

« Mon Dieu, cela risque fort de dégénérer en blizzard ! » songea-t-il, soucieux. Le train ne pourrait pas venir jusqu'à Homestead, et il devrait retarder son voyage à Boise City.

Il retournait à son établi, jurant entre ses dents, lorsqu'une seconde pensée lui traversa l'esprit. Sarah et les Rafferty étaient partis dans la montagne ! Il se pencha pour essayer de discerner quelque chose par la vitre. Sans succès. En fait, il ne voyait même plus l'hôtel, de l'autre côté de la rue.

Il fallait espérer qu'ils soient déjà sur le chemin du retour. Car s'ils n'avaient pas encore quitté la montagne...

Tom McLeod avait le nez plongé dans une revue médicale quand on frappa à la porte de sa chambre. Levant les yeux, il découvrit son grand-père sur le seuil. Il ôta ses lunettes et lui sourit.

Mais son sourire s'évanouit lorsqu'il remarqua l'expression de Hank. Ce dernier semblait alarmé.

— Que se passe-t-il, grand-père ?

— As-tu jeté un coup d'œil dehors ?

— Non, fit Tom en se tournant vers la fenêtre. Waouh ! De la neige ! Je n'en avais pas vu autant depuis des années.

Il se leva de son fauteuil, et marcha jusqu'à la fenêtre.

— Grands dieux ! Mais on dirait bien un coup de blizzard…

— Sarah est dehors.

Ciel ! Cela lui était complètement sorti de l'esprit. Tom croisa le regard de Hank.

— Ne t'inquiète pas, grand-père. Elle est partie avec les Rafferty. Ils sauront prendre soin d'elle.

Mais sa voix manquait de conviction…

Jeremy n'aurait pas pu dire exactement combien de temps il s'était assoupi. Il se souvenait de s'être allongé sur le lit, non parce qu'il se sentait fatigué, mais parce qu'il était aiguillonné par son esprit en ébullition. Il avait plaqué un bras sur ses yeux, espérant ainsi se couper du reste du monde. Et s'était endormi.

Quand il s'éveilla, il fut surpris de l'obscurité qui régnait dans la pièce. Jetant un coup d'œil audehors, il en comprit la raison. La neige virevoltait dans le ciel. Il allait devoir attendre la fin de la tempête pour regagner Homestead…

Sarah ! Ce nom retentit soudain dans son esprit. Elle et les Rafferty avaient-ils eu le temps de rentrer ? Et s'ils étaient encore là-haut, dans la montagne ?

Un instant, il songea à aller s'en assurer, mais il aurait été fou d'essayer de sortir par ce temps. On ne voyait pas plus loin que le bout de son nez dans cette purée de pois. C'était un coup à se perdre et à mourir de froid…

Il n'y avait pas lieu de s'alarmer. Michael Rafferty avait la tête sur les épaules, il ne prendrait aucun risque. Il saurait protéger sa famille et Sarah. Ils devaient être déjà rentrés, en train de se réchauffer devant un bon feu de cheminée.

Oui, il s'inquiétait inutilement. Sarah était en sécurité.

Le vent soufflait de plus en plus fort, poussant des gémissements à glacer l'échine. La neige les aveuglait, collant à leurs visages et les obligeant à fermer les yeux tandis qu'ils progressaient tant bien que mal. Quand les chevaux refusèrent soudain d'avancer, Michael quitta le traîneau pour les guider.

— J'ai peur ! pleurnicha Sophie en s'accrochant à sa mère.

— Je sais bien, ma chérie, répondit Rose à l'oreille de sa fille. Mais tout va bien se passer. Ton père est là.

Sarah était sur le point d'ajouter quelques mots rassérénants à l'adresse de la petite fille, lorsque le traîneau fut brusquement déséquilibré. Elle fut projetée dans un monde où il n'y avait plus ni ciel ni terre. Juste de la neige. De la neige partout.

Elle tendit les mains dans l'espoir de se raccrocher à quelque chose, mais il n'y avait rien. Rien d'autre que le vide ! Elle glissait, trébuchait, rebondissait sans pouvoir freiner sa chute. Elle tombait, toujours plus bas, encore plus bas...

Lorsqu'elle s'écrasa sur le sol, sa chute fut amortie par l'épais tapis de neige. Elle attendit quelques secondes pour recouvrer ses esprits, prenant de profondes inspirations. Finalement, les jambes flageolantes, elle se redressa.

— Michael ! hurla-t-elle. Rose !

Seuls les rugissements du vent lui firent écho.

14

— Rose ! cria Michael en escaladant la butte où gisait le traîneau retourné. Rose ! Sophie !

Il dérapa à plusieurs reprises, et tomba. Mais chaque fois, poussé par l'inquiétude, il se releva et continua ses recherches. Rien n'importait plus que de retrouver sa famille !

— Benjamin ! Sarah ! hurla-t-il de tous ses poumons.

— Nous sommes ici, Michael ! Tout va bien. Les enfants sont avec moi.

De l'endroit où il se trouvait, il ne les distinguait pas, tant le rideau de neige était épais. Mais, en tendant l'oreille, il discernait les pleurs de sa fille.

— Fais attention ! prévint Rose tandis qu'il s'approchait.

Le sol se déroba sous les pieds de Michael au moment même où elle lançait cet avertissement. Il s'agrippa à un montant du traîneau, juste à temps pour ne pas être englouti par les profondeurs du ravin.

— Vous êtes blessés ? demanda-t-il, le souffle court.

A la force de ses bras, il se hissa jusqu'au sommet de la butte.

— Non, non, ça va. Personne n'est blessé.

L'instant d'après, il rejoignait les siens, blottis les uns contre les autres, sous le traîneau. Essuyant du revers de la main la neige qui l'aveuglait, il se pencha vers sa femme et lui effleura la joue du bout des doigts.

— Le bébé ?

— Je vais bien, Michael. Mais où est Sarah ?

— Elle n'est pas avec vous ? Mon Dieu ! souffla-t-il d'une voix blanche.

Il se redressa et mit ses mains en porte-voix :

— Sarah ! Sarah !

Pas de réponse.

Alors il tourna la tête vers sa femme et ses enfants.

— Ne bougez pas, je vais essayer de redresser le traîneau. Ne faites rien tant que je ne vous l'aurais pas dit. Il faut quitter cet endroit au plus tôt.

— Michael ! Nous ne pouvons quand même pas partir sans elle !

— Malheureusement, nous n'avons pas le choix. Il faut que je vous mette en sécurité, toi et les enfants.

— Je ne partirai pas sans elle, protesta Rose d'un ton buté.

Michael était tiraillé. Ils risquaient tous de mourir de froid s'ils ne se sortaient pas rapidement de cette tempête infernale. D'un autre côté, Rose avait raison : s'ils abandonnaient Sarah, on ne la retrouverait probablement pas avant la fonte des neiges.

Cette perspective le fit frissonner. Si Sarah était blessée et incapable de répondre, elle n'avait aucune chance. Et Michael Rafferty connaissait son épouse : quand elle disait qu'elle ne bougerait pas, mieux valait la croire. Il fallait qu'il essaie de récupérer la jeune fille.

— Restez tranquilles tous les trois, ordonna-t-il. Je reviens.

Il contourna le traîneau puis, baissant les épaules pour échapper à la furie du vent, il libéra les cordes qui retenaient les sapins coupés derrière le véhicule. Il écarta ces derniers et s'appuya de tout son poids sur le châssis du traîneau jusqu'à ce que celui-ci se redresse et reprenne sa position initiale.

Poussant un soupir de soulagement, Michael saisit alors une des cordes et l'attacha solidement au véhicule, avant d'enrouler l'autre bout autour de sa taille. Il retourna ensuite auprès de sa famille.

— Venez. Sortons vite d'ici.

— Michael, protesta Rose, je...

— D'accord. Je vais aller la chercher. Mais avant, je veux que vous montiez sur le traîneau.

Il souleva Sophie dans ses bras avant de donner la main à sa femme.

— Prends Benjamin et marche derrière moi, lui conseilla-t-il en l'aidant à se mettre debout.

Lentement, précautionneusement, ils firent le tour de la voiture. Michael installa sa fille sur la banquette puis, soulevant son fils dans ses bras, il l'assit près de sa petite sœur.

— Enveloppez-vous dans les couvertures, leur dit-il avant de se tourner vers son épouse. Occupe-toi des chevaux, Rose. Essaie de les calmer. Pendant ce temps, je vais me laisser glisser en bas de la colline. J'irai aussi loin que cette corde me le permettra. Mais je t'avertis, Rose, si je ne la trouve pas, nous devrons partir. Nous ne pourrons plus rien pour elle.

Il s'inclina et l'embrassa sur le front.

— Si quelque chose m'arrivait, lui souffla-t-il, emmène les enfants en sécurité. Tu m'entends ? Ne cherche surtout pas à me suivre. Prends soin de toi et de nos petits...

Fouettée par le vent qui l'assaillait sans relâche, Sarah trébucha en avant. L'ourlet de sa robe était incrusté de glace et pesait, à chacun de ses pas, de plus en plus lourd. Rassemblant ses dernières forces, elle progressait péniblement sur l'interminable étendue de blanc. Elle rêvait d'un poêle ou d'un feu de bois devant lesquels elle pourrait se réchauffer.

Elle n'aurait su dire où elle se trouvait. Une seule idée l'obsédait : elle ne marchait pas assez vite. La neige tombait drue, écrasant son corps transi et fourbu. Toutefois, elle n'abandonnerait pas. Il fallait à tout prix continuer d'avancer. Surtout ne pas perdre espoir ! Peut-être finirait-elle par découvrir un refuge.

Elle implorait en silence le Ciel de guider ses pas...

Tom dévala l'escalier pour aller ouvrir la porte d'entrée. Warren surgit, couvert des pieds à la tête d'une épaisse pellicule de neige.

Il ôta son chapeau.

— Ils ne sont pas rentrés ! déclara-t-il au débotté. Personne ne les a vus.

Tom jeta un coup d'œil au-dehors, puis referma la porte.

— Il va faire nuit dans quelques heures. Ne perdons pas un instant. Partons à leur recherche.

— Pour quoi faire ? rétorqua Warren d'un ton las. Nous risquerions de nous perdre nous aussi. Il faut attendre la fin de la tempête.

Tom ne comprenait pas qu'il puisse demeurer aussi calme. Serrant les poings, il coula un regard par-dessus son épaule : son grand-père se tenait sur le seuil du salon. Il était mort d'inquiétude. Son visage parcheminé semblait plus creusé encore que d'habitude.

— Grand-père ?

— J'ai bien peur que Warren n'ait raison. Ce serait suicidaire de sortir maintenant. Il faut attendre, et prier pour qu'il ne leur arrive rien.

Tom se mit à arpenter le vestibule, puis le salon. Il souffrait de se sentir totalement impuissant. Il aurait voulu agir. Chaque fois qu'il approchait d'une fenêtre, il se penchait pour observer la neige qui tombait sans relâche. Sarah était dehors dans ce froid glacial, aux prises avec ce sinistre blizzard. Sarah, sa grande sœur chérie qu'il aimait plus que tout... Si quelque chose lui arrivait...

Hank traversa la pièce et se posta derrière lui. Il posa une main sur son épaule.

— Il n'y a rien que nous puissions faire, malheureusement, sinon implorer le Ciel de les protéger, mon garçon.

— Mais Sarah...

Il interrogea son grand-père du regard.

Des larmes brillaient dans les yeux du vieil homme.

— Je sais, Tom. Je sais.

Rose ne sentait presque plus ses doigts à travers le cuir de ses gants. Elle les porta sous les naseaux du cheval, espérant que le souffle de l'animal la réchaufferait un peu.

Mais, pire encore que le froid, c'était la peur, terrible et implacable, qui l'étreignait. Où était Michael ? Pourquoi n'était-il pas encore revenu ? La corde avait-elle cédé ? S'était-il perdu dans la tourmente ? A moins qu'il ne soit tombé dans quelque crevasse...

S'il n'y avait eu qu'elle, elle aurait quitté son poste près des chevaux pour aller s'assurer que la corde était toujours là. Et qu'en était-il des enfants ? Elle ne pouvait même pas les voir. Ni les entendre à cause du vent. Allaient-ils bien ?

« Calme-toi, Rose », se dit-elle.

Il ne fallait pas paniquer. Michael reviendrait. Et les ramènerait sains et saufs à la maison.

Comme pour répondre à ses prières, son époux apparut soudain à côté d'elle.

— Michael! cria-t-elle en se jetant dans ses bras. Oh, Michael, j'ai eu si peur!

Elle se redressa pour le dévisager. De minuscules cristaux de glace couvraient ses cils et ses sourcils.

— Je ne l'ai pas trouvée, déclara-t-il d'une voix tremblante en serrant étroitement son épouse contre lui. Nous ne pouvons attendre plus longtemps. Il faut partir d'ici, ou nous mourrons.

— Je sais, je sais, mais...

Elle avait envie de pleurer. Pourtant, courageusement, elle retint ses larmes. Il fallait qu'elle pense à Michael, Benjamin et Sophie. Elle se devait de protéger ceux qu'elle chérissait plus que tout au monde.

«Mon Dieu, veille sur Sarah, où qu'elle soit...» pria-t-elle en son for intérieur.

Sarah était à bout de forces. Elle était fatiguée. Si fatiguée... Mais elle savait que si elle s'asseyait, elle n'aurait plus la force de se relever.

Elle avait quitté la montagne et le couvert des arbres depuis plus d'une demi-heure maintenant. Devait-elle s'en réjouir? Elle l'ignorait. Le vent et la neige lui semblaient encore plus violents, ici, dans la vallée. Les tourbillons faisaient rage, la fouettant de leurs aiguillons meurtriers.

Si seulement elle pouvait atteindre une ferme...

Un sentiment d'impuissance l'écrasait. Elle pouvait très bien avoir dépassé une maison sans s'en être rendu compte. Elle ne voyait rien. Absolument rien.

Les larmes lui montèrent aux yeux. Des larmes chaudes. Comment pouvaient-elles être encore chaudes quand tout, autour d'elle et en elle, était glacé ?

Soudain, elle glissa et tomba la tête la première dans la neige. Elle voulut se remettre debout, mais perdit de nouveau l'équilibre.

— Je n'en peux plus, murmura-t-elle. Je n'en peux plus...

Ses dernières forces la quittaient. Capitulant, elle se roula en boule et laissa la neige la recouvrir de son manteau blanc.

Serrant fort la corde qu'il avait attachée entre la maison et la grange, Jeremy alla s'assurer que sa jument se portait bien. Il nota que la neige avait presque enseveli la bâtisse, poussée par le vent en congères. La tempête continuait de faire rage.

S'arrêtant sur le seuil de la grange, il lança un regard vers les montagnes derrière lui. Avait-elle réussi à rentrer en ville ? Sarah était-elle bien au chaud chez elle ?

Avec agacement, il secoua la tête, entra à l'intérieur et referma la porte derrière lui.

Il ajouta du foin dans la stalle, avant de couvrir sa monture de plusieurs couvertures.

— Nous risquons d'être coincés ici un bon moment, déclara-t-il tandis que le cheval s'attaquait à sa nourriture.

Jeremy brisa la glace qui s'était formée dans le seau pour que sa jument puisse boire.

Puis il releva le col de son manteau et enfonça son chapeau jusqu'aux yeux avant de retourner affronter la tempête.

Il ne sut jamais ce qui le poussa à s'arrêter à mi-chemin entre la grange et la maison. Ce qui lui fit tourner la tête et scruter les environs à travers le rideau de neige. Il ne voyait rien. Il ne distinguait même plus les murs de la bâtisse qu'il venait de quitter.

Sarah...

Jeremy égrena un chapelet de jurons. Décidément, il perdait l'esprit ! Cette femme le hantait au point de l'entendre même lorsqu'elle était loin... Il n'y avait rien ici, si ce n'étaient le vent et la neige. Michael avait coupé ses arbres de Noël et avait ramené Sarah et sa famille à Homestead. Pourquoi songeait-il brusquement à elle ?

Il continua sa route, mais de nouveau une petite voix l'obligea à s'arrêter. Son imagination lui jouait des tours, il ne pouvait en être autrement. Pourtant, il aurait juré avoir entendu une femme pleurer...

Non, ce n'était que le vent. Juste le vent.

Une fois encore, il reprit son chemin mais, derechef, il distingua des pleurs. A peine audibles, certes, mais des pleurs. Impossible ! Il tendit l'oreille.

Et si ce n'était pas le vent ? Et si Sarah et les Rafferty étaient restés prisonniers de la tempête ? Et si la jeune fille s'était retrouvée seule dans la tourmente en voulant aller chercher de l'aide ?

Sans plus réfléchir, il retourna vers la grange et prit une seconde corde qu'il attacha solidement à la barrière, au coin de la bâtisse. S'y accrochant, il se dirigea droit devant, à l'aveuglette.

— Il y a quelqu'un ? hurla-t-il.

Il porta sa main en visière pour essayer d'apercevoir quelque chose. Et marcha aussi loin que la corde le lui permettait.

— Vous m'entendez ? Il y a quelqu'un ?

Seul le vent siffla.

Il pivota sur ses talons, s'apprêtant à rebrousser

chemin jusqu'à la maison. Son pied heurta alors un obstacle, et il perdit l'équilibre. Sans la corde pour le rattraper, il se serait étalé de tout son long.

Et c'est ainsi qu'il découvrit le corps, recroquevillé sur lui-même, immobile. Il balaya la neige qui le recouvrait, mais il savait déjà qu'il s'agissait de Sarah.

Le cœur battant la chamade, Jeremy la porta jusqu'à la maison. Une fois à l'intérieur, il la déposa délicatement devant le feu, à même le sol.

Etait-elle encore vivante ?

Il repoussa la neige sur son visage. Elle était si pâle, et ne semblait plus respirer. Il se pencha et, l'espace d'un instant, envisagea le pire. Soudain, il sentit son souffle sur sa joue.

— Dieu soit loué ! murmura-t-il en se redressant.

Sans plus tarder, il se débarrassa de son épais manteau qui entravait ses mouvements et se mit au travail. Il fallait lui ôter tous ses vêtements mouillés, il fallait la réchauffer coûte que coûte. Chaque minute, chaque seconde qui s'égrenait était précieuse.

Il commença par frotter les mains de la jeune fille entre les siennes. Puis il la souleva légèrement, blottissant sa tête contre lui tandis qu'il déboutonnait son manteau. Après cela, il s'attaqua à ses pieds.

Rapidement, il délaça ses bottines au cuir trempé et les ôta pour les poser près du poêle. Elle avait les pieds mouillés. Il n'y avait pas une minute à perdre. Sarah était gelée. Relevant ses jupons, il fit rouler ses bas et frotta ses chevilles et ses mollets, pour stimuler la circulation sanguine.

Elle fut alors prise de frissons, des frissons qui se firent de plus en plus violents au fur et à mesure qu'il la massait.

Il ne réussissait pas à la réchauffer, elle claquait des dents. Il ne lui restait plus qu'une solution.

Précautionneusement, il lui enleva le reste de ses vêtements, jusqu'à sa chemise. Ensuite, il hésita.

Etait-il certain de faire le bon choix ?

Il jeta un coup d'œil à son visage. Il était pâle comme la mort. Elle avait la chair de poule, et sa peau était glacée. Cela suffit à le décider. Il fit glisser ses sous-vêtements, puis la porta dans ses bras jusqu'au lit.

Dès qu'il l'eut allongée, il se déshabilla à son tour et la rejoignit sous les draps. Il tira ensuite les couvertures sur eux et l'attira contre lui.

Plusieurs fois pendant la nuit, Jeremy se leva et ajouta du bois dans le poêle, pour conserver la chaleur de la pièce. Il regagnait ensuite le lit, et serrait la jeune fille dans ses bras.

Cela faisait bien longtemps qu'il n'avait pas tenu une femme contre lui. Il plongea le visage dans ses épaisses boucles blondes et pria pour qu'elle se réveille. Sarah était trop belle, elle aimait trop la vie pour mourir.

Bien sûr, il savait qu'il ne pourrait la garder près de lui. Elle appartenait à Warren. Il n'avait d'ailleurs pas le droit de l'étreindre ainsi, de goûter à la soie de sa peau, d'humer le doux parfum qui émanait de ses cheveux.

Mais, pour une nuit, une nuit seulement, tandis qu'elle demeurait inconsciente, il pouvait profiter de ces instants interdits, apprécier le contact de sa poitrine contre la sienne...

Comme la nuit s'éternisait et qu'elle n'ouvrait toujours pas les yeux, il commença à paniquer.

— Sarah, chuchota-t-il contre ses cheveux. Il faut que vous vous battiez. Il faut que vous viviez...

15

Sarah rêvait d'anges en habits blancs, dotés d'immenses ailes ivoirines. Ils descendaient des cieux pour l'emporter loin de la terre glacée. Ce rêve était plaisant.

Une douce chaleur enveloppait tout son être. Elle percevait, étouffés, les sifflements aigus d'un vent furieux, mais tout cela lui semblait brusquement lointain, très lointain, comme si plus rien ne pouvait l'atteindre désormais. Elle se laissa bercer par une vague de bien-être. Elle n'avait pas envie de se réveiller tout de suite, craignant de s'apercevoir qu'il s'agissait d'une simple illusion.

C'est alors qu'elle sentit une main sur son dos, une main qui glissait sur sa peau...

Elle retint sa respiration, revenant peu à peu à la réalité sans toutefois oser bouger, ni ouvrir les paupières. Elle tendit l'oreille et, derrière les rafales du vent, perçut une respiration régulière à son côté.

Les souvenirs de sa marche désespérée dans le blizzard lui revinrent alors. Elle se rappela le moment où elle avait renoncé à se battre et s'était effondrée dans la neige. Mais ensuite...

La main continuait son exploration dans son dos. Des doigts qui caressaient sa peau. Des doigts d'homme sur sa peau.

Elle ouvrit lentement les yeux.

Et découvrit la lumière du petit matin, encore assombrie par la tempête qui n'avait pas cessé. Sarah promena un regard prudent autour d'elle. Elle était dans une chambre, une chambre qu'elle ne connaissait pas. Dans une maison qu'elle ne connaissait pas.

Son pouls s'accéléra, et son cœur se mit à battre la chamade.

Que s'était-il passé ? Comment avait-elle fait pour arriver jusqu'ici ?

Lentement, elle tourna la tête vers son compagnon. Et poussa un cri de stupéfaction quand elle le reconnut.

La main de Jeremy s'immobilisa tandis qu'il ouvrait les paupières. Leurs regards se croisèrent, mais il ne dit rien.

Il avait le visage ombré d'une barbe naissante. Ses cheveux noirs étaient en bataille et, pourtant, elle le jugea encore plus dangereusement séduisant qu'à l'ordinaire. Dès le premier instant où elle l'avait vu, elle s'était sentie attirée par lui, comme si elle le connaissait depuis toujours. Comme si le prince de ses rêves avait fait irruption dans la réalité !

Cette pensée la fit sourire malgré elle.

Pour toute réponse, Jeremy resserra l'étreinte de son bras autour d'elle. Elle regarda sa bouche approcher, sans ressentir la moindre anxiété. Elle attendit, espérant que son baiser saurait la combler au-delà de toute espérance.

Ce fut encore plus magique que ce qu'elle avait imaginé.

Leurs lèvres se rencontrèrent en un tendre baiser, et elle fut littéralement transportée. Tout son être s'enflamma.

Elle ne paniquait pas pour autant, comme cela avait été le cas avec Warren. Elle n'avait aucune envie de s'écarter, de prendre ses jambes à son cou. Au contraire ! Ses rêves se trouvaient soudain exaucés !

Instinctivement, elle noua les bras autour de son

cou. Leur baiser s'intensifia, et un soupir s'étouffa dans sa gorge. Elle se sentait revivre contre lui, sous ses lèvres fermes et tendres à la fois.

Bousculée par un flot de sensations enivrantes, elle s'accrocha à lui avec une passion qui la bouleversa. La sagesse aurait voulu qu'elle s'éloigne avant qu'il ne soit trop tard, avant qu'ils n'aient à regretter leur geste.

Mais elle se moquait de la sagesse !

Jeremy avait conscience de mal agir.

Tout au long de la nuit, il avait tenu Sarah dans ses bras, lui offrant la chaleur de son corps, sans pour autant profiter de la situation. Il n'avait jamais eu l'intention de l'abuser. Même quand il avait glissé une main sur son dos, il n'avait songé qu'à la réchauffer. Pas un instant il n'avait imaginé qu'elle s'éveillerait et se coulerait contre lui, instillant au tréfonds de son être un désir dévastateur. Il ne souhaitait pas l'embrasser, mais brusquement il avait perdu pied.

Son esprit lui hurlait de s'écarter. Elle était trop innocente pour mesurer la portée de son acte. Lui, en revanche, ne la mesurait que trop bien ! S'il avait eu un tant soit peu de bon sens, il l'aurait repoussée sur-le-champ. Il aurait fui ce lit et le danger qu'elle représentait.

Maintenant. Avant qu'il ne soit trop tard.

Mais il en était parfaitement incapable ! Comment renoncer au plaisir de goûter au miel de sa bouche, de taquiner ses lèvres de la pointe de sa langue, de fourrager dans son épaisse chevelure blonde ?

Elle distillait en lui des émotions qu'il croyait à jamais disparues. C'était bien plus que le simple désir de deux corps réunis. Bien plus...

Il glissa de nouveau les doigts le long de son dos, mais cette fois ce n'était plus pour la réchauffer. S'écartant quelque peu, il fit pleuvoir des baisers sur son visage, puis traça du bout de la langue des arabesques de feu sur sa gorge palpitante. Il fut émerveillé d'entendre son cœur battre la chamade, à l'unisson avec le sien.

Comme elle se tendait vers lui, il posa la main sur son sein et la sentit se raidir. Il releva la tête et croisa son regard.

Elle était jeune, naïve et inexpérimentée. S'il...

Machinalement, elle s'humecta les lèvres, puis se cambra vers lui, lui offrant son corps. Ce simple geste, lui faisant oublier le monde extérieur, suffit à effacer toute sa raison...

Les lèvres fermes de Jeremy se posèrent sur les siennes cependant que, du bout des doigts, il effleurait la pointe d'un sein. Un frisson l'irradia tout entière.

Timidement d'abord, puis avec une audace qu'elle ne se connaissait pas, elle lui caressa le torse, s'aventurant loin sous les couvertures. Elle avait soif de lui, une soif qu'elle ne songeait plus qu'à rassasier.

Il laissa échapper une plainte rauque, puis recula, mettant un terme à leur baiser.

— Dites-moi d'arrêter, Sarah, souffla-t-il. Je vous en prie, repoussez-moi...

Elle secoua la tête, incapable de parler. Elle se moquait de savoir si ce qu'ils faisaient était bien ou mal, elle voulait simplement que Jeremy continue de la caresser, qu'il lui fasse découvrir les secrets de l'amour. Pourquoi le repousserait-elle, puisqu'elle l'attendait depuis toujours ?

— Pardonnez-moi, reprit-il dans un murmure, avant de lui tourner le dos.

Elle crut qu'il s'en allait, qu'il la quittait, et elle eut peur soudain, très peur. Bien plus encore que pendant ces heures d'errance sous la neige, dans la tourmente…

Mais, l'instant d'après, il refermait les bras autour d'elle et l'attirait vers lui. Elle connut un instant de panique lorsque leurs corps se frôlèrent. Elle ignorait tout des choses de l'amour.

Mais il scella ses lèvres d'un baiser rassérénant tandis que, du bout des doigts, il explorait la courbe de ses hanches, puis la plaine de son ventre. Sous ses caresses, elle oublia toutes ses craintes, toutes ses incertitudes. Bientôt elle ne songea plus qu'au plaisir. La bouche de Jeremy papillonnait sur sa peau frémissante, glissant plus loin, toujours plus loin…

Elle se cambra à sa rencontre. Il lui écarta doucement les cuisses, et la pénétra.

— Ne m'en veuillez pas, chuchota-t-il contre ses cheveux en s'enfonçant en elle.

Au même instant, elle ressentit une douleur fulgurante mais, tout aussitôt, le plaisir la dissipa. Les mains de Jeremy étaient partout. Il dévorait sa bouche tandis que leurs corps se mouvaient en une danse sauvage où le désir, seul, dictait sa loi.

Et puis l'extase fut là, la faisant chavirer. Son esprit n'était plus qu'une explosion de lumière. Elle était aveuglée. Un cri lui échappa.

Plus tard, Jeremy considéra la jeune femme profondément endormie dans ses bras.

« Qu'ai-je fait ? Mon Dieu, qu'ai-je fait ? » se répétait-il.

Doucement, sans un bruit, il quitta la couche et s'habilla. Puis il sortit de la chambre.

Sa première tâche fut d'ajouter du bois dans le poêle. Il frissonnait dans l'air glacé. Quand il fut certain que le feu avait pris, il s'approcha de la fenêtre et regarda au-dehors.

La tempête ne s'était pas calmée. Des congères obstruaient l'entrée de la grange, et la neige ne semblait plus vouloir s'arrêter. Encore quelques heures ainsi, et ils deviendraient prisonniers de la maison.

La culpabilité le rongeait. Il venait de souiller l'innocence d'une jeune fille, une jeune fille promise à son frère.

Il ferma les yeux, accablé de honte.

En une nuit, il avait brisé son avenir...

Décidément, il ne valait rien !

Si seulement il pouvait réparer le tort qu'il venait de causer...

— Jeremy ?

Sursautant, il se retourna et découvrit la jeune femme sur le pas de la porte, enveloppée dans une couverture. Ses cheveux tombaient en cascade sur sa taille, encadrant son fin visage encore pâle et souligné de cernes mauves.

Il aurait voulu lui dire combien il était désolé, mais les paroles s'étranglèrent dans sa gorge.

Rougissante, elle baissa la tête.

— Comment m'avez-vous retrouvée ? demanda-t-elle. Cette nuit, je veux dire.

Il n'avait pas la force de répondre. De plus, que pourrait-il lui raconter ? Qu'un pressentiment l'avait incité à la chercher, parce qu'il la devinait en danger ?

— Vous m'avez sauvé la vie, déclara-t-elle en relevant des yeux emplis de gratitude. J'avais renoncé à trouver un endroit où m'abriter. Vous m'avez sauvée.

Elle s'approchait de lui, pieds nus. Il sentit son cœur manquer un battement. A quelques centimètres de lui, elle s'arrêta enfin et l'enveloppa d'un regard enamouré.

Une seule fois, par le passé, une femme l'avait ainsi regardé, lui offrant toute sa confiance. Elle en était morte. Il reconnaissait cette lueur éperdue, et la peur, plus grande que la culpabilité, l'assaillit avec une violence inouïe. Qu'importaient les plans qu'il aurait pu tirer sur la comète, les rêves fous qu'il aurait pu vivre avec elle, la terreur était là. Jamais il ne serait à la hauteur de ses désirs.

Passant une main dans ses cheveux, il déclara presque froidement :

— Personne ne saura jamais ce qui est arrivé ici, Sarah. Vous n'étiez pas en état de mesurer les conséquences de vos actes. Dans cette malheureuse histoire, je suis le seul à blâmer. Mais si nous nous taisons, votre réputation n'en souffrira pas.

Elle ouvrit de grands yeux, comme si cette suggestion la stupéfiait.

Il continua toutefois.

— Vous êtes fiancée à mon frère. Dans moins d'une semaine, vous serez l'épouse de Warren. Est-ce nécessaire de le faire souffrir, quand ce qui s'est passé n'est rien de plus qu'un accident ? Nous n'étions pas dans notre état normal. Parfois, le désir peut faire oublier aux gens qui ils sont, et ce qu'ils font. Nous avons commis une erreur, c'est tout.

Elle fit un pas en arrière, comme s'il venait de la gifler.

Un instant, Jeremy fut tenté de la prendre dans ses bras, car ses mots n'étaient qu'un tissu de mensonges. Ce qu'il avait vécu cette nuit était plus beau que tout. Devoir l'effacer lui était intolérable. Brusquement, il se sentait terriblement seul.

Pire encore, il savait qu'il en était de même pour Sarah.

Pourtant, il était persuadé d'agir au mieux, étant donné les circonstances. Il n'était pas l'homme qui lui conviendrait. De plus, elle appartenait à un autre, elle appartenait à Warren.

Il lui tourna le dos pour ne pas montrer son désespoir et fixa sans le voir le paysage enneigé de l'autre côté du carreau. Il l'entendit alors s'éloigner, puis la porte se refermer, le laissant à sa déchirante solitude.

16

Il fallut attendre douze heures pour que le blizzard commence à s'essouffler. Dès que le vent eut molli, Tom rassembla quelques hommes et quitta Homestead sur des raquettes, à la recherche de sa sœur et des Rafferty.

S'agrippant aux derniers pans de son orgueil, Sarah, habillée, quitta enfin le sanctuaire de la chambre. Elle avait la tête haute, bien déterminée à ne rien montrer de la douleur qui l'oppressait.

Il était devant la fenêtre, au même endroit que plusieurs heures plus tôt, quand elle l'avait laissé. En l'entendant s'approcher, il fit volte-face.

— La tempête est finie, déclara-t-il.

Elle opina.

— Il est temps que je vous ramène chez vous, reprit-il en s'éclaircissant la voix.

— Oui.

Un long silence tomba sur eux, et ce fut une nouvelle fois Jeremy qui le rompit :

— Comment êtes-vous arrivée jusqu'ici, Sarah ? Où sont les Rafferty ?

— Je n'en sais rien. Le traîneau s'est retourné et j'ai été éjectée. Je n'ai pas pu les retrouver. J'ai eu beau les appeler, en vain...

Elle jeta un coup d'œil par la fenêtre.

— Vous croyez qu'ils s'en sont sortis ?

— Ils ont peut-être trouvé un endroit où s'abriter. Une autre ferme sur la route. Comme vous.

Ces mots lui redonnèrent un peu d'espoir, mais l'expression qu'arborait Jeremy démentait son optimisme.

Sarah ferma les yeux, et se sentit brusquement assaillie par la culpabilité. Tandis qu'elle se lovait dans les bras de Jeremy, les Rafferty mouraient peut-être, et elle n'avait même pas eu une pensée pour eux.

Elle se mordit la lèvre.

— J'aurais dû vous dire où ils étaient quand je me suis réveillée.

— Cela n'aurait rien changé. Nous n'aurions pas pu sortir, avec la tempête. Nous nous serions perdus.

— Maintenant, nous pouvons partir à leur recherche.

En fait, elle était prête à aller n'importe où plutôt que de rester là, dans cette demeure qui avait abrité leurs ébats, cette maison chargée à jamais du souvenir de leur passion. Elle ne pouvait plus supporter le regard de Jeremy.

— Vous avez traversé suffisamment d'épreuves

comme cela. Je vais d'abord vous raccompagner chez vous. Je ne voudrais pas...

— Je vais les chercher, insista-t-elle d'un ton buté.

Elle leva le menton dans un geste de défi et ajouta :

— Ce sont mes amis. Ils ont besoin d'aide.

Jeremy devina qu'il serait vain d'essayer de lui faire changer d'avis.

— D'accord. Je vais vous préparer quelque chose à manger, puis nous partirons.

Il lui jeta un regard sévère en poursuivant :

— Mais si nous ne les trouvons pas avant la fin de l'après-midi, je vous ramènerai à Homestead. Et n'espérez pas pouvoir discuter mes ordres. C'est bien compris ?

— Compris, lâcha-t-elle, de guerre lasse.

— Vous trouverez des vêtements plus chauds dans l'armoire de la chambre. Si nous devons monter sur les hauteurs, mieux vaut être bien couverts. N'hésitez pas à mettre plusieurs épaisseurs. Il fait encore très froid dehors.

Docilement, elle traversa la pièce. Sur le seuil de la chambre, elle s'arrêta et tourna la tête :

— Y a-t-il une chance pour qu'ils soient encore vivants ?

L'expression du jeune homme s'adoucit quelque peu.

— Je l'espère, Sarah. Sincèrement, je l'espère.

La troupe des secouristes trouva les Rafferty dans une maison abandonnée au pied du pic Grand-Vert. Ils étaient transis, mais vivants.

Sarah n'était pas avec eux. Michael expliqua à Tom comment ils avaient été séparés la veille. Il n'osa pas ajouter que les chances qu'elle soit encore en vie étaient minimes, mais chacun le savait. Y compris son frère.

Jeremy avait décidé de partir à pied, car un cheval, dans l'épaisse poudreuse tombée pendant la nuit, ne ferait que les retarder.

Utilisant les raquettes qu'il trouva dans la remise, il ouvrit la route, ralentissant l'allure afin que la jeune femme puisse le suivre. Ils ne parlaient pas. Après tout, qu'avaient-ils à se dire ? Mieux valait oublier la nuit passée, faire comme si de rien n'était.

Mais il lui était impossible d'oublier. Le corps de Sarah le hantait, il l'imaginait nue dans ses bras, il se rappelait ses soupirs, ses gémissements, la douce vallée de ses seins, le parfum fleuri de sa peau. Ensemble, ils avaient atteint une communion parfaite. Ensemble, ils avaient été heureux.

Mais ce qu'ils avaient fait était mal !

Il se remémorait la manière dont elle l'avait regardé un peu plus tôt, enveloppée dans sa couverture. C'était le regard émerveillé d'une femme innocente et naïve.

Autrefois, Millie l'avait regardé ainsi. Etait-ce la raison pour laquelle elle l'avait suivi les yeux fermés à travers le pays ? Comment des femmes comme Millie, et maintenant Sarah, pouvaient-elles lui offrir leur cœur, lui offrir l'essence même de leur vie ? Il ne les méritait pas.

Heureusement, il venait de briser toutes les illusions de Sarah en la rembarrant cruellement. Ainsi, il ne commettrait pas deux fois la même erreur.

Six hommes rentrèrent à Homestead pour escorter les Rafferty. Le reste de la troupe — composé de Tom McLeod, Warren Wesley, George Blake, Vince et Paul Stanford et Chad Turner — se pressa vers les hauteurs, à la recherche de Sarah.

Elle crut entendre crier son nom dans le lointain et s'arrêta aussitôt pour écouter. Oui, c'était bien son nom qu'on hurlait sous le couvert des arbres !

— Jeremy, vous avez entendu ?

Il la regarda d'un air absent, comme s'il était perdu dans ses pensées.

— Quelqu'un m'appelle ! Dépêchez-vous, ce doit être Michael. Dieu soit loué, ils sont en vie !

Elle le dépassa aussi rapidement que le lui permettaient ses raquettes, glissant sur la terre enneigée.

— Sarah !

Le cri se rapprochait.

— Sarah !

— Je suis ici ! Michael, je suis ici ! Et je vais bien.

Elle scruta la montagne devant elle, cherchant Michael et les siens.

— Sarah !

Cette fois, elle réalisa que ce n'était pas la voix de Michael, mais celle de Warren.

Aussitôt, elle s'arrêta et jeta un coup d'œil inquiet derrière elle. Jeremy la rattrapa. Elle comprit à son air sombre que lui aussi avait reconnu la voix de son frère.

« Je n'aime pas Warren, lui dit-elle avec les yeux. Mais je pourrais vous aimer, vous, si vous m'en laissiez l'opportunité... »

Il détourna le regard, comme s'il avait deviné sa

prière silencieuse. Mettant la main en visière, il considéra à son tour les hauteurs.

— Elle est ici ! hurla-t-il. Warren, elle est ici !

Voilà, il la poussait vers son frère. Comme si rien ne s'était passé.

Dans le lointain, plusieurs voix répondirent.

— Elle est là !

— De ce côté !

— Elle est en vie !

Quelques minutes plus tard, elle aperçut plusieurs hommes surgir de toutes les directions et courir vers elle. Tom le premier.

Elle pleurait à chaudes larmes lorsque son frère referma les bras autour d'elle et la souleva dans les airs. Elle s'accrocha à lui comme un naufragé à sa bouée.

— Nous t'avons cherchée partout, murmura-t-il tout en lui caressant affectueusement le dos.

Elle renifla avant de s'écarter.

— Et Rose et Michael ? Les enfants ?

— Ils sont sains et saufs. Tous.

Les larmes se remirent à couler. Des larmes de soulagement.

— Je l'ai trouvée dans la neige près de mon ranch, expliqua Jeremy. Si je n'étais pas sorti pour nourrir mon cheval…

Il laissa sa phrase en suspens, mais tout le monde avait compris.

Warren arriva à cet instant.

— Sarah ?

Rassemblant son courage, elle leva les yeux.

— Bonjour, Warren.

— Vous pouvez dire que vous nous avez fait une peur bleue.

Il tendit les bras comme pour l'inviter à se blottir

contre lui, mais au dernier moment il se contenta de lui tapoter les épaules.

— Je suis désolée.

— J'aurais dû vous interdire d'y aller, marmonna-t-il avant de lui effleurer la joue d'un baiser.

L'image de Jeremy s'imposa à l'esprit de la jeune femme, son corps musclé, ses lèvres enfiévrées, ses caresses...

Mais cet homme ne voulait pas d'elle. La nuit passée resterait un secret scellé dans leurs cœurs. Il souhaitait qu'envers et contre tout elle épouse Warren.

Elle refoula les larmes qui lui montaient aux yeux.

— J'aimerais rentrer à la maison, parvint-elle à murmurer, la gorge nouée.

— Bien sûr, répondit son fiancé avant de reporter son attention sur son frère. J'ai l'impression que je te dois une fière chandelle, Jeremy.

Ce fut plus fort qu'elle. Elle se tourna vers Jeremy et, l'espace d'une seconde, leurs regards se rivèrent l'un à l'autre. Une douleur poignante la transperça.

Tom lui prit le bras.

— Allez, viens, grande sœur. On rentre à la maison.

Jeremy choisit de ne pas retourner en ville avec les autres. Il prétexta qu'il devait récupérer son cheval au ranch.

— Ce sera la fête en ville ce soir, déclara George Blake. Vous auriez tout intérêt à ne pas rater cela, Jeremy. Tout le monde va vouloir vous remercier d'avoir sauvé Sarah. Vous allez devenir un héros.

Un héros ? S'ils savaient...

Jeremy secoua la tête.

— Navré. Je ne peux pas laisser mon cheval à la ferme.

Comme il s'en retournait au ranch, il se traita mentalement d'idiot, de parfait idiot. Un héros, lui ? Il était venu au secours d'une jeune fille innocente, et n'avait pas trouvé mieux que de profiter d'elle.

Quand il pénétra dans sa demeure, une heure plus tard, il alla jusqu'à la chambre et s'arrêta sur le seuil. Il se remémora Sarah drapée dans sa couverture, lui jetant un regard éperdu.

— Idiot ! Idiot ! se répéta-t-il en claquant violemment la porte.

Comme la nuit étendait ses ailes noires sur la vallée, Sarah rejoignit sa chambre. Les invités venaient de quitter la maison.

Prenant une profonde inspiration, elle se glissa dans son lit. Sous les draps, elle serra les poings de toutes ses forces, ses ongles mordant la chair de ses paumes. Elle savait qu'elle devait garder son sang-froid encore quelques minutes, jusqu'à ce que son grand-père vienne lui souhaiter une bonne nuit, habitude à laquelle il ne dérogeait jamais.

Elle entendit les pas du vieil homme dans le couloir, puis la porte grinça doucement.

— Tu ne dors pas encore, ma princesse ? chuchota-t-il.

— Non.

Il entra dans la chambre, s'approcha du lit et s'assit sur le bord.

— Il y a quelque chose qui te tracasse ? Tu m'as semblé bien triste.

Elle secoua la tête, incapable de prononcer le moindre mot. Comment pourrait-elle confier à son grand-père ce qu'elle avait fait la nuit précédente ? Cela lui briserait le cœur.

— D'accord, n'en parlons plus, concéda-t-il quand il vit qu'elle n'était pas décidée à le lui dire. Mais souviens-toi, si tu as besoin de parler, je suis là.

Il s'inclina et la gratifia d'un baiser sur le front.

— Dors bien, princesse. Tu viens de subir une terrible épreuve. Il faut que tu récupères.

Elle acquiesça faiblement.

— Bonne nuit, murmura-t-il avant de refermer la porte derrière lui.

— Bonne nuit, grand-père, souffla-t-elle d'une voix presque inaudible, la gorge serrée.

Roulant sur le côté, elle se couvrit le visage avec les mains et laissa libre cours à son chagrin.

Quand les larmes se tarirent, le sommeil la gagna peu à peu, et elle chuchota dans l'obscurité :

— Bonne nuit, Jeremy. Sachez que je vous aime. Et que je vous aimerai jusqu'à mon dernier souffle...

17

Le lendemain, Sarah resta alitée toute la journée. Tom et grand-père la dorlotèrent comme jamais. Le premier lui mitonna ses plats favoris, tandis que le second lui préparait des boissons chaudes.

Warren vint la voir après l'office de l'après-midi. Il s'assit à son chevet, et lui prit la main.

— Je suis heureux qu'il ne vous soit rien arrivé l'autre nuit, Sarah...

A cet instant, elle aurait aimé mourir.

— Je n'ai pas l'habitude d'exprimer mes sentiments, Sarah, mais je voudrais que vous sachiez que je me suis fait un sang d'encre. Notre mariage est si important pour moi.

« Non, taisez-vous ! » l'implora-t-elle en silence.

— Je prends le train pour Boise City demain, afin de rencontrer M. Kubicki pour discuter de son offre. Je pense être absent plusieurs jours.

Un pli soucieux creusa son front et il ajouta :

— J'espère que nous parviendrons à un accord, M. Kubicki et moi. Il serait préférable, je pense, que nous quittions rapidement la région.

Sur ces mots, il se leva et, se penchant sur elle, scella ses lèvres d'un baiser léger.

Sarah en éprouva un incompréhensible dégoût. Warren se redressait.

— Je vous verrai à mon retour. Prenez bien soin de vous. Il ne faudrait pas que vous soyez malade pour notre mariage.

Elle hocha faiblement la tête avant de fermer les yeux, tout à coup épuisée, ne les rouvrant que lorsqu'elle entendit la porte se refermer...

Plus tard dans l'après-midi, Tom lui annonça que Jeremy était de retour en ville.

— Grand-père est allé lui rendre visite. Il voulait le remercier de t'avoir sauvée.

Comme elle ne répondait pas, il ajouta :

— Imagine un peu... que serions-nous devenus sans toi, grand-père, Warren et moi ? Nous aurions été totalement perdus.

Après le départ de son frère, elle repensa à ces paroles. Auraient-ils été réellement perdus sans elle ? Grand-père, probablement. Il était âgé et avait besoin de son aide. Mais Tom était suffisamment grand pour veiller sur lui-même et se débrouiller dans la vie. D'ailleurs, au printemps, il quitterait Homestead.

Il l'aimait, certes, mais il pouvait fort bien se passer d'elle.

Et Warren ? Qu'en était-il de lui ? Il lui avait confié combien elle était importante à ses yeux. Mais que voulait-il dire par là ? Il ne lui avait jamais avoué son amour, et ses démonstrations d'affection étaient plutôt rares. En outre, il était plus prompt à la critiquer qu'à l'encenser. Il se moquait de ses rêves, il jugeait son comportement infantile, et sa manie d'être continuellement en retard l'agaçait au plus haut point. Jamais il ne s'était intéressé à ce qu'elle pensait. Et pourtant, il voulait l'épouser !

Elle aurait dû lui dire qu'elle était résolue à rompre leurs fiançailles. Quelques jours plus tôt, elle n'aurait pas hésité. Elle ne l'aimait pas et, s'il éprouvait quelque sentiment pour elle, ce n'était certainement pas de l'amour.

Mais voilà ! Jeremy ne voulait pas d'elle. Il l'avait renvoyée à Warren comme on se débarrasse d'un paquet gênant. Et cela, sans une hésitation. Qu'il rejette l'amour qu'elle lui offrait la laissait confuse et incertaine. Tout à coup, elle ne savait plus que faire.

Allongée sur le lit, bouleversée par toutes ces tergiversations sans fin, elle se rappela ce que lui avait confié Warren un jour :

— Il est fondamental pour un homme socialement établi d'avoir une femme à la conduite irréprochable. Je suis certain que vous ne me décevrez jamais, Sarah...

Elle se tourna sur le côté, fixant le mur à présent, tandis que la vision de Jeremy s'imposait à son esprit embrouillé. Elle avait l'impression de sentir ses doigts courir sur sa peau, l'empreinte de ses lèvres sur les siennes. *Une femme à la conduite irréprochable... Je suis certain que vous ne me décevrez jamais...*

— Je vous ai déçu, souffla-t-elle, mais elle ne songeait plus à Warren.

Hank McLeod avait les larmes aux yeux.

— Je suis venu vous remercier d'avoir sauvé la vie de ma petite-fille.

Jeremy secoua la tête, embarrassé.

— Remerciez plutôt le destin, shérif McLeod! C'est un pur hasard si je l'ai retrouvée.

— Peut-être, mais il n'empêche que Tom et moi vous serons éternellement reconnaissants.

Il lui tendit la main. Jeremy n'eut d'autre choix que de l'accepter. Mais, dans les profondeurs de son esprit, une petite voix le traitait de vil hypocrite.

— Bien entendu, nous comptons sur votre présence au dîner mercredi soir, Jeremy. Mais je sais que Sarah souhaitera vous revoir d'ici là pour vous remercier de vive voix.

— Je ferai mon possible pour passer en début de semaine.

Quelques minutes plus tard, le shérif prenait congé. Jeremy fut soulagé que le vieil homme n'ait pas souhaité s'attarder. Il redoutait ce que le grand-père de Sarah aurait pu lui dire, et les mensonges qu'il aurait alors dû inventer pour lui répondre.

Avec un soupir, Jeremy se dirigea vers le poêle et se servit un café.

Mais je sais que Sarah souhaitera vous revoir d'ici là pour vous remercier de vive voix.

S'il fermait les yeux, il pouvait presque sentir la soie de ses cheveux blonds, le parfum de lavande qui émanait de toute sa ravissante personne. Jamais il n'oublierait la douceur de ses lèvres, et ses plaintes étouffées dans l'obscurité. Il revoyait encore la lueur d'émerveillement dans son regard bleu lorsqu'elle avait découvert l'extase.

Jurant entre ses dents, il reposa sa tasse. Ce n'était pas d'un café dont il avait besoin, mais d'un whisky!

— Eh bien, Doc? s'enquit Michael auprès du Dr Varney quand ce dernier sortit de la chambre.

— Je ne vois aucune raison de vous inquiéter. Rose n'a pas souffert de cette épreuve. Le bébé sera certainement aussi fort et robuste que son frère et sa sœur.

Michael laissa échapper un soupir de soulagement.

— Et Sarah? ajouta-t-il tandis que le vieil homme fermait sa mallette en cuir.

Doc fronça les sourcils.

— Elle est juste très fatiguée, mais... (Il secoua la tête.) Il y a quelque chose qui m'inquiète chez elle. Pour l'instant, je suis bien en peine de dire quoi. Elle a certes été durement éprouvée, mais...

Surpris, Michael haussa un sourcil interrogateur.

— Elle va se rétablir, assura le médecin. Dieu soit loué, vous êtes tous sains et saufs. C'est un véritable miracle.

Après que le Dr Varney fut parti, Michael rejoignit son épouse dans leur chambre à coucher. Rose était adossée contre de gros oreillers, ses cheveux châtains tombant en cascade sur ses épaules. Elle n'avait guère changé depuis le jour où il était tombé amoureux d'elle. A la regarder ainsi, il se sentit fondre, comme chaque fois depuis neuf ans.

— Comment te sens-tu? demanda-t-il.

— Je me sens surtout ridicule. Je n'avais pas

besoin de garder le lit, et encore moins de voir le Dr Varney aujourd'hui.

Il s'assit près d'elle, et l'attira tendrement contre lui.

— Laisse-moi en décider seul, répliqua-t-il avec un sourire. Je ne veux prendre aucun risque.

— Décidément tu ne changeras jamais. Enfin, c'est peut-être pour cela que je t'aime tant… Où sont les enfants ?

— Avec leur grand-mère.

— Nous avons donc la maison pour nous seuls ?

S'écartant, elle le gratifia d'une œillade provocante et ajouta :

— Après tout, tu as peut-être raison, Michael. J'ai bien envie de garder le lit un peu plus longtemps.

— Cette idée est excellente, madame Rafferty. Elle me ravit.

Jeremy avait d'abord eu l'intention d'acheter une bouteille de whisky et de l'emporter dans sa chambre, au-dessus des geôles. Mais dès l'instant où il entra au Pony Saloon, il dut renoncer à son projet. Les clients l'encerclèrent comme une nuée de moineaux, lui faisant un triomphe, et chacun voulut le féliciter.

Par trois fois, il raconta comment, en allant nourrir son cheval, il avait entendu quelqu'un appeler au secours. Lorsqu'il avait découvert Sarah, il l'avait portée chez lui, et avait allumé un feu pour tenter de la réchauffer.

Là s'arrêtait son récit.

Il avala un second verre de whisky, sentant le liquide lui brûler la gorge. Il n'avait qu'une envie :

s'enivrer, s'enivrer au point de tout oublier. Mais voilà, un marshall ne se donne pas en spectacle...

Un juron lui échappa. Il était furieux d'être revenu à Homestead et d'avoir accepté ce poste d'adjoint. Plus que tout, il maudissait sa fourberie.

— Pourquoi ne laissez-vous pas cet homme tranquille ?

Jeremy leva les yeux et rencontra le regard d'une femme qui se tenait devant la table. Elle avait les cheveux teints en un roux flamboyant, et n'avait pas lésiné sur le maquillage. Autrefois, elle avait dû être jolie. D'ailleurs, tout bien considéré, elle était encore plaisante. Seulement elle ne l'intéressait pas.

D'un geste péremptoire, elle chassa ceux qui s'étaient agglutinés autour de Jeremy et s'assit face à lui.

— Salut, beau gosse. Je m'appelle Opal.

Refusant d'entamer une conversation, Jeremy se servit un autre whisky.

— Tout le monde en ville raconte que tu as sauvé la fille McLeod. Tu es un vrai héros. Et Dieu sait que nous n'en voyons pas souvent dans ce saloon ! Cela vaut bien une petite récompense, qu'en dis-tu, beau gosse ?

D'une seule traite, il avala le contenu de son verre.

Opal se pencha en avant, et posa une main sur son bras.

— Pourquoi ne me laisses-tu pas te féliciter comme il se doit ? insista-t-elle. Pour toi, ce sera gratuit.

Un instant, il fut tenté d'accepter l'invitation. Peut-être oublierait-il sa faute dans les bras de cette sulfureuse créature... Non, il était inutile d'espérer. Il ne rachèterait pas son âme en partageant le lit de cette femme. Quant au plaisir, il doutait fort qu'il puisse en avoir un jour avec une autre que Sarah...

18

Les jours qui suivirent la tempête, Sarah trompa son désespoir en s'attaquant d'arrache-pied aux préparatifs de Noël. Elle s'efforçait de ne plus songer à Jeremy et à ce qu'ils avaient partagé au ranch. Depuis cette nuit-là, elle n'avait pourtant pas cessé d'osciller entre l'amour qu'elle lui portait et le mépris qu'elle nourrissait pour cet homme qui l'avait si méchamment repoussée.

Les nuits étaient encore plus pénibles que les jours. Dès qu'elle s'allongeait et que le silence se faisait autour d'elle, elle revoyait Jeremy se pencher sur son corps, poser ses lèvres sur les siennes. Elle revivait inlassablement leurs étreintes interdites...

Une chance encore que Warren fût absent ! Elle n'était pas prête à l'affronter. Dorénavant, elle savait avec certitude qu'elle ne pourrait jamais l'épouser. Mais comment le lui annoncer sans le blesser ? Comment trouver les mots, quand elle était encore si confuse ?

Un jour, Rose Rafferty lui rendit visite. Sarah était seule dans le salon, Hank s'étant retiré pour sa sempiternelle sieste. Quant à Tom, il était, comme tous les après-midi, parti retrouver Doc Varney.

— Je suis désolée de ne pas être venue plus tôt, fit Rose en prenant place dans le fauteuil, face à elle. Mais Michael m'a obligée à garder le lit. Doc a eu beau lui dire que ni le bébé ni moi n'étions en danger, il n'a rien voulu entendre.

— Je ne l'en blâme pas. J'étais inquiète pour vous, moi aussi.

Rose s'inclina vers elle et, sur le ton de la confidence, déclara :

— Michael se sent responsable de l'accident. Si quelque chose vous était arrivé...

Elle baissa les yeux, et regarda ses mains qu'elle croisa dans son giron.

— Remercions le Ciel, il ne s'est rien passé ! rétorqua Sarah avec une assurance qu'elle était loin d'éprouver. Nous avons eu beaucoup de chance.

— Oh, oui ! Imaginez que Jeremy ne vous ait pas retrouvée.

L'estomac de Sarah se noua.

— Oui...

Et elle s'empressa de changer de sujet.

Pendant près d'une heure, les deux femmes devisèrent amicalement des enfants de Rose, de leurs amis et voisins, de la fête de Noël reportée à la semaine suivante en raison du blizzard. En vérité, ce fut Rose qui mena presque toute la conversation, mais elle ne sembla pas le remarquer. De son côté, Sarah remerciait son amie de la diversion qu'elle créait. Elle était heureuse de pouvoir songer à autre chose qu'à ses problèmes.

— J'ai rencontré Mme Gaunt l'autre jour, lança Rose à un moment. Elle m'a dit que votre robe de mariage était pratiquement achevée, et qu'elle n'attendait plus que votre visite pour faire les toutes dernières retouches.

Sarah se raidit imperceptiblement.

— Oui, je... Elle m'a prévenue. Il faudrait que j'aille la voir rapidement.

— Je vous sens nerveuse tout à coup... Ça va ?

Comme Sarah baissait la tête, sa compagne reprit :

— Il est normal d'être un peu inquiète. Qui ne le serait pas à votre place ? Mais je vous rassure tout de suite, l'anxiété est le lot de toutes les futures épousées. Et l'angoisse est d'autant plus forte que la cérémonie approche. Faites-moi confiance, je suis passée par là et je sais de quoi je parle.

Sarah se tourna vers la fenêtre, ne sachant que répondre, refusant de mentir davantage, mais bien incapable de dire la vérité.

Rose vint s'asseoir sur le canapé et, d'un geste plein de sollicitude, lui prit la main.

— J'y pense, vous vous posez peut-être des questions sur les relations... comment pourrais-je dire... les relations intimes entre un homme et une femme ? Votre grand-mère vous a-t-elle... expliqué comment cela se passait ?

Sarah s'empourpra violemment. Elle aurait aimé disparaître sous terre !

— Il ne faut pas avoir peur, Sarah. Ce peut être merveilleux.

Elle n'était malheureusement pas sans le savoir !

Et Rose de tout lui raconter... Parfois, en hésitant sur le choix de ses mots, en trébuchant sur quelques explications. Quoi qu'il en soit, elle lui fit un rapport complet sur la nuit de noces. Et Sarah dut rassembler tout son courage pour ne pas hurler. Du reste, elle ne pouvait même plus soutenir le regard de son amie. Elle était persuadée qu'il suffirait que Rose plonge les yeux dans les siens pour deviner la vérité.

— Le bonheur suprême est bien entendu de concevoir un enfant lors de cette union, conclut Rose, imperturbable, en posant la main sur son ventre arrondi.

— Un bébé ?

Son amie hocha la tête.

— Bien sûr, cela n'arrive pas à chaque fois, mais...

Tout à coup, Sarah fut glacée. Un bébé ? Cela ne l'avait pas effleurée un instant. Et si... ?

Les doigts de sa compagne se resserrèrent sur son poignet.

— Il n'y a rien à craindre, je vous le promets. Je suis certaine que Warren se montrera compréhensif et doux.

— Ce... ce n'est pas cela, bredouilla Sarah. Je... je n'ai guère envie d'être enceinte pour le moment.

— Ne vous mettez pas martel en tête, Sarah. Les risques d'avoir un bébé sont minimes. Sinon, j'en aurais déjà plus d'une douzaine.

Et comme si, tout à coup, elle mesurait l'audace de ses propos, Rose devint cramoisie.

— Ô mon Dieu, je m'égare ! Pardonnez-moi.

Mais Sarah nota à peine l'embarras de sa visiteuse. Elle était trop tourmentée pour cela.

Tom pénétra dans le saloon. Il balaya la pièce d'un regard hésitant et, bientôt, repéra Fanny. Elle venait de servir des bières à une table et attendait d'être payée.

Il ne l'avait pas revue depuis une semaine. En effet, Doc avait jugé la jeune fille guérie, et il n'avait plus aucune excuse pour venir lui rendre une visite quotidienne.

La robe qu'elle portait était bien trop grande pour elle, soulignant sa maigreur. Elle avait relevé ses cheveux en un haut chignon, retenu par des peignes en écaille. Elle lui fit penser à une petite fille qui aurait emprunté les vêtements de sa mère pour l'imiter.

Fanny releva la tête et le vit enfin. Il sentit son cœur se serrer devant son air de biche aux abois.

S'efforçant de sourire, il alla à sa rencontre.

— Bonjour, Fanny.

— Monsieur McLeod, salua-t-elle dans un souffle avant de baisser les yeux.

— Je suis venu voir comment vous alliez.

Elle coula un regard inquiet en direction de Grady O'Neal campé derrière le bar, et se mordit la lèvre.

— Je... je vais bien.

— Cela vous ennuie si nous parlons une minute ou deux ?

— Eh bien, je... je suis supposée travailler.

A son tour, il jeta un coup d'œil à Grady O'Neal, avant de reporter son attention sur la jeune fille.

— Vous occuper des clients, ça fait bien partie de vos attributions, je me trompe ?

Le rouge monta aux joues de Fanny tandis qu'elle hochait la tête.

— Dans ce cas, allons nous asseoir, fit-il en lui prenant le bras, sans lui laisser le temps de protester.

A peine installé, il sortit de sa bourse quelques cents.

— Voici pour M. O'Neal. Ainsi il n'aura pas l'impression d'avoir été volé.

— C'est inutile...

Elle avait raison, il n'était pas obligé de laisser de l'argent puisqu'il ne consommait pas, mais il craignait que le tenancier ne passe ses nerfs sur la malheureuse, une fois qu'il serait parti.

— Fanny, aimeriez-vous partir d'ici ? demanda-t-il.

— Si seulement c'était possible. Mais Grady a menacé de me fiche à la porte si je ne me remettais pas à travailler immédiatement. Alors je m'imagine mal lui demander si je peux aller me promener...

Tom secoua la tête.

— Vous ne m'avez pas compris. Je ne pensais

pas à une promenade. Je voulais dire, définitivement.

Elle haussa les épaules.

— Où voudriez-vous que j'aille ? Au moins, ici, je suis avec ma sœur. À part elle, je n'ai personne.

— Vous aimez ce travail ?

— Je le déteste mais je n'ai pas le choix.

— Et si vous trouviez un autre emploi, une autre chambre, vous partiriez ?

Les yeux de la jeune fille s'agrandirent.

— Pourquoi feriez-vous une chose pareille ?

Pourquoi ? Si seulement il le savait lui-même...

— Quitteriez-vous le saloon si vous trouviez un autre travail ? insista-t-il.

— Sans la moindre hésitation...

Ses lèvres tremblaient sous le coup de l'émotion.

— Alors je vais voir ce que je peux faire. Je ne vous promets rien pour l'instant, mais...

Sans achever sa phrase, il se leva.

— Je vous tiens au courant. A bientôt, Fanny.

Il pivota sur ses talons.

— Monsieur McLeod ?

Tom lui jeta un coup d'œil par-dessus son épaule.

— Pourquoi faites-vous cela ? demanda-t-elle.

Il sourit.

— Disons que j'en ai envie.

Elle lui sourit en retour. Décidément, elle avait un charme fou quand elle souriait !

Jeremy reposa le télégramme sur son bureau et se frotta les tempes. Depuis le matin, il avait la migraine, et était bien en peine de comprendre le charabia administratif des dépêches reçues dans la nuit.

Avec un soupir las, il quitta son fauteuil et alla se

servir un café. En fait, il avait faim. Il n'était même pas sorti déjeuner aujourd'hui, il n'en avait pas eu le courage. Comme tous les jours depuis presque une semaine, il s'arrangeait pour éviter la petite communauté de Homestead. Il ne voulait surtout plus s'entendre félicité pour son « acte de bravoure ». Chacune de ces louanges était comme un coup de poignard qu'on lui assenait dans le cœur.

Manger le remettrait peut-être d'aplomb... Prenant son manteau sur la patère, il l'enfila.

Par tous les diables, que devait-il faire pour ne plus penser à Sarah McLeod ?

Il enfonça son chapeau sur la tête, en maugréant. A quoi bon ressasser les regrets ? Le mal était fait. Une chance encore qu'ils fussent convenus de garder le secret. Sarah épouserait Warren comme prévu, et les choses rentreraient dans l'ordre.

Claquant la porte derrière lui, il sortit dans la froidure de cette journée hivernale. Après un rapide coup d'œil sur la grand-rue, il traversa hâtivement l'allée et entra chez Zoé. Par bonheur, le restaurant était désert.

Les battants de la cuisine s'ouvrirent brusquement, et Zoé Potter apparut, une femme replète aux cheveux grisonnants.

— Ciel ! s'écria-t-elle. Quelle surprise de vous revoir, monsieur Wesley ! Je croyais que vous aviez définitivement renoncé à manger chez moi.

— Quelle idée ! Pourquoi me priverais-je d'une cuisine aussi excellente ?

Il ôta son couvre-chef et le posa sur la chaise à côté de lui.

— En ce moment, il y a beaucoup de travail au bureau. C'est tout, expliqua-t-il, mal à l'aise.

— Tant mieux. Je vous avoue que j'ai eu peur.

J'ai cru que vous n'aimiez plus ma cuisine. Que prendrez-vous aujourd'hui ?

Jeremy parcourut rapidement le menu griffonné sur l'ardoise près de la porte.

— Il vous reste du rosbif ?

— Vous pouvez dire que vous avez de la chance. Il me reste le meilleur morceau.

— Alors, j'en fais mon affaire.

— Je vous amène cela tout de suite.

Comme elle disparaissait dans la cuisine, la porte du restaurant s'ouvrit, et Jeremy sentit son estomac se serrer tandis que Sarah pénétrait à l'intérieur.

Tout d'abord, elle ne le remarqua pas. Elle tenait à la main un panier, celui-là même qu'elle prenait pour lui apporter son déjeuner au bureau. Elle le posa sur une table avant d'ôter sa capuche. C'est alors qu'elle l'aperçut.

Il vit l'expression de surprise qui se peignit sur son adorable visage. Elle se raidit, de manière presque imperceptible, et releva le menton comme si elle se tenait prête pour un combat.

— Bonjour, Jeremy.

Il y avait quelque chose de changé en elle. Quoi, il n'aurait su le dire…

— Sarah.

— Cela fait un moment qu'on ne vous voit plus.

— Je suis submergé de travail.

Elle jeta un coup d'œil en direction de la cuisine.

— Je comprends.

Qu'était-il supposé dire ensuite ? Avouer qu'il s'était mal conduit et qu'il était désolé ? Désolé de n'être pas celui qu'elle croyait ? Désolé de l'avoir abusée comme on séduit une vulgaire fille de joie ?

Visiblement aussi mal à l'aise que lui, elle récupéra son panier sur la table.

— Je ramenais juste quelques ustensiles que

Mme Potter m'avait prêtés pour la soirée de Noël de demain.

Il se souvint de la manière dont elle l'avait regardé presque une semaine plus tôt, en sortant de la chambre après leur nuit de passion. Aujourd'hui, il n'y avait plus la moindre chaleur dans ses yeux bleus.

Elle détourna le regard.

— Il vaut mieux que je remporte ces choses à la cuisine. Bon après-midi, Jeremy.

Il ne répondit pas.

Sur le seuil de la cuisine, elle lui jeta un coup d'œil par-dessus son épaule. Elle se mordit la lèvre comme si elle était sur le point de prendre une décision importante. Finalement, elle retraversa le restaurant jusqu'à lui.

— Jeremy ?

A présent, elle parlait à voix basse.

— Vous... enfin, je...

Un soupir lui échappa.

— Nous pourrions peut-être essayer d'être amis ?

Avant qu'il ait pu répondre, elle lui tourna le dos et disparut dans la cuisine.

Le cœur de Sarah battait encore la chamade quand elle quitta le restaurant par la porte de derrière. A grands pas, elle rentra à la maison.

Aussitôt, elle gagna sa chambre et s'y enferma, s'adossant contre le battant et fermant les yeux, les lèvres pincées pour ne pas pleurer. Elle aurait dû se douter qu'il lui serait difficile de revoir Jeremy. Le seul fait de plonger le regard dans ses prunelles sombres l'avait bouleversée.

Il lui avait semblé reconnaître de la souffrance derrière son attitude impassible et, un instant, elle avait ressenti le besoin de le réconforter. Son cœur s'était emballé. Elle avait eu envie de lui dire que tout était sa faute, qu'il n'était pour rien dans cette histoire. Elle seule s'était abandonnée. Elle seule avait choisi qu'il la serre dans ses bras, qu'il l'embrasse et qu'il...

En fait, elle aurait voulu lui avouer qu'elle l'aimait.

Non, ce ne pouvait être de l'amour! L'amour avait besoin de temps pour grandir, disait autrefois sa grand-mère. Non, elle n'était pas amoureuse, seulement attirée. Elle s'était laissé prendre au jeu étourdissant de la sensualité, elle était tombée dans le piège de la passion. Mais ce sentiment n'avait rien de solide, il était éphémère. Elle saurait l'effacer.

Bientôt, ils seraient amis. L'amitié... N'y avait-il pas que cela de vrai, de durable?

Mais saurait-elle s'en contenter?

19

— Tu ne peux quand même pas manquer la soirée de Noël, Jeremy! insista Warren. Les gens vont se déplacer de partout. Tu es le nouvel adjoint. Ils voudront te rencontrer.

Il lui tapota l'épaule.

— En outre, chacun sait que tu as sauvé Sarah. Ce genre de nouvelles circule vite. Tu es en passe de devenir un homme important dans la région.

Jeremy feignit de chercher un papier parmi les piles de documents qui s'amoncelaient sur le bureau.

— Tu parles! Ils ont autre chose à penser. Il y a

une semaine, certains d'entre eux étaient coincés sous la neige, ils ont perdu du bétail et leur récolte est d'ores et déjà ruinée. Il leur faudra du temps pour réparer les dommages causés par la tempête.

Il grommela entre ses dents et ajouta :

— A leur place, je resterais chez moi et j'oublierais ces festivités inutiles.

— Peut-être, mais ils seront là. Ecoute-moi, Jeremy. J'ai une grande nouvelle à annoncer ce soir. Et j'aimerais que tu sois présent.

Jeremy lui tourna le dos. Son frère n'avait pas idée de ce qu'il exigeait de lui. Mais qu'aurait-il pu invoquer pour se dérober ?

« Je suis désolé, Warren, je ne peux pas venir. J'ai fait l'amour avec ta fiancée et je préférerais ne plus la revoir... »

Il réprima un juron avant de demander :

— Dis-moi au moins ce dont il s'agit ?

— Non, pas encore.

Son frère esquissa un sourire mystérieux.

— Tu es ma seule famille. Tu dois être là.

Jeremy ne se souvenait pas de l'avoir vu un jour aussi excité, même quand il était enfant. Jamais il n'avait entendu Warren l'implorer ainsi. Peut-être souhaitait-il vraiment que leur relation prenne un nouveau départ. Comment pourrait-il le lui refuser ? Surtout aujourd'hui. Après ce qui s'était passé entre Sarah et lui.

— D'accord, je serai là.

De nouveau, Warren lui tapota l'épaule.

— Merci.

Quand il fut parti, Jeremy se laissa tomber sur son siège et enfouit son visage entre ses mains. Il se dégoûtait lui-même.

Comment avait-il osé faire une telle chose à son frère ?

Addie Rider dénoua son tablier en promenant un regard satisfait à l'intérieur de l'église. Will et Preston, son époux et son fils de dix-sept ans, avaient repoussé les bancs contre les murs. A l'endroit où d'habitude trônait la chaire, on avait installé une grande table drapée d'une nappe rouge, et placé une jarre à punch en son centre. Plus tard, la table serait dissimulée sous des centaines de plats différents, et le récipient de cristal serait rempli d'un cocktail pétillant.

— Maman ! la héla Lark, l'arrachant à sa rêverie. Où veux-tu que Yancy mette l'arbre ?

Addie se retourna. Sa fille aînée, Lark, se tenait sur le seuil, portant son petit-fils dans les bras.

— Là-bas, ce serait parfait, répondit-elle en désignant un coin reculé de l'église, près de l'immense poêle.

L'instant d'après, son gendre apporta un magnifique sapin, ses épines encore nimbées de neige. Un parfum boisé, délicieusement épicé, envahit alors l'édifice.

— Merci, Yancy. Cet arbre est superbe, commenta Addie en le regardant installer le sapin. Vous avez bon goût.

— C'est Katie qui m'a aidé à le choisir. Pas vrai ?

Il coula un regard en direction de sa fille âgée de six ans.

— Hein ? C'est toi qui l'as choisi, ma chérie ?

Katie hocha la tête en signe d'assentiment. Son sourire révéla deux dents manquantes.

— Veux-tu m'aider à le décorer, Katie ? demanda Addie en saisissant la boîte avec toutes les guirlandes, tandis que sa plus jeune petite-fille pénétrait dans l'église. Naomie, approche, j'ai besoin de toi aussi. Nous ne sommes pas en avance. Les gens vont bientôt arriver...

Quinze minutes plus tard, Yancy ramena sa femme et ses enfants à la maison afin qu'ils puissent se changer.

Will attendit à la porte avec Preston qu'Addie vérifie une dernière fois la décoration de l'église.

— Tu ferais mieux de te dépêcher, Addie, pressa son époux.

— Je sais, répondit-elle sans toutefois bouger.

Will s'approcha de sa femme, et posa une main sur son épaule.

— Je réfléchissais, expliqua-t-elle. Je pensais à toutes ces années où nous avons décoré l'église à l'occasion de Noël. Preston était encore tout petit la première fois. Je ne sais même pas s'il marchait déjà. Tu t'en souviens ?

Elle se tourna vers son époux.

Les cheveux de Will étaient striés de fils d'argent sur les tempes, mais il n'en demeurait pas moins l'un des hommes les plus séduisants de la ville, aux yeux d'Addie en tout cas. Même après dix-huit années de mariage, elle était encore surprise qu'il l'ait choisie comme épouse, quand il avait les plus ravissantes jeunes filles à ses pieds. Pourquoi avait-il demandé la main de l'institutrice, l'insipide Addie Sherwood ? Pour elle, cela resterait à jamais un mystère.

Il se pencha et l'embrassa sur le front.

— Je m'en souviens. Et chaque année, à cette époque, tu deviens nostalgique.

Son sourire était tendre.

— Maintenant, si nous retournions à la maison pour que tu puisses enfiler la superbe robe verte que tu as achetée pour l'occasion ? J'ai hâte de pouvoir danser avec toi.

— Vous vous en êtes sortie haut la main, madame Rider, commenta Sarah une heure plus tard en balayant du regard l'église décorée.

La salle était déjà pleine à craquer. Tous les gens de la région étaient venus. Près du sapin étincelant de tous feux, les musiciens se mirent à entonner des airs pleins d'allégresse. Les personnes âgées avaient assailli les bancs, tandis que leurs enfants et petits-enfants se rassemblaient pour commenter les dernières nouvelles du pays. Les plus petits se faufilaient entre les grandes personnes, chapardant un gâteau quand ils passaient près du buffet.

— J'adore décorer ! répliqua Addie avec un sourire. Mais, dis-moi, où sont ton grand-père et ton frère, Sarah ? Je ne les ai pas encore vus.

— Grand-père se sentait un peu fatigué ce soir. Tom a décidé de rester près de lui. Ils m'ont chargée de souhaiter à chacun ici un joyeux et merveilleux Noël.

— Tu les en remercieras. Et offre-leur nos meilleurs vœux. J'espère que le shérif McLeod se rétablira rapidement. Il nous manque.

Warren approchait.

— Vous voulez un verre de punch, Sarah ? s'enquit-il après avoir brièvement salué Addie.

La jeune femme balbutia un refus sans même le regarder. Elle se sentait coupable d'être venue avec lui ce soir. Si elle avait su qu'il sauterait dans le dernier train pour Homestead aujourd'hui, et qu'il viendrait frapper à sa porte, elle aurait soigneusement préparé ses mots pour lui annoncer qu'elle rompait leur engagement. Mais voilà, il l'avait prise au dépourvu…

« Je le lui dirai quand il me ramènera tout à

l'heure, se promit-elle. Je lui expliquerai que je ne peux pas l'épouser. Il est hors de question de poursuivre cette mascarade plus longtemps. »

— Eh bien, moi, je meurs de soif.

Il lui prit le bras d'un geste péremptoire et l'entraîna vers la grande table. Là, il remplit deux verres de punch et lui en tendit un, sans tenir compte de son refus.

Agacée par cette attitude, Sarah réprima son impatience. En l'occurrence, ce serait plutôt à lui d'être en colère contre elle. Il pourrait fort bien la mépriser, la haïr... Seulement voilà, il ignorait tout de sa fourberie. Et il fallait espérer qu'il n'en sache jamais rien...

— Voici Jeremy, annonça-t-il en agitant la main pour faire signe à son frère d'approcher.

L'estomac de Sarah se noua aussitôt, et elle manqua vaciller. Le cœur battant, elle continua de regarder Warren, soufflée par l'aménité dont il faisait montre avec son frère. Dire qu'il n'y avait pas si longtemps il était à peine cordial envers Jeremy. Aujourd'hui, il lui souriait comme s'ils étaient les meilleurs amis du monde.

Les larmes aux yeux, elle baissa la tête et considéra son verre. Pourquoi s'était-elle abandonnée dans les bras de Jeremy ? Bien sûr, elle aurait pu le repousser. Il lui avait d'ailleurs demandé de l'arrêter. Pourquoi diable ne l'avait-elle pas écouté ?

Rassemblant son courage, elle leva les yeux et vit Jeremy qui approchait. La réponse à toutes ses interrogations s'imposa alors à elle : « Je l'aime... »

C'était la vérité. Dès le premier instant, elle s'était sentie attirée par lui, son cœur s'était emballé. Elle avait reconnu l'homme de sa vie, le prince de ses rêves...

— Je suis heureux que tu te sois décidé à venir,

Jeremy ! s'écria Warren tandis qu'il lui serrait chaleureusement la main.

« Moi aussi, Jeremy », souffla-t-elle en son for intérieur. Mais cette pensée ne lui procura aucune joie, simplement de la tristesse et de la confusion.

Leurs regards se croisèrent, et elle crut déceler de la culpabilité dans ses prunelles sombres. Cette même culpabilité qui la rongeait...

Jeremy vit, quant à lui, bien plus que de la culpabilité dans les yeux de la jeune femme. Il y avait cette même lueur que l'autre jour, au ranch, cette lueur d'adoration pour un homme qu'il n'était pas, et qu'il ne serait jamais. Dire qu'au restaurant de Zoé, il l'avait crue guérie !

Warren sourit.

— Je t'avais bien dit que tout le monde serait là. Dans une demi-heure, il y aura tellement de gens que nous ne pourrons même plus bouger.

Jeremy se contenta de hocher la tête en scrutant la foule autour de lui, heureux de pouvoir échapper ne serait-ce qu'un instant au regard brûlant de Sarah.

— J'aimerais te présenter à quelques personnes, fit son frère.

Sarah prit la parole, d'une voix presque inaudible :

— Je vais rejoindre Rose et Lark. Veuillez m'excuser. A plus tard.

Et, sans demander son reste, elle s'esquiva.

Warren la regarda s'éloigner d'un air mécontent, mais il se borna à hausser les épaules avant de reporter toute son attention sur Jeremy.

— Allez, viens. Je vais te présenter. Je suis fier d'avoir un héros pour frère.

Jeremy se maudit intérieurement.

Deux heures plus tard, il ne restait plus rien dans les plats, et la jarre à punch avait été entièrement vidée. Une guitare, un violon et un harmonica donnaient le rythme, et les invités, moins nombreux qu'au début, s'étaient mis à danser au milieu de la salle.

Pour la seconde fois, Sarah avait réussi à fausser compagnie à Warren et à Jeremy, et avait rejoint deux de ses voisines, des dames distinguées. Elle ne prêtait qu'une oreille distraite à leur bavardage, obnubilée par Jeremy. Même quand elle ne levait pas les yeux, elle savait exactement où il se trouvait. Et elle souffrait le martyre.

— Sarah ?

Redressant la tête, elle fut surprise de découvrir que son fiancé l'avait rejointe.

— Voulez-vous bien venir un moment ?

Il ne lui laissa pas le temps de refuser et l'obligea à se lever. Elle n'eut d'autre choix que de le suivre, jusqu'au poêle devant lequel se tenait Jeremy. Warren la poussa entre eux deux, avant de faire face à la foule.

Dès que la musique marqua une pause, il héla les invités.

— Puis-je avoir votre attention, s'il vous plaît ? demanda-t-il à la cantonade.

Peu à peu, les conversations se turent, et tous les regards convergèrent sur le trio. Sarah était au supplice, placée entre l'homme qu'elle était supposée épouser et celui qu'elle aimait.

— J'ai de bonnes nouvelles à vous faire partager ! continua Warren.

Le cœur de la jeune femme se mit à battre le tocsin. Un sombre pressentiment l'envahit.

— Certains d'entre vous savent déjà que je me suis rendu à Boise City cette semaine. Vous jugerez certainement intéressant d'apprendre qu'ils n'ont pas eu de neige là-bas.

Des rires s'élevèrent.

Warren frappa dans ses mains pour les faire taire.

— Pour ceux qui n'y sont pas allés depuis des années, je peux vous assurer que la ville est magnifique. C'est un endroit plein de surprises et d'émerveillement.

Il coula un regard en direction de Sarah.

— C'est pourquoi j'ai accepté la proposition de M. Kubicki. Une association. Vous avez certainement entendu parler de Kubicki & Cie. Eh bien, le nom vient de changer. Ce soir, j'aimerais lever mon verre à Kubicki, Wesley & Cie! Nous allons fabriquer des meubles qui seront vendus à travers le pays tout entier. Sarah et moi, nous déménagerons à Boise après notre mariage. J'ai déjà trouvé une maison à acheter.

Soufflée, la jeune femme le dévisageait, les yeux écarquillés.

Durant la demi-heure qui suivit, toute la ville défila devant eux pour offrir leurs meilleurs vœux de bonheur et leurs félicitations.

Sarah rencontra le regard de Jeremy. « C'est mieux ainsi », crut-elle l'entendre murmurer. Puis, tournant les talons, il s'éloigna.

Mais elle n'était pas de cet avis. Elle savait qu'elle n'irait pas à Boise avec Warren.

Tout ce qui lui importait dans la vie se trouvait à Homestead!

20

— Vous êtes bien silencieuse, commenta Warren alors que Sarah ouvrait la porte d'entrée de sa demeure.

Elle leva les yeux vers lui, sachant que le moment qu'elle redoutait était arrivé.

— Vous devriez entrer, Warren.

— Vous êtes sûre ? J'ai l'impression que votre grand-père et Tom sont déjà couchés.

— Je sais, mais il faut que nous parlions.

Dès que la porte fut refermée, Warren la suivit et l'aida à se débarrasser de son manteau, avant d'en faire de même avec le sien. Sarah gagna le salon. Elle prit le tisonnier et raviva le feu dans la cheminée.

Quand, enfin, elle se redressa et se retourna, elle découvrit Warren sur le pas de la porte.

— Venez vous asseoir, lui dit-elle en prenant place dans un fauteuil.

Il fronça les sourcils.

— Vous vous comportez bizarrement, ce soir, Sarah. Y a-t-il quelque chose qui vous tracasse ? Votre grand-père est malade ?

— Cela n'a rien à voir avec lui. C'est de nous que je voudrais vous entretenir.

— Nous ?

Décidément, cela risquait d'être plus difficile que prévu. Même si elle n'avait jamais aimé Warren, elle l'avait toujours apprécié. Elle reconnaissait ses qualités — tout ce qu'il fallait selon sa grand-mère pour faire un bon époux. Malheureusement, cela ne lui suffirait pas, et elle savait qu'elle allait lui faire du mal.

Warren prit place dans le canapé en face d'elle.

— Je vous écoute, Sarah.

Elle prit une profonde inspiration.

— Je n'irai pas à Boise avec vous.

Il haussa les sourcils.

— Mais si, vous viendrez.

Il s'exprimait sur le ton d'un parent expliquant patiemment quelque chose à un enfant.

— La place d'une femme est auprès de son époux, reprit-il, et celle d'un homme est là où il est sûr de trouver le meilleur travail pour subvenir aux besoins de sa famille.

S'éclaircissant la voix, elle se tordit nerveusement les doigts dans les plis de sa robe.

— Je ne veux plus devenir votre épouse.

Le silence tomba. Il la fixait, médusé.

Sarah contempla le bout de ses bottines.

— Je... je suis désolée, Warren. Je pensais pouvoir vous épouser, mais cela m'est impossible. Je ferais une bien piètre épouse. J'en ai la conviction depuis longtemps. Seulement, j'ignorais comment vous l'avouer.

— Vous n'avez pas le droit de me faire cela ! Le mariage est prévu dans trois jours. J'ai dit à tout le monde que nous allions vivre à Boise. Que penseront-ils ?

Elle redressa la tête. L'expression de Warren avait changé. Ses traits s'étaient durcis, sa bouche était déformée en un rictus mauvais. Elle songea à toute la haine et le ressentiment qu'il avait emmagasinés contre son frère, et devina qu'il en serait désormais de même avec elle. Elle venait de blesser sa fierté. Jamais il ne le lui pardonnerait.

— Je me fiche de ce que diront les gens, répliqua-t-elle finalement. Je sais simplement que ce serait une erreur de vous épouser. Je vous rendrais malheureux, Warren, et cela je ne le veux à aucun prix.

Il bondit sur ses pieds.

— Comment pouvez-vous le savoir? Je vous ai choisie parce que vous me sembliez être la femme idéale pour moi. Je vous ai attendue cinq ans.

« Peut-être, mais vous ne m'aimez pas... »

— Je sais déjà tout cela, se borna-t-elle à répondre.

— Je pense m'être montré conciliant et patient...

Il s'était mis à arpenter la pièce.

— J'ai été compréhensif, ajouta-t-il. Je ne vous ai jamais forcé la main.

— Warren...

Soudain, il se planta devant elle et l'obligea à se lever.

— J'ai attendu trop longtemps pour renoncer maintenant. Vous êtes à moi.

Et, la plaquant contre lui, il l'embrassa rudement, cruellement, ignorant ses protestations étouffées. Sarah le repoussa, martelant son torse de ses poings fermés.

Il la relâcha.

— Je ne vous laisserai pas faire cela, Sarah. Je ne vous permettrai pas de jeter la honte sur moi. Vous allez devenir ma femme et venir avec moi à Boise, un point c'est tout!

— Non, je n'irai pas. Je ne vous aime pas, Warren. Et je ne vous épouserai pas.

— Il n'y a pas que l'amour qui importe dans le mariage.

— Pas pour moi. J'épouserai l'homme que j'aime, ou je resterai seule.

Warren recula d'un pas. Une multitude d'émotions passèrent sur son visage. Colère, frustration, incompréhension, et finalement incrédulité...

— Mon Dieu, souffla-t-il.

Elle lui tourna le dos et alla se poster près de la cheminée. Du bout des doigts, elle en caressa le manteau, les yeux rivés sur les flammes qui léchaient les bûches. Pourquoi ne partait-il pas? Pourquoi refusait-il d'accepter sa décision? Il ne l'aimait pas.

— C'est à cause de mon frère, n'est-ce pas? demanda-t-il soudain d'une voix dénuée de toute émotion.

Son cœur se serra et elle secoua la tête, incapable de prononcer le moindre mot.

Elle n'entendit pas Warren approcher. Lorsqu'il posa la main sur son épaule, elle sursauta.

— Vous vous croyez amoureuse de Jeremy, je me trompe?

La colère perçait sous ses mots. Il resserra son étreinte sur son épaule.

— Que s'est-il passé entre vous à la ferme, l'autre nuit?

La jeune femme s'empourpra jusqu'aux oreilles.

— Rien.

Elle releva le menton avec défi, espérant qu'il ne lirait pas en elle comme dans un livre ouvert.

Il l'observa longuement avant de la relâcher, comme si, tout à coup, il venait de se brûler.

— Je vais tuer ce salaud, gronda-t-il entre ses dents.

Miséricorde! Il avait deviné! Elle l'agrippa par le bras.

— Warren, attendez!

Mais il la repoussa et s'éloigna à grandes enjambées vers la porte, la claquant derrière lui.

Assis sur son matelas, Jeremy regardait les bûches rougeoyantes se consumer peu à peu dans le poêle. La lampe posée sur une caisse diffusait une faible lumière dans la pièce au décor spartiate.

Sarah s'en allait. Elle et Warren quittaient la ville. Ainsi, il n'aurait plus à supporter de la voir sans pouvoir la toucher. Il pourrait oublier tout ce qui s'était passé...

Qu'espérait-il de plus ? Warren l'épousait et l'emmenait loin d'ici. Loin de lui. En tout cas, c'était la meilleure chose qui puisse arriver à Sarah. Il n'avait rien à lui offrir. Rien...

Un bruit de pas dans l'escalier l'arracha à la contemplation des flammes. Il leva les yeux au moment même où le battant s'ouvrait à la volée.

— Ordure ! hurla Warren en faisant irruption dans la chambre, les traits révulsés.

Jeremy n'eut pas le temps de réagir ; le poing de son frère s'abattit sur sa joue, l'envoyant s'écraser contre le mur.

— Lève-toi ! ordonna Warren.

— Je n'ai pas l'intention de me battre contre toi.

— Lève-toi, je te dis, bon à rien, saleté ! Lève-toi et laisse-moi te donner la correction que tu mérites !

Jeremy se carra contre le mur et, d'un air las, regarda son frère sans répondre. Qu'aurait-il pu dire pour sa défense ? Il savait que la rage de Warren était justifiée.

— Cela ne t'a pas suffi d'être le seul à qui notre père a pensé quand il est mort ? Cela ne t'a pas suffi d'hériter de la ferme alors que je m'en étais occupé depuis des années ? Cela ne te suffisait pas, n'est-ce pas ? Il a fallu encore que tu me voles ma fiancée !

De nouveau, il fondit sur Jeremy.

Cette fois, ce dernier réussit à esquiver le coup, mais il refusa de se lever. Son silence ne faisait qu'attiser la fureur de Warren.

— Va au diable !

Jeremy leva la main.

— Je ne sais pas ce que t'a dit Sarah...

— Elle ne m'a rien dit, si ce n'est qu'elle ne m'épouserait pas. Elle n'a pas eu besoin de m'en dire plus. Je n'ai eu aucune peine à deviner le reste.

Lentement, Jeremy se mit debout.

— Ecoute, Warren... Peut-être n'est-ce pas aussi grave que tu le croies ? Peut-être que si je lui parle, elle reviendra à la raison. Elle ne sait probablement plus où elle en est. Elle a un peu peur, c'est parfaitement légitime...

— Tu me dégoûtes ! Ne me dis pas que tu ne vas pas l'épouser, après ce que tu lui as infligé ?

Un lourd silence retomba.

— Non, je ne l'épouserai pas, finit-il par admettre.

Warren le cogna de nouveau, l'atteignant cette fois à l'arcade sourcilière.

Jeremy sentit une douleur aiguë tandis qu'une lumière fulgurante l'aveuglait. Il tenta de contrôler la colère qui montait en lui.

— Ne me touche plus, Warren, le prévint-il d'un ton menaçant. Je ne le supporterai pas une fois de plus.

Son frère recula d'un pas, le souffle court. Puis il secoua la tête.

— Tu as raison, Jeremy. Elle ne vaut pas la peine qu'on s'entre-tue pour elle. Dire que j'ai attendu toutes ces années, croyant qu'elle accepterait de devenir mon épouse. En fait, elle ne vaut pas mieux que les putains du Pony Saloon !

Sur ces mots, il se dirigea vers la sortie.

— Qu'elle aille au diable, marmonna-t-il. Avec toi...

— Sarah ?

Elle dressa la tête. Son frère se tenait dans l'encadrement de la porte.

— Que fais-tu ici, assise dans le noir ? demanda-t-il d'un ton alarmé.

Dans le noir ? Elle ne l'avait même pas remarqué. Quand le feu s'était-il éteint ?

Tom pénétra dans la pièce et gagna la cheminée où il ranima le feu, repoussant ainsi les ombres qui assaillaient le salon.

Puis il s'approcha d'elle.

— Qu'est-ce qui ne va pas, Sarah ?

Elle secoua lamentablement la tête.

Il s'agenouilla devant elle, et lui prit la main.

— Tu peux tout me dire, tu sais.

— J'ai rompu avec Warren, avoua-t-elle en croisant son regard.

— Mais... pourquoi ?

Une fois encore, elle secoua la tête.

— Sarah, je t'en prie, dis-moi. Dis-moi ce qui s'est passé.

Non, elle ne pouvait rien lui expliquer ! D'ailleurs, elle ne pouvait en parler à personne. C'était encore trop confus dans son esprit. Elle n'aimait pas Warren, elle aimait Jeremy. Elle s'était donnée à lui, à cet homme qu'elle connaissait à peine, un homme qui ne voulait pas d'elle. Elle avait honte, et son cœur saignait. Mais elle ne pouvait partager son désespoir avec quiconque.

Tom lui caressa gentiment les doigts.

— Y a-t-il quelque chose que je puisse faire ?

— Non, fit-elle dans un souffle, la gorge serrée.

Les larmes roulaient sur ses joues.

Tom l'attira contre lui, et elle se blottit contre son torse, tandis qu'il lui effleurait doucement les cheveux en murmurant des mots réconfortants. Lui promettant que tout allait s'arranger...

Mais elle ne le crut pas.

21

Durant deux jours, Sarah ne quitta pas sa chambre, laissant libre cours à son désespoir jusqu'à ce que, finalement, ses larmes se tarissent. Elle regrettait tout le mal qu'elle avait causé. Elle se haïssait.

Mais quand elle s'éveilla aux aurores, le matin de Noël, son optimisme naturel reprit le dessus et elle commença à voir les choses d'un meilleur œil.

Elle avait eu raison de rompre avec Warren. Même si Jeremy ne voulait pas d'elle, elle aurait été malheureuse de quitter Homestead, sa famille et ses amis, pour suivre un homme qu'elle n'aimait pas. Depuis le premier jour, elle avait su que jamais Warren ne lui conviendrait. Elle avait voulu y croire, sous la pression de tout son entourage. Mais elle l'avait toujours su. C'était peut-être la raison pour laquelle elle avait tant hésité avant de lui dire oui.

Quant à Jeremy, il ignorait ce qu'elle ressentait pour lui. Leur histoire avait mal commencé, mais cela ne signifiait pas que les choses ne pouvaient pas s'arranger entre eux. Un jour, peut-être, parviendrait-il à l'aimer lui aussi. Encore fallait-il lui en laisser l'opportunité...

Glissant hors du lit, elle bondit sur ses pieds, éprouvant tout à coup une grande impatience. Comme si quelque chose d'extraordinaire allait avoir lieu. Et pourquoi pas ? Noël était l'époque des cadeaux. Tout pouvait arriver. Absolument tout. Même l'amour.

Rapidement, elle s'habilla et se brossa les cheveux qu'elle attacha sur la nuque avec un ruban. Puis, claquant derrière elle la porte de sa chambre, elle se précipita dans l'escalier et dévala les marches quatre à quatre, avant de courir vers la cuisine où elle alluma le poêle. Tout en préparant son petit déjeuner, elle chantonna des airs de Noël. Elle avait le cœur guilleret.

Comme elle s'activait, elle énuméra tous les bonheurs qu'elle comptait dans sa vie. Grand-père était toujours parmi eux, encore solide malgré son grand âge. Tom était de retour à la maison, ses études marchaient bien, et il était destiné à une brillante carrière de médecin. Elle avait aussi de merveilleux amis, une maison confortable. De quoi aurait-elle pu se plaindre ?

Certes, il y avait encore et toujours le problème de Jeremy. L'amour était la plus belle chose qui soit, quand il était, bien entendu, réciproque...

— Eh bien, tu es littéralement métamorphosée ce matin ! s'exclama Tom en apparaissant sur le seuil.

Elle lui sourit par-dessus son épaule.

— Joyeux Noël, Tom.

S'approchant d'elle, il l'étudia avec attention, haussant un sourcil interrogateur.

— Je suppose que c'est un joyeux Noël, à en juger par ta mine resplendissante.

Il la gratifia d'un tendre baiser sur la joue.

— Joyeux Noël, Sarah. Je suis heureux que tu te sentes mieux.

— Moi aussi.

Elle déposa plusieurs tranches de bacon sur la poêle grésillante.

Tom, lui, prit un biscuit qui sortait du four.

— Peux-tu m'expliquer ce qui nous vaut ce changement d'humeur ? As-tu finalement changé d'avis et décidé d'épouser Warren ?

— Non. Je pense simplement avoir grandi.

Du revers de la main, elle repoussa quelques mèches qui lui tombaient dans les yeux avant de regarder son frère.

— J'ai fait le bon choix en rompant mes fiançailles avec Warren. J'aurais dû le faire depuis très longtemps. D'ailleurs, je n'aurais jamais dû accepter de l'épouser. J'ai toujours su que nous n'étions pas faits l'un pour l'autre.

Tom parut soulagé.

— Alors tu ne seras pas déçue si je te dis qu'il a pris le train pour Boise hier matin ? J'ai cru comprendre qu'il était parti pour toujours.

— Si tôt ?

— Tu es triste ?

Un instant, elle considéra la question.

— Je suis juste triste de lui avoir causé toute cette peine.

Son frère se pencha vers elle, et lui taquina la joue.

— Alors, tu vas de nouveau te mettre en quête du prince charmant ? demanda-t-il avec un clin d'œil malicieux.

— Non, fit-elle en lui tournant le dos, craignant qu'il ne devine ses pensées.

Non, elle ne souhaitait plus rechercher le prince

de ses rêves. Elle l'avait trouvé. Elle aimait Jeremy Wesley, et elle allait faire tout son possible pour que lui, de son côté, commence à l'aimer.

Quand Jeremy fit sa ronde, comme tous les jours à la même heure, la petite ville était parfaitement tranquille et silencieuse. Tous les commerces étaient fermés à l'exception du saloon — et encore, en jetant un coup d'œil à l'intérieur, il vit qu'il n'y avait personne. C'était comme si, ce matin-là, les bonnes gens de Homestead et ceux qui fréquentaient régulièrement cet établissement mal famé avaient choisi de rester chez eux et d'ouvrir en famille les cadeaux de Noël.

Jeremy Wesley, lui, restait seul.

Il ralentit le pas en s'approchant du magasin de son frère. Machinalement, il se frotta la mâchoire, comme si, après plusieurs jours, elle pouvait encore le faire souffrir.

Warren avait quitté la ville sans lui dire au revoir.

Et tout cela par sa faute... songea-t-il avec amertume en passant devant la boutique. Son frère lui en avait voulu pendant des années alors qu'il n'y était pour rien. En revanche, pour ce qui s'était passé avec Sarah, tout était entièrement sa faute. Avec un peu de bon sens, il aurait pu éviter ce désastre. Il était le seul responsable, et méritait pleinement tous les noms d'oiseaux dont l'avait traité Warren. Il était un traître.

Jeremy marcha dans la neige jusqu'à l'école et vérifia que les portes étaient bien fermées. Comme il s'éloignait, il aperçut des empreintes de pas sur l'étendue de blanc. Des pas minuscules, des pas d'enfants.

Sam aurait eu six ans aujourd'hui. Il aurait été à l'école, lui aussi...

Cette pensée, et la douleur qu'elle éveilla, le prit au dépourvu. Terrassé par les souvenirs, il s'assit sur les marches de l'école et s'emplit les poumons de l'air glacial.

Il se revit quelques années plus tôt en compagnie de Millie, enlacés dans le lit de leur petite ferme, tirant des plans sur la comète à propos de cet enfant à naître. Il se rappela le sourire de sa femme, ses grands yeux marron. Il aurait aimé avoir une fille. Millie, elle, préférait un garçon, un garçon qu'ils appelleraient Sam.

— Samuel est un prénom biblique comme Jeremy, avait-elle argué. Sam grandira et deviendra un homme bon, tout comme toi. Tu verras.

« Millie, songea-t-il, je suis désolé... »

Il avait failli à ses promesses, et pourtant, que Dieu ait son âme, elle s'en était allée en lui conservant toute sa confiance.

— Pourquoi as-tu voulu que je rentre ici, Millie ? Pourquoi ? murmura-t-il.

Il était temps, Jeremy...

Il ne put s'empêcher d'esquisser un sourire amer.

— Où es-tu ? demanda-t-il à cette voix invisible. Je t'ai écoutée, je suis revenu. Et tu vois, j'ai tout gâché. Alors, pourquoi ?

Mais la voix ne répondit pas. Une fois encore, il se retrouva seul avec ses tourments.

« Je dois devenir fou... », se dit-il. Sans plus tarder, il se leva et reprit son chemin, secouant la tête. Quelqu'un qui parlait à son épouse six ans après sa mort avait sa place dans un asile d'aliénés !

Sarah McLeod n'était pas du genre à attendre que les choses se fassent. Bien déterminée à prouver à Jeremy Wesley qu'il l'aimait, elle décida d'agir le jour même.

Après la messe de Noël, elle renvoya Tom à la maison et se dirigea tout droit vers le bureau du shérif. Comme elle l'avait prévu, elle trouva Jeremy derrière son bureau, plongé dans ses papiers. Il sursauta en la voyant entrer.

Avec un sourire, elle referma la porte derrière elle.

— Joyeux Noël, Jeremy.

Un long silence suivit.

— J'imagine que vous savez déjà que j'ai rompu mes fiançailles avec votre frère, reprit-elle comme il s'obstinait dans son mutisme.

— Oui, j'en ai entendu parler.

— Il est venu vous voir, n'est-ce pas ?

— Il est venu. C'est exact.

Il fronça les sourcils et ajouta :

— Vous n'auriez jamais dû faire une chose pareille, Sarah. Que vous est-il passé par la tête ? Vous n'aviez pas à rompre, il n'aurait jamais rien su. Pourquoi ne l'avez-vous pas épousé ? C'était la meilleure solution.

Elle s'approcha du bureau.

— Pourquoi ?

Il garda le silence. Comme elle l'observait, elle sentit son cœur s'affoler, sentit l'amour charrier des torrents de feu dans ses veines. C'était un sentiment fort et puissant qui jamais ne s'essoufflerait. Elle en avait la certitude.

— Je ne suis pas ce que vous croyez, Sarah, lâcha-t-il enfin.

— Qui êtes-vous alors ?

Il ouvrit la bouche comme pour répondre mais, soudain, agita la main en signe d'impatience.

— Par tous les diables, Sarah ! Nous avons commis une erreur. Restons-en là.

— C'était peut-être une erreur, mais ce que nous éprouvons est bien réel. En tout cas, ce que je ressens, moi, existe vraiment.

— Rentrez chez vous, Sarah.

— Je vous aime.

— Vous ne me connaissez même pas !

— Vous vous trompez, Jeremy. Je vous connais probablement mieux que vous-même.

Il jura entre ses dents.

— Ne comprenez-vous pas ce que je vous ai infligé ? demanda-t-il d'une voix accablée.

Sarah contourna le bureau et vint jusqu'à lui. Elle avait envie de le toucher.

— Vous ne m'avez rien infligé ; j'étais consentante.

— Rentrez chez vous, Sarah, répéta-t-il dans un murmure.

« Comment pourrais-je vous convaincre ? » songea-t-elle tandis qu'elle jaugeait sa détresse, mesurait l'ampleur du fossé qui s'était creusé entre eux.

— D'accord, vous avez raison. Je vais rentrer chez moi.

Elle recula d'un pas, puis ajouta :

— J'étais simplement venue vous inviter à partager notre repas de Noël. Grand-père aimerait que vous soyez là.

— Je vous remercie, mais je ne peux pas.

— Jeremy...

— Je ne peux pas !

Avec un soupir résigné, elle tourna les talons et se dirigea vers la sortie.

Comme elle posait les doigts sur le bouton de la porte, Jeremy précisa :

— Ne revenez plus ici, Sarah. Ne m'apportez plus mon repas. Je n'en ai pas envie. S'il vous plaît...

La jeune femme lui jeta un coup d'œil par-dessus son épaule.

— Si c'est ce que vous souhaitez vraiment, je ne viendrai plus. Je ne vous apporterai plus à manger. Mais cela ne changera rien aux sentiments que je vous porte. Je vous aime, Jeremy.

Elle n'attendit pas sa réponse ; elle savait qu'il n'y en aurait pas...

22

Tom se sentait découragé, furieux même. Dénicher un travail pour Fanny s'avérait plus difficile qu'il ne l'avait cru. Il avait fait le tour des commerçants, parlé à Michael Rafferty à l'hôtel, à Leslie Blake au General Store, à Madeline Gaunt, la couturière, à Zoé Potter, la propriétaire du restaurant, et même à Félix Bonnell, le rédacteur en chef du journal local. Personne n'avait besoin d'embaucher. Du moins, c'est ce que tous avaient prétendu. Tom les suspectait de refuser parce qu'il s'agissait de Fanny. Ils n'avaient guère envie d'engager une jeune fille qui aujourd'hui résidait au saloon.

Que se passerait-il s'il ne lui trouvait rien ? se répétait-il, mortifié, alors qu'il descendait la grand-rue. Lui avait-il insufflé un espoir qui n'avait pas lieu d'être ?

Dans l'exubérance de l'instant, il s'était peut-être avancé un peu vite... Mieux aurait valu chercher d'abord, et lui en parler ensuite. Il n'y avait guère d'opportunités d'emploi dans une petite ville comme Homestead. La scierie n'employait plus, et il n'avait pas besoin de poser la question à Vince Stanford pour savoir qu'il n'accepterait jamais la jeune fille à la banque. Il ne fallait pas compter non plus sur les bains publics. Que restait-il alors ?

Soudain, il entendit quelqu'un le héler. Tournant la tête, il aperçut Rose Rafferty qui agitait le bras dans sa direction.

— Puis-je vous parler un moment, Tom ? cria-t-elle du haut de sa fenêtre.

Avec un hochement de tête, il traversa la rue.

Quand il fut sous sa fenêtre, elle ne perdit pas de temps en préambule.

— Vous cherchez du travail pour une amie, c'est bien cela ?

Il sentit tout à coup renaître en lui une pointe d'espoir.

— Oui, mais j'ai déjà posé la question à votre mari, et il m'a dit qu'il n'avait besoin de personne en ce moment.

— Lui peut-être, mais moi, si. Venez à l'intérieur, et discutons-en.

Sur ces mots, elle quitta la fenêtre tandis qu'il se dirigeait vers l'entrée de l'hôtel.

Le grand hall était désert à cette heure de la journée. Rose choisit un endroit tranquille, dans un coin retiré, et Tom prit place en face d'elle.

— Parlez-moi de cette jeune fille que vous souhaitez aider, déclara-t-elle dès qu'ils furent assis.

— Son nom est Fanny Irvine. Elle a seize ans et n'a plus de famille si ce n'est sa sœur, Opal, qui travaille au saloon. Quand leur mère est morte, Fanny est venue s'installer ici, avec sa sœur. M. O'Neal lui a donné du travail, en échange de quoi il accepte de la nourrir et de l'héberger.

Il marqua une pause, lui laissant le temps d'enregistrer ces informations, et la liberté de refuser avec le même aplomb que tous les autres. Mais Rose demeurait impassible. Alors, rasséréné, il continua.

— Elle est vraiment malheureuse là-bas, madame Rafferty. Je lui ai promis de lui trouver un travail et un logement décent. Ce saloon n'est pas un lieu pour une jeune fille.

— Non, bien sûr.

Rose tourna la tête et regarda par la fenêtre. Après un long silence, elle ajouta à mi-voix :

— Je suis bien placée pour connaître les dégâts que l'alcool peut causer.

Tom nota l'ombre de tristesse qui passa sur le visage de son interlocutrice. Il se rappela alors le frère de Rose, ce bon à rien qui, quand il ne passait pas ses nuits en prison, s'adonnait à la dive bouteille. Et son père ne valait guère mieux. L'alcool le rendait particulièrement violent.

Rose croisa son regard.

— Dites à Fanny de passer me voir. Je vais la prendre quelques jours à l'essai, et si c'est concluant, je l'embauche. Il y a une pièce derrière la cuisine où elle pourrait s'installer.

— Mais M. Rafferty ne souhaitait pas...

— Laissez-moi m'en charger. Je dirige le restaurant, et Michael me donne carte blanche. M. Penny, notre chef, vient de me dire qu'il aimerait avoir de l'aide en cuisine. Peut-être que Fanny conviendrait pour ce poste.

Tom se leva d'un bond et serra chaleureusement la main de Rose.

— Merci, madame Rafferty. Je reviendrai avec Fanny dès que possible. Peut-être cet après-midi.

— Prendrez-vous du sucre ? demanda Sarah tandis qu'elle servait un café à sa visiteuse.

Ethel Bonnell opina.

— Oui, je vous prie. Deux cuillerées.

Sarah ne pouvait s'empêcher de se demander ce qu'était venue faire cette femme chez elle. Elles n'étaient pas amies ; elles n'avaient même rien en commun. Ethel avait au moins vingt ans de plus qu'elle, et vivait à Homestead depuis moins de trois ans. En sa qualité d'épouse du propriétaire du journal *The Homestead Herald*, elle répugnait à se mêler aux habitants de la ville.

— Vous ne pouvez pas savoir à quel point j'ai été déçue quand j'ai appris l'annulation de votre mariage, fit-elle remarquer en acceptant la tasse que lui tendait Sarah.

Elle secoua la tête d'un air compatissant et ajouta :

— Vous avez dû avoir le cœur brisé quand M. Wesley vous a lâchement abandonnée.

Voilà donc la raison de cette visite impromptue ! Ethel Bonnell était venue pour apporter de l'eau au moulin de toutes les commères de la ville. Sarah sentit la moutarde lui monter au nez. Toutefois, elle fit de son mieux pour cacher son agacement.

— Il ne m'a pas abandonnée, madame Bonnell, répondit-elle, mielleuse. Nous avons simplement décidé de ne pas nous marier.

La visiteuse ouvrit de grands yeux.

— Mais pourquoi ? C'était un jeune homme très correct. Il a réussi dans la vie, de surcroît. Vous ne trouverez jamais aussi bien que lui dans la région. Comment diable avez-vous pu laisser un homme comme Warren Wesley s'en aller ?

Sarah brûlait de lui rétorquer que ce n'étaient pas ses oignons.

— Nous nous sommes rendu compte que nous n'étions pas faits l'un pour l'autre, madame Bonnell. C'est aussi simple que cela.

— Mais la décision a été si abrupte. Lors de la soirée de Noël, il a même déclaré que…

— Warren était excité par la promotion sociale qui l'attendait à Boise. Ce n'était pas le moment d'annoncer que nous annulions le mariage.

Elle savait que son histoire ne tenait pas debout mais, avec un peu ce chance, Ethel n'y verrait que du feu.

— Eh bien, je dois le dire, vous prenez cela avec beaucoup de calme, commenta cette dernière d'un ton pincé. Vous avez bien du courage, avec tout ce qui vous tombe dessus. Votre projet de mariage ruiné, votre grand-père en mauvaise santé, votre frère qui fricote avec l'une des prostituées du saloon…

Sarah se raidit.

— Quoi ?

Ethel eut un sourire innocent.

— Je vous admire beaucoup. Je n'avais certainement pas cette assurance à votre âge…

— Qu'avez-vous dit à propos de mon frère ?

— Ô mon Dieu !

La femme posa sa tasse et enveloppa Sarah d'un regard compatissant.

— Ne me dites pas que vous n'êtes pas au courant, pour votre frère et cette fille du Pony Saloon…

Sarah prit une profonde inspiration, essayant tant bien que mal de conserver son sang-froid.

— J'ai bien peur que si. Pourquoi ne me racontez-vous pas tout, madame Bonnell ? Vous avez l'air d'en savoir un bout sur cette histoire, je me trompe ?

— Eh bien... il lui rend visite au saloon quotidiennement. Je sais bien qu'un jour ou l'autre les jeunes hommes doivent jeter leur gourme, mais il y a des limites à la décence. Le voilà maintenant qui demande à tout le monde en ville de donner du travail à cette créature ! Il est même venu au journal poser la question à mon époux. Vous imaginez ? Une fille des rues ! Quelle personne respectable l'embaucherait ? Mme Varney me disait pas plus tard que la semaine dernière que c'était une chose terrible d'avoir cet établissement au beau milieu de notre ville. Un endroit de péchés, de luxure. Et votre frère qui se montre en public avec cette femme de petite vertu ! Je n'en reviens pas.

Sarah songea à la femme qui était venue chercher le médecin après l'office, peu après le retour de Tom parmi eux. Elle se rappela le fard bleu sur ses paupières, le rouge cramoisi de ses lèvres. Non, elle ne pouvait imaginer Tom dans les bras d'une telle femme ! Pas son petit frère. Pas lui.

Le cœur de Fanny manqua un battement quand Tom entra au saloon. La veille, le jour de Noël, il était venu lui rendre une courte visite, et lui avait apporté un cadeau, une petite breloque sur une chaîne en or.

Tom gagna la table qu'elle essuyait. Il lui sourit.

— Bonjour, Fanny.

— Bonjour, monsieur McLeod.

— Peut-être pourriez-vous m'appeler Tom, maintenant ? Après tout, nous sommes amis, n'est-ce pas ?

La jeune fille ne répondit pas. Elle avait la gorge nouée. Ses mains tremblaient tellement, qu'elle n'arrivait plus à tenir son chiffon.

Il voulait qu'elle l'appelle Tom !

— J'aimerais que vous veniez avec moi quelques instants, Fanny. Je pense vous avoir trouvé un travail, ainsi qu'un toit.

— Vraiment ? souffla-t-elle, incrédule.

Il hocha la tête.

— Oui, au restaurant des Rafferty. Mme Rafferty aimerait vous rencontrer.

— Me rencontrer, moi ?

Tom s'esclaffa gentiment.

— Oui, vous. Si vous ne venez pas, comment pourrait-elle vous annoncer qu'elle vous engage ?

Une porte claqua derrière eux, et Grady O'Neal apparut derrière le bar. Il se rembrunit quand il aperçut Tom.

— Encore vous, McLeod ? s'écria-t-il d'un ton furibond. Décidément, vous êtes là tout le temps.

— Je suis venu chercher Fanny, juste pour quelques minutes.

Le tenancier écarquilla les yeux, avant de partir d'un rire gras.

— Ecoutez-moi bien, jeune blanc-bec ! Vous ne l'emmènerez nulle part. Elle a une chambre à l'étage qui convient tout à fait pour ce genre de choses.

Mortifiée par les sous-entendus de son patron, Fanny rougit jusqu'à la racine des cheveux. Et elle regretta à cet instant que le sol ne puisse l'engloutir.

Tom serra les poings, une lueur furieuse étincela dans ses prunelles grises. Tournant le dos à Grady O'Neal, il lui prit le bras.

— Venez.

Jamais Fanny ne s'était sentie aussi mal à l'aise, et pourtant, elle le suivit docilement... vers l'escalier. Il obéissait au tenancier, il l'emmenait dans sa chambre. Elle aurait voulu mourir !

Quand Tom ouvrit la porte, la jeune fille découvrit sa sœur assise devant sa coiffeuse, ne portant qu'un corset et des bas résille. Elle se maquillait. Le jeune homme fit comme si elle n'était pas là, il tira Fanny jusqu'au lit.

Celle-ci tressaillit, mortifiée.

— Rangez vos affaires ! ordonna-t-il.

Elle le regarda, médusée. Où voulait-il en venir ?

— Vous n'avez pas autre chose à vous mettre sur le dos ? lança-t-il en jetant un regard désapprobateur à sa robe. Quelque chose de moins...

Il laissa sa phrase en suspens.

— Si.

— Bien. Changez-vous. Je vous attends dans le couloir. Prenez bien toutes vos affaires. Vous ne remettrez jamais plus les pieds ici.

L'instant d'après, il était parti, la porte claqua derrière lui. Fanny était clouée sur place, incapable de se ressaisir.

— Que diable se passe-t-il ? demanda Opal en se levant avec un soupir.

Fanny regarda sa sœur, regarda ce beau visage qui, avec les années, s'était durci, ces yeux disparaissant sous un épais fard à paupières, ces cheveux teints en roux. Opal représentait tout ce qu'elle ne voulait jamais devenir, et ce qu'elle deviendrait immanquablement si elle restait ici.

— Je m'en vais, souffla-t-elle d'un ton rêveur. Il m'emmène.

— Il t'emmène ? Que veux-tu dire ?

— Tom m'a trouvé du travail, et une chambre.

Des larmes lui montèrent aux yeux. En dépit de tout, elle adorait sa sœur. Opal avait pris soin d'elle quand elle était malade. Opal s'était arrangée pour lui trouver de quoi manger et dormir lorsqu'elle était venue la rejoindre à Homestead. Néanmoins, elle ne voulait surtout pas devenir comme elle. Elle aurait préféré mourir.

Opal semblait avoir deviné ses pensées. S'approchant, elle lui effleura la joue du bout des doigts.

— Va-t'en, Fanny. Quitte cet enfer pendant qu'il en est encore temps. Un jour, tu deviendras une grande dame. J'avais tort quand je te disais que tu n'avais rien à espérer de la vie. Et je me trompais sur le compte de ce jeune homme. J'espère qu'il prendra bien soin de toi.

Elle referma les bras autour de la taille de Fanny et ajouta :

— Tu n'auras jamais plus à m'adresser la parole, même si tu me rencontres dans la rue.

— Ne dis pas de bêtises ! Je te parlerai, bien sûr, protesta Fanny, la gorge nouée par l'émotion. Tu es ma sœur.

Opal la relâcha subitement.

— Non, je t'en prie, évite-moi à l'avenir. Tu veux que je te fasse une confidence ? C'est un véritable soulagement de savoir que je n'aurai plus à te chasser de la chambre quand mes visiteurs viendront.

Sur ces paroles, elle retourna à sa coiffeuse et s'aspergea d'eau de Cologne, avant d'enfiler une robe à falbalas. Puis, sans un mot de plus, elle quitta la pièce.

Fanny promena un dernier regard sur la chambre, ne sachant que penser de ce qui lui arrivait. Que trouverait-elle à l'extérieur de ce saloon ? Cet endroit était horrible, mais qui pouvait lui assurer que ce serait mieux ailleurs ?

Un coup fut frappé à la porte, et le battant s'ouvrit. Tom apparut.

— Vous êtes prête ?

Elle déglutit à grand-peine.

— Non, je… pas encore. Donnez-moi une minute. Je… je me change, et je suis à vous.

Il hocha la tête, et s'apprêtait à refermer le battant quand il se ravisa.

— Fanny ? Tout va bien se passer. Faites-moi confiance.

Elle lui sourit. Elle voulait tant le croire. Elle aimait Tom plus que tout au monde, même si elle savait cet amour impossible.

Lorsque, à la fin de l'après-midi, Tom rentra à la maison, Sarah l'attendait de pied ferme dans le vestibule. Il lui offrit un large sourire avant d'ôter son manteau et de l'accrocher à la patère. Il était visiblement de bonne humeur, car il fredonnait gaiement. Son allégresse ne fit qu'énerver Sarah davantage.

— Tu rentres bien tôt aujourd'hui ! nota-t-elle d'un ton faussement léger. Tu as fait des visites avec Doc ?

— Non, je ne l'ai pas vu aujourd'hui.

Il se dirigea vers la cuisine, la gratifiant d'un baiser sur la joue en passant.

Sarah le regarda s'éloigner. Elle avait beau essayer de l'imaginer en compagnie d'une femme outrageusement fardée, elle n'y parvenait pas. Ethel Bonnell avait dû se tromper.

Aiguillonnée par la curiosité, elle lui emboîta le pas.

— Qu'as-tu fait de spécial aujourd'hui ? s'enquit-elle avec désinvolture.

— Je suis content de moi. J'ai aidé une amie.

Il ne semblait pas désireux d'en ajouter plus.

— Une amie ? Quelle amie ?

Sans montrer le moindre embarras, Tom lui sourit avant de se beurrer une épaisse tranche de pain.

— Tu te souviens, grande sœur, quand Doc et moi nous nous sommes occupés de cette fille malade au saloon ?

L'estomac de Sarah se serra. Ethel Bonnell n'avait donc pas raconté de bêtises...

— Eh bien, elle va beaucoup mieux maintenant. Il lui fallait un autre travail, et surtout un logement plus décent. Mme Rafferty a accepté de prendre Fanny à l'essai.

— Fanny ?

— Oui, Fanny Irvine, souffla-t-il d'un ton rêveur avant de mordre à pleines dents dans son pain.

Sarah scruta anxieusement son frère, ne sachant tout à coup que penser. Il n'était plus un adolescent. Il avait grandi et était à même de prendre ses décisions seul. Toutefois, elle devait le mettre en garde. Il avait sa carrière à protéger.

— Quand elle se sera habituée à son nouveau travail, j'aimerais l'inviter de temps en temps à dîner. J'aimerais que vous la rencontriez, grand-père et toi.

— Bonté divine ! Tu n'es pas sérieux, j'espère ? Ne me dis pas que tu t'es épris d'une fille de saloon ?

Tom se renfrogna.

— Fanny n'est pas une fille de saloon ! répliqua-t-il en posant son morceau de pain.

— Tom, tu dois penser à ta carrière. Tu as un grand avenir devant toi, mais on attend d'un médecin qu'il ait une vie respectable. Tu ne peux quand même pas parader avec une serveuse ! Que penseront les gens ?

— Qu'ils pensent ce qu'ils veulent ! Cela m'est complètement égal.

Il repoussa son pain d'un geste agacé.

— Fanny est une amie, et elle a besoin d'aide.

J'imaginais que toi, au moins, tu me comprendrais. Mais visiblement, c'était mal te connaître !

Sur ce, il tourna les talons et quitta la cuisine.

Accablée, Sarah se laissa tomber sur une chaise. Tom avait raison, songea-t-elle avec un subit sentiment de honte. Mais il y avait quelque chose, dans sa manière de parler de Fanny, qui lui faisait soupçonner plus qu'une simple amitié entre eux.

Il fallait espérer qu'elle se trompe.

23

Jeremy posa le morceau de papier sur le comptoir.

— Voici ma liste. Oh, et tant que j'y pense ! Donnez-moi en plus une poignée de sucres d'orge.

Leslie lui sourit avant d'ouvrir le bocal devant elle.

— Décidément, vous êtes aussi incorrigible que Benjamin Rafferty ! Chaque fois qu'il vient au magasin, il va tout droit aux bocaux de bonbons.

Jeremy haussa les épaules et lui rendit son sourire.

Les clochettes tintinnabulèrent tandis qu'un nouveau client entrait dans la boutique. Jeremy jeta un coup d'œil curieux derrière lui, et découvrit Tom McLeod qui se dirigeait vers le comptoir.

— Bonjour, Tom, salua Leslie. Je suis à vous dans une minute.

— Ne vous pressez pas, j'ai tout mon temps. Je suis venu chercher le cadeau pour l'anniversaire de Sarah. Votre mari m'a prévenu qu'il était arrivé par le train d'hier. J'avais fini par perdre espoir de l'avoir à temps.

— Bonté divine ! s'écria Leslie. Quand a lieu son anniversaire ?

— Aujourd'hui. Elle a vingt et un ans aujourd'hui, répondit Tom avec un sourire, avant de se tourner vers Jeremy. Bonjour.

Ce dernier le salua d'un bref hochement de tête. Aujourd'hui, c'était l'anniversaire de Sarah. Il se demanda ce que son frère avait bien pu lui offrir. Et ce qu'il lui donnerait, lui, si…

Non ! Il repoussa sur-le-champ cette idée saugrenue. Acheter un présent pour Sarah était tout sauf une bonne idée. Et même s'il l'avait voulu, il n'avait pas d'argent. Le printemps serait bientôt là, et ses économies couvriraient à peine l'achat des semences et d'un cheval de trait. Il n'avait pas le moindre sou à gaspiller pour des choses aussi futiles qu'un cadeau d'anniversaire.

— Vous avez vu ce que je lui ai offert ? demanda Tom à Leslie tandis que celle-ci cherchait dans les rayons les courses de Jeremy.

— Non. George est arrivé avec un gros paquet hier soir, et l'a rangé sans même le déballer dans la remise.

— C'est une bicyclette.

— Une bicyclette ? Mon Dieu !

Elle coula un regard en direction de Jeremy et ajouta :

— Vous imaginez Sarah McLeod descendant Main Street sur cette machine infernale ?

Jeremy se borna à hocher la tête et laissa la conversation se poursuivre sans y prendre part, s'efforçant de chasser de son esprit la vision de Sarah sur une bicyclette. De chasser Sarah. En vain.

Comme son grand-père ne descendait pas, Sarah lui porta le déjeuner dans sa chambre. Quand elle ouvrit la porte, elle trouva le vieil homme assis dans un fauteuil près de la fenêtre. Son cœur se serra. En quelques jours seulement, il semblait avoir vieilli bien plus que ces dernières années. Elle eut peur tout à coup de le perdre. Il était son repère, il l'était depuis toujours. Comment ferait-elle sans lui ?

— Je t'ai apporté ton repas, fit-elle d'un ton enjoué.

Les yeux gris de son grand-père l'étudièrent attentivement. Comme elle posait le plateau sur une chaise, il déclara :

— Je ne comprends pas les jeunes hommes de cette vallée. Autrefois, nous nous serions pressés à ta porte. Tu es une si belle jeune fille, princesse.

— Je crois que tu n'es pas très objectif, grand-père.

— Détrompe-toi, répondit-il en secouant la tête. J'ai encore de bons yeux. Je suis peut-être vieux, mais je ne suis pas aveugle.

Elle se pencha et, tendrement, lui baisa le front.

— Tu sais, je ne veux pas qu'on se précipite à ma porte. Je t'ai, toi.

— Cette maison est devenue trop calme. Quand ta grand-mère était encore parmi nous, elle donnait toujours une grande fête pour ton anniversaire.

— J'étais plus jeune. Quand on a vingt et un ans, cela ne se fait plus.

Avec un sourire qui se voulait réconfortant, elle s'agenouilla à ses pieds.

— Je suis contente de vivre auprès de Tom et toi. Ça me suffit amplement.

Il la dévisagea longuement, comme s'il cherchait à lire en elle.

— Tu ne me parais pas bouleversée d'avoir rompu tes fiançailles.

C'était une constatation, non une question.

— Je ne le suis pas, c'est exact.

Croisant les mains dans son giron, elle les fixa.

— Grand-mère Dorie ne se trompait pas souvent, murmura-t-elle, embarrassée. Mais en ce qui concerne Warren et moi, elle faisait fausse route. C'est un homme bon, mais nous...

Elle haussa les épaules, comme pour dire qu'il n'y avait pas grand-chose à expliquer.

— Tu ne l'aimais pas, je me trompe? acheva Hank.

Un sourire apparut sur les lèvres de la jeune femme. Elle était soulagée qu'il ait compris.

— J'ai aimé ta grand-mère pendant des années, continua-t-il. Je sais ce qu'est l'amour, mon enfant.

Il soupira avant d'ajouter:

— J'aimerais seulement que tu rencontres l'homme de ta vie, et que tu sois heureuse avant que je m'en aille retrouver ta grand-mère.

— Tu ne vas pas partir!

Son grand-père s'esclaffa de bon cœur.

— Si je peux l'empêcher, non, bien sûr!

Comme il la voyait se rembrunir, il s'empressa de poursuivre:

— Ne t'inquiète pas, nous n'y sommes pas! J'ai encore quelques années devant moi. Je veux prendre mes arrière-petits-enfants sur mes genoux, et leur raconter des histoires.

Si seulement elle pouvait lui parler de Jeremy, mais bien sûr, il ne fallait pas y compter. Elle lui briserait le cœur. Pourtant, Dieu sait qu'elle aurait eu besoin de se confier, de demander conseil! Un moment, elle avait même songé à s'ouvrir à Rose, mais elle avait trop honte.

— Où est Tom ? demanda Hank en attaquant son bol de soupe à grandes lampées.

— Avec Doc, je suppose.

Son grand-père ne savait probablement rien à propos de Tom et de cette fille du saloon. Et mieux valait ne pas lui en parler.

Il fronça les sourcils, intrigué par son ton sans chaleur.

— Vous vous êtes disputés, toi et ton frère ?

Elle sourit faiblement.

— Un peu, mentit-elle. Rien de bien sérieux, je te rassure tout de suite.

— Vous n'avez jamais pu rester en froid bien longtemps. Je me souviens, quand il était enfant, tu passais tes journées à le pouponner et à l'embrasser. Tu jouais la petite maman.

La jeune femme acquiesça, la tête tout à coup emplie de souvenirs. Elle avait adoré Tom dès l'instant où il était né. Par la suite, c'était comme si chaque année les avait rapprochés davantage. Il existait entre eux un lien particulier, une rare complicité.

Quand elle l'avait vu, ce matin, elle s'était empressée de s'excuser pour sa conduite de la veille. Elle espérait qu'il lui pardonnerait, mais Tom avait quitté la maison en oubliant de lui souhaiter son anniversaire. C'était bien la première fois que cela arrivait. Etait-il encore furieux contre elle ?

Elle maudit intérieurement sa stupidité. Pourquoi avait-elle ajouté foi aux commérages ? Sans compter qu'elle s'était immiscée dans une histoire qui ne la regardait pas. Tom était bien trop intelligent pour gâcher son avenir en sortant avec une fille de joie. Il savait mesurer ses actes.

Et grand-père avait raison : ils n'avaient jamais pu rester fâchés bien longtemps. Les choses finissaient toujours par s'arranger entre eux. Toujours.

Jeremy n'était jamais entré chez une couturière auparavant. Il devait avoir perdu la tête !

— Bonjour, monsieur Wesley ! s'exclama Madeline Gaunt, surprise. En quoi puis-je vous aider ?

Sous le regard intrigué de son interlocutrice, il perdit contenance.

— Je... je voulais juste m'assurer que vous n'aviez pas eu de problèmes au magasin, ces derniers temps.

— Quelle question ! Non, bien sûr.

Elle haussa un sourcil tout en le scrutant d'un air inquisiteur.

— De quel genre de problèmes voulez-vous parler ?

— Rien de particulier. Je vous recommanderais simplement de garder l'œil.

Elle hocha la tête.

— Eh bien, on ne pourra pas dire que vous n'êtes pas prévoyant ! Remarquez, je ne vais pas m'en plaindre. Nous vous devons déjà une fière chandelle ! Je frissonne à l'idée de ce qui aurait pu advenir de la jeune Sarah McLeod si vous n'aviez pas été là pour la sauver.

Sarah ! L'anniversaire de Sarah...

« Un peu de courage, mon vieux ! se tança-t-il en silence. Tu es entré dans cette boutique pour lui acheter un cadeau. Ne te défile pas ! »

Il jeta un coup d'œil à la devanture.

— Je... euh... je me demandais si... enfin, ce chapeau. Celui dans la vitrine...

— Vous voulez parler de l'Avery ? Une pièce magnifique, vous ne trouvez pas ?

Elle s'approcha de sa vitrine, et décrocha le chapeau en paille jaune serti de rubans myosotis.

— Regardez-le, c'est du beau travail. De la paille véritable, et des rubans de pure soie. Et vous voyez ces fleurs de velours ? On dirait des vraies. Bien sûr, il est un peu trop tôt dans la saison pour le porter, mais je le trouvais tellement joli que je n'ai pas voulu attendre les beaux jours pour le mettre dans ma devanture. Ces couleurs me font penser au printemps.

Les rubans jaunes avaient l'éclat doré des cheveux de Sarah. Quant aux myosotis, ils rappelaient le bleu intense de ses yeux.

— Combien vaut-il ? demanda-t-il lorsqu'il put enfin placer un mot, Mme Gaunt étant intarissable.

— Deux dollars et soixante-quinze cents, fit-elle en lisant la petite étiquette.

— Je le prends.

Avant de regretter sa décision, il fouilla dans la poche de son pantalon et sortit l'argent demandé.

Madeline Gaunt avait grand-peine à cacher sa curiosité. Ses yeux pétillants semblaient dire : « Pour qui est ce chapeau ? »

— C'est un bien beau cadeau pour une jeune femme, lança-t-elle.

Sans répondre, il la salua et quitta la boutique, emportant le chapeau...

Dans sa petite chambre au-dessus des geôles, il s'assit sur le bord du lit et considéra le cadeau. Qu'avait-il fait ? Au tréfonds de son esprit, une petite voix lui répétait qu'il devait oublier Sarah McLeod.

Laissant échapper un soupir, il glissa le chapeau sous le lit, et décida que c'était un cadeau d'anniversaire que la jeune femme ne verrait jamais...

Tom égrena un chapelet de jurons quand le guidon lui glissa entre les mains.

— Si j'avais su qu'il fallait assembler cette bicyclette, jamais je ne l'aurais achetée !

Doc Varney, derrière lui, s'esclaffa.

— Si vous continuez à vous énerver, jeune homme, vous pourrez bientôt dire adieu au cadeau d'anniversaire de votre sœur. Un engin pareil, c'est fragile.

— Ne vous inquiétez pas. Je vais bien finir par y arriver.

Passant une main sur son front perlé de sueur, Tom se remit à l'ouvrage.

— Plus que quelques vis à resserrer, et ça devrait être bon.

Le vieux médecin esquissa une moue.

— A votre place, je n'aurais pas confiance. C'est comme tous ces véhicules modernes à moteur…

Surpris, Tom leva les yeux.

— Vous avez déjà vu une automobile, Doc ?

— Non, et je vous avoue franchement que je n'en ai aucune envie.

— Dommage ! Vous n'imaginez pas à quel point ces automobiles, d'ici à quelques années, vont révolutionner la vie des médecins. Elles font au moins du quinze ou vingt kilomètres heure. Vous pourriez être au chevet de vos patients plus rapidement.

— Si vous ne vous êtes pas tué avant ! protesta Doc Varney avec un air réprobateur.

Tom se mit à rire.

— Vous verrez, un jour vous changerez d'avis. Tout le monde aura son automobile. Il faut vivre avec son temps.

— Jamais elle ne remplacera un bon chariot et

un cheval. Au moins, on peut faire confiance à sa monture.

Le jeune homme secoua la tête avant de redresser la bicyclette et de fixer le guidon. Il savait qu'il était inutile d'essayer de convaincre le Dr Varney. Quand il s'agissait de médecine, le praticien était toujours disposé à écouter, mais pour ce qui était du reste... Il était comme Hank, son grand-père : aussi têtu qu'une mule !

— Ecartez-vous ! dit Tom en enfourchant la bicyclette. Et laissez-moi vous montrer les miracles du progrès !

Sarah fut ravie par ce présent. Mais, plus important encore, elle fut soulagée que son frère lui ait pardonné ses paroles malheureuses. Elle n'aurait pas supporté qu'ils demeurent fâchés plus longtemps.

Durant les semaines qui suivirent, elle entendit dire en ville que Tom continuait de voir régulièrement la nouvelle employée du Rafferty Hotel. Toutefois, son frère ne reparla plus d'inviter Fanny Irvine à la maison. Et Sarah se garda bien de le lui rappeler. Elle préférait ne pas chercher querelle, faisant confiance au bon sens de Tom. Au mois d'avril prochain, il s'en irait à Boston et, là-bas, il oublierait rapidement cette fille...

Avec l'arrivée de la nouvelle année, la santé de son grand-père s'améliora miraculeusement. Hank McLeod se remit à inviter de vieux amis pour discuter politique, palabrer sur la vie à Homestead et se remémorer le passé. Sarah le suspectait de s'octroyer de temps à autre un cigare, en dépit des consignes strictes de Doc Varney, mais elle accepta de fermer les yeux.

La vie reprenant son cours normal, la jeune femme eut plus de temps pour songer à Jeremy, sans toutefois trouver une solution à leur dilemme. Depuis que le marshall lui avait interdit d'apporter son déjeuner au bureau, elle avait pris l'habitude de guetter ses rondes dans la ville et s'arrangeait pour sortir aux mêmes heures. Elle le saluait toujours avec un chaleureux sourire, et beaucoup d'amour dans les yeux. Mais apparemment, il n'était pas sensible à ce déploiement de charme.

Pourtant, elle ne perdit pas espoir, même quand elle comprit que Jeremy faisait tout son possible pour l'éviter. Quelque chose lui disait qu'ils étaient faits l'un pour l'autre, et que ce n'était qu'une question de temps pour que cet homme s'en rende compte. Elle saurait se montrer patiente. Elle attendrait des années si c'était nécessaire, mais un jour, il accepterait de l'aimer !

24

— Tu me parais bien pâle ce matin, commenta Hank d'un air alarmé lorsque Sarah déposa une tasse de café fumante devant lui. Tu ne te sens pas bien ?

La jeune femme secoua la tête.

— Oh, je suis juste un peu fatiguée. Je n'ai pas très bien dormi.

— Eh bien, prends un bon petit déjeuner, conseilla-t-il avant de faire glisser un bout d'omelette dans l'assiette de sa petite-fille. Tiens, cela va te requinquer.

A la vue des œufs cuisinés, l'estomac de Sarah se souleva.

— Excuse-moi, j'ai besoin d'un peu d'air frais, souffla-t-elle.

Elle se précipita vers la porte qui donnait sur le jardin. En passant, elle prit son châle accroché à une patère, et le glissa sur ses épaules avant de sortir.

Le redoux avait eu raison de la neige, mais l'air glacial de la nuit avait gelé l'étendue de boue. Plusieurs fois, elle glissa et faillit s'étaler de tout son long dans l'allée. Elle eut à peine le temps d'atteindre le cabanon à l'arrière de la maison et de s'y enfermer : elle eut un haut-le-cœur et son estomac protesta violemment.

Quand les spasmes cessèrent, elle se laissa tomber sur le banc et se recroquevilla sur elle-même, ramenant frileusement ses genoux sous son menton. Elle entendit frapper à la porte, mais ne répondit pas, encore trop secouée pour parler.

— Sarah ? murmura Tom doucement. Ça va ?

Elle renifla et, du revers de la main, essuya ses yeux embués de larmes.

— Oui, ça va mieux.

Son frère ouvrit alors le battant, et s'approcha d'elle. Sans un mot, il lui offrit son mouchoir.

— Merci. Je suis désolée, je ne sais pas ce qui m'arrive en ce moment...

— Peut-être devrais-tu demander à Doc de t'ausculter ?

— Non, c'est inutile. Je me sens déjà beaucoup mieux.

Elle voulut se lever, mais ses jambes refusèrent de la porter. Son frère passa un bras autour de sa taille pour la soutenir.

— Ce n'est pas la première fois que cela t'arrive, Sarah. Hier matin, déjà...

— Ce n'est rien, je te dis, rétorqua-t-elle d'un ton agacé, tandis qu'ils sortaient sous un timide soleil.

— Je serais quand même plus rassuré si Doc...

— Pour l'amour du Ciel, Tom McLeod ! Je ne suis plus une enfant. Une bonne tisane pour calmer les douleurs d'estomac, et il n'y paraîtra plus.

Un instant, il la scruta anxieusement, avant de lui sourire.

— Tu sembles en meilleure forme que tout à l'heure, je dois bien le reconnaître. Tu as repris des couleurs.

Sarah aspira une bouffée d'air et lui rendit son sourire. Pour rien au monde, elle n'aurait avoué qu'elle se sentait encore un peu patraque. Il ignorait que chaque matin, depuis plus d'une semaine maintenant, elle se réveillait avec la nausée. Elle n'avait plus d'appétit et, tous les après-midi, elle s'octroyait une petite sieste, en même temps que son grand-père.

C'était juste une fatigue passagère, se répétait-elle. Néanmoins, même si elle refusait de l'admettre, elle commençait à s'inquiéter. Et si elle était malade pour de bon ? Tom devait partir pour Boston au début du mois d'avril. Elle n'osait pas imaginer ce qui adviendrait si elle devait garder le lit. Elle connaissait son frère : il insisterait pour rester à Homestead et prendre soin de leur grand-père. Au risque de mettre en péril ses ambitions...

Réprimant un frisson, elle s'appuya contre Tom et se laissa guider jusqu'à la maison.

— Attention où tu mets les pieds, la prévint-il avec sollicitude tandis qu'ils longeaient l'allée glissante.

— Etes-vous toujours aussi prévenant avec vos patients, docteur McLeod ?

— Seulement avec celles qui sont aussi belles que vous, mademoiselle McLeod.

Ensemble, ils rirent.

Quand, enfin, ils poussèrent la porte de la cuisine, Sarah avait recouvré ses forces et se sentait nettement mieux. Elle s'inquiétait inutilement. Ce n'était rien de plus que des douleurs gastriques. Une infusion de plantes, et elle serait d'attaque.

La recette ancestrale à base de plantes, léguée par grand-mère Dorie, lui fit le plus grand bien. En fait, deux heures plus tard, elle débordait d'énergie. Au point qu'elle épousseta la maison tout entière, nettoyant et briquant chaque pièce. Finalement, elle décida de préparer un gâteau aux pommes, le dessert préféré de son grand-père. Tandis qu'elle mélangeait dans un saladier les ingrédients, elle découvrit qu'elle n'avait presque plus de farine, ni de sucre.

— Grand-père, fit-elle en passant la tête dans l'entrebâillement de la porte de son bureau, je vais au magasin des Blake. Tu veux que je te rapporte quelque chose ?

Hank baissa son journal, et lui sourit.

— J'imagine que si je te demande de me ramener deux de mes cigares favoris, tu diras non.

Elle fronça le nez.

— Tu imagines juste. Le médecin l'a formellement interdit. Je ne voudrais pas ôter à tes amis le privilège de venir ici te battre au poker !

Alors qu'elle refermait doucement la porte, elle l'entendit s'esclaffer et ne put s'empêcher de sourire. Décidément, son grand-père était incorrigible ! Mais c'est ainsi qu'elle l'aimait...

La température s'avérait exceptionnellement clémente pour un mois de janvier. Le soleil était une énorme boule de feu dans le ciel clair, presque cristallin. Le givre fondait, ruisselant des toits à grands flots. La promesse du printemps était partout, mais Sarah ne s'y trompait pas : elle savait que ce n'était rien de plus qu'une illusion. L'hiver ne rendrait pas les armes avant mars, ou peut-être même avril.

Elle choisit de descendre Main Street jusqu'au General Store plutôt que de couper par-derrière comme elle le faisait d'habitude. En effet, elle n'avait guère envie de se salir dans cette ruelle qui n'était plus qu'une immense mer de boue et de neige fondue.

Tandis qu'elle avançait à petits pas prudents, elle pensait à Jeremy Wesley.

Comment réussirait-elle à le charmer s'il passait son temps à l'éviter ? Depuis une semaine, elle ne l'avait pas croisé une seule fois. Pas même le dimanche, à l'office. Il s'était arrangé pour rester au fond de l'église pendant la messe et, dès la fin du sermon, il s'était éclipsé.

Alors qu'elle approchait du General Store, elle coula un regard de l'autre côté de la rue, en direction du bureau du shérif. Elle aurait tant aimé que la porte s'ouvre à cet instant, et que Jeremy apparaisse... Malheureusement, le sort s'acharnait contre elle. Le battant demeura clos, et Sarah dut renoncer à l'espoir de le rencontrer, ce jour-là...

Quelle ne fut pas sa surprise lorsque, en entrant dans le magasin, elle le découvrit appuyé au comptoir, discutant avec George Blake. Son cœur se mit à battre la chamade, comme à chaque fois.

Sentait-il le regard qu'elle posait sur lui ? En tout cas, il pivota lentement sur ses talons, et leurs regards se nouèrent.

« Je vous aime, Jeremy. Nous sommes faits l'un pour l'autre. Pourquoi refusez-vous de l'admettre ? »

Jeremy lut en elle comme dans un livre ouvert : elle lui vouait une adoration sans bornes. Pourquoi persistait-elle à voir en lui ce qu'il n'était pas ? Un homme honorable lui aurait offert de l'épouser. Il ne méritait même pas qu'elle le regarde. A l'heure qu'il était, elle aurait dû le haïr...

— Bonjour, Jeremy.

Sarah se fraya un chemin entre les divers sacs et barils qui encombraient la pièce.

— Mademoiselle McLeod.

Il se borna à la saluer sèchement. Le cœur serré, la jeune femme leva les yeux vers George Blake.

— Bonjour, George.

— Bonjour, Sarah. Comment va votre grand-père aujourd'hui ?

— Bien. Il m'a demandé de passer outre aux ordres de Doc Varney et de lui acheter un de ses cigares préférés !

George sourit.

— Je dois vous faire une confession, Sarah : je lui en ai mis quelques-uns de côté.

— Mais il n'a pas le droit ! Vous n'aurez aucune peine à trouver quelqu'un d'autre à qui les vendre. Mais si vous préférez, mettez-les sur ma note. Après tout, si grand-père ne vous les avait pas commandés...

Jeremy ne pouvait détacher le regard de sa fine silhouette tandis qu'elle parlait. Comme elle serait ravissante avec ce chapeau jaune orné de rubans bleus qui prenait la poussière sous son lit! Se tournant vers lui, elle esquissa un sourire.

— Grand-père est plus têtu qu'une mule, plaisanta-t-elle sans le quitter des yeux. Rien de ce que je peux dire ne lui fait changer d'avis.

Elle était si belle. Il se rappela le goût de sa peau sous ses lèvres, le parfum de ses cheveux. Il se souvint de leurs étreintes passionnées dans la pénombre de sa chambre. Tant de détails qui le mettaient au supplice, qui l'empêchaient de dormir...

Si seulement les choses étaient différentes!

Il se ressaisit avant qu'une vague d'amertume ne le submerge. Les choses ne seraient jamais différentes. Il ne changerait jamais. Réprimant un juron, il s'arracha à la contemplation de la jeune femme, et saisit le sac que George lui tendait par-dessus le comptoir avec ses emplettes.

— Voilà. Tout y est.

— Merci, George.

Il accorda un bref coup d'œil à Sarah.

— Mademoiselle McLeod.

Elle ne parut pas démontée par la rudesse de son ton.

— Bonne journée, Jeremy. A l'occasion, venez saluer mon grand-père. Il sera heureux que vous lui rendiez visite. Vous pourrez ainsi lui raconter comment ça se passe au bureau.

— J'essaierai, grommela-t-il avant de quitter précipitamment le magasin.

Mais les paroles de Sarah, la lueur de tendresse dans ses yeux bleus le hantèrent toute la journée.

Tom, accoudé au comptoir, regardait Fanny qui lavait la vaisselle dans une grande bassine d'eau chaude savonneuse. Elle avait caché ses cheveux sous un fichu blanc qui mettait en valeur l'ovale régulier de son visage, et un tablier de couleur égayait sa robe sombre au col montant. Ses gestes étaient gracieux. Et le sourire qu'elle arborait la rendait plus ravissante encore...

— Hier, M. Penny m'a appris à faire une tourte aux herbes, racontait-elle avec un soupçon de fierté dans la voix. Et demain, il attend un arrivage d'huîtres par le train. Il m'a promis de me montrer comment les préparer pour qu'elles soient dignes du palais d'un fin gourmet.

Elle lui coula un regard et ajouta :

— Je n'ai jamais mangé d'huîtres. Et vous ?

Il sourit, heureux de la voir aussi radieuse et volubile.

— J'ai eu l'occasion d'en goûter quand j'étais à San Francisco. Ainsi que du crabe, des crevettes et du homard...

Elle fronça le nez d'un air dégoûté.

— Je n'y connais pas grand-chose à toutes ces bêtes qui vivent dans la mer. Mais cela ne me dit rien qui vaille.

— Détrompez-vous, c'est délicieux. Vous aimerez, j'en suis sûr. Et si nous goûtions ensemble à ces huîtres demain ?

Fanny ne répondit pas. Elle baissa les yeux, rougissante.

Le cœur de Tom manqua un battement. Mon Dieu ! Il était en train de tomber amoureux...

S'écartant du comptoir, il s'approcha. Elle s'empourpra de plus belle, et cacha ses mains tremblantes dans les plis de son tablier.

— Fanny ?

Elle ne se retourna pas. Au lieu de cela, elle prit un plat sale sur l'évier, l'immergea dans l'eau savonneuse.

— Fanny...

Cédant à la tentation, il posa les mains sur ses hanches. Elle retint son souffle, et se raidit tandis que le plat lui échappait des mains.

Jamais Tom n'avait éprouvé pareille émotion... Alors, ne sachant que faire, il laissa parler son cœur. Se penchant, il déposa un timide baiser sur sa nuque. Elle sentait bon, un parfum citronné. Un parfum piquant et délicieusement fleuri qui lui allait à ravir.

Enfin, elle pivota sur ses talons, ses mains dégoulinant sur ses jupons.

— Pourquoi faites-vous cela ? mumura-t-elle dans un souffle.

Un sourire apparut sur les lèvres du jeune homme. Il ne se rappelait pas avoir été un jour plus heureux.

— Parce que je viens de me rendre compte que vous êtes la chose la plus extraordinaire qui me soit arrivée dans ma vie.

A présent, elle était rouge comme une pivoine.

— Vous n'êtes pas obligé de...

— Je vous aime, Fanny.

Les yeux de la jeune fille s'agrandirent. Elle ouvrit la bouche, mais aucun son n'en sortit.

— Puis-je vous embrasser ?

D'un air soudain apeuré, elle secoua la tête. Ignorant ses réticences, il lui prit le visage entre les mains et, se penchant, effleura ses lèvres d'un doux baiser.

Elle tremblait sous ses doigts, mais ne chercha pas à le repousser. Il sut alors que ses sentiments étaient partagés. Une vague de bonheur indicible l'envahit.

Redressant la tête, il la dévisagea avec intensité.

— Accepteriez-vous de m'épouser, Fanny ?

Une fois encore, les mots ne purent dépasser les lèvres de la jeune fille. Elle se borna à le regarder, les yeux éperdus de reconnaissance.

— Je n'ai rien à vous offrir pour l'instant, continua-t-il. Il faut que je finisse mes études avant toute chose, mais si vous avez la patience de m'attendre, je serai honoré de vous avoir pour épouse.

Elle hocha la tête en signe d'assentiment, et il sentit son cœur bondir dans sa poitrine.

Il était l'homme le plus heureux de la terre...

Sarah fixait son frère, bouche bée. Quand, enfin, elle recouvra l'usage de la parole, ce fut pour dire :

— Tu plaisantes, j'espère ?

Piqué au vif, il se rembrunit.

— Non, Sarah, je ne plaisante pas du tout.

— Mais tu n'as que dix-huit ans ! Il faut que tu achèves tes études et...

— Ne t'inquiète pas. J'ai l'intention d'aller à Boston comme prévu. Fanny m'attendra ici. Nous nous marierons quand je rentrerai.

Sarah laissa échapper un petit soupir. Au moins n'avait-il pas l'intention d'épouser cette fille tout de suite... Après quelques mois passés à l'université, il y avait fort à parier que Tom serait guéri de cette amourette. Peut-être n'était-ce pas aussi grave qu'elle l'avait d'abord cru...

— Détrompe-toi, Sarah. Je ne l'oublierai pas. Je suis on ne peut plus sérieux.

Elle devint cramoisie ; il avait deviné ses pensées !

— Je voudrais l'inviter à dîner demain pour que grand-père et toi la rencontriez. C'est sa soirée de congé. Si tu veux me faire plaisir, sois gentille avec elle, Sarah. Je t'en prie. Attends au moins de la connaître avant de la juger.

Lui tournant le dos, elle gagna la fenêtre du salon. Le soleil achevait sa course dans le ciel. D'ici quelques minutes, l'astre se glisserait derrière les montagnes et la vallée se draperait de noir. Le calme s'installerait... sauf au Pony Saloon.

Combien de fois son grand-père avait-il dû intervenir en urgence dans cet établissement ? Une fois parce qu'un client éméché faisait un tintamarre du diable... Une autre fois parce qu'une violente querelle avait éclaté... Combien de bagarres avait-il désamorcées au Pony Saloon ? Elle ne les comptait plus. Les gens bien de Homestead méprisaient cet endroit. Certains conseillaient d'envoyer au bagne les créatures immorales qui, pour une bouchée de pain, vendaient leurs âmes au démon. Le révérend lui-même s'était de nombreuses fois penché sur son pupitre pour dénoncer le péché de la chair...

C'est alors qu'elle se revit dans les bras de Jeremy, nue... Le péché de la chair... Qui était-elle pour parler de morale, quand elle ne rêvait que d'une chose : se jeter dans les bras de cet homme...

De quel droit se permettait-elle de juger Fanny Irvine ?

— Sarah ? murmura Tom en posant une main sur son épaule.

Troublée, elle fit volte-face et plongea son regard dans le sien.

— Fanny n'est pas une prostituée, poursuivit-il comme elle cherchait ses mots pour s'excuser. Je ne te comprends pas, Sarah. D'habitude, tu ne juges pas sans savoir.

Son ton s'adoucit lorsqu'il ajouta :

— Donne-lui au moins une chance. S'il te plaît...

Tom était avec son grand-père l'être qu'elle aimait le plus au monde, son petit frère chéri. Et elle voulait ce qu'il y avait de mieux pour lui. Elle souhaitait le voir décrocher son titre de médecin. Il méritait la meilleure épouse qui soit. Et elle ne pouvait décemment pas imaginer qu'une fille du Pony Saloon fût cette femme.

Toutefois, elle n'eut pas le cœur de refuser ce qu'il lui implorait.

— Elle sera la bienvenue ici, Tom. Mais promets-moi une chose : ne prends pas de décision précipitée. Tu es encore jeune. Tu pourrais le regretter.

— M'as-tu déjà vu changer d'avis pour un oui ou pour un non ?

Non, jamais ! Quoi qu'il arrive, Tom McLeod ne dérogeait pas à sa première idée. Même enfant, il se débrouillait toujours pour obtenir ce qu'il voulait. Il ne renonçait pas. Même si cela signifiait beaucoup de sacrifices...

— Et si nous parlions un peu de toi maintenant, lança-t-il, changeant abruptement de sujet. Comment te sens-tu ? C'est à peine si tu as touché à ton repas ce soir.

— Je n'avais pas faim. Mais je t'assure, je vais bien.

— Est-ce à cause de Warren ?

— Warren ?

Elle s'esclaffa.

— Dieu soit loué, non !

Un instant, elle faillit lui avouer ce qui s'était passé avec Jeremy et ce qu'elle éprouvait pour lui. Mais comment expliquer qu'elle s'était éprise de Jeremy au premier regard, quand elle s'évertuait à le convaincre que ce qu'il ressentait pour Fanny n'était qu'une passade ?

— Promets-moi que si tu ne te sens pas bien de nouveau, tu iras voir Doc, insista Tom.

Comme elle protestait, il fronça les sourcils d'un air qui se voulait sévère.

— Je ne plaisante pas, Sarah.

Elle soupira d'une manière exagérée.

— D'accord, lâcha-t-elle.

C'était facile de dire oui. Son estomac ne la faisait plus souffrir. Elle était persuadée qu'il s'inquiétait à tort.

25

Sarah regarda Doc Varney ôter ses lunettes et les essuyer avec son mouchoir, avant de se carrer contre le dossier de son fauteuil. Un silence oppressant régnait dans le bureau. Un tel silence qu'elle entendait même le tic-tac de la montre glissée dans la poche du médecin.

Finalement, Doc rajusta ses lunettes sur son nez.

— Tom, fit-il sans lever les yeux, pouvez-vous nous laisser ? J'aimerais être seul quelques instants avec votre sœur pour l'examiner.

Son frère hésita un instant. Il était si inquiet pour Sarah. Au bout du compte, il quitta la pièce sans protester.

Dès que la porte fut close, le Dr Varney s'éclaircit la gorge et déclara d'une voix mal assurée :

— Sarah, je vais devoir vous poser une question plutôt... embarrassante.

Il leva la tête, et riva son regard au sien.

— Vos symptômes me laissent supposer que vous êtes enceinte. Avant de continuer l'examen, j'aimerais savoir s'il existe une possibilité pour que vous attendiez un enfant.

La jeune femme se raidit, les mains crispées sur les bords de la table.

Enceinte ? Rose lui avait pourtant assuré que cela n'arrivait pas à chaque fois.

— Comprenez-vous bien ce que je vous demande ? insista le médecin en quittant son siège pour la rejoindre. Vous devez me dire la vérité.

La gorge de la jeune femme se noua, l'empêchant de répondre. Soudain, elle ne savait plus si elle avait froid ou chaud. Il devait se tromper, elle ne pouvait être enceinte...

Son silence était suffisamment éloquent. Le praticien soupira.

— Juste Ciel ! marmonna-t-il en lui tapotant l'épaule d'un air compatissant.

Le bébé de Jeremy. Elle portait l'enfant de Jeremy...

— Warren est-il au courant ?

Levant les yeux, elle rencontra le regard embarrassé du médecin.

— Warren ?

— Sait-il que vous portez son bébé ?

Lentement, elle secoua la tête. Doc la croyait enceinte de Warren ! Tout le monde penserait la même chose. C'était inévitable. Que devait-elle faire ? Que devait-elle dire ?

— Il doit être prévenu, affirma Doc.

— Non ! cria-t-elle en s'agrippant à son bras. Je ne... je ne veux pas qu'il l'apprenne. Nous avons décidé de ne plus nous marier. Cela ne le concerne pas.

— Ma chère Sarah, je suis navré de vous contredire, mais Warren doit être mis au courant. Il se doit de vous épouser. Vous ne pouvez pas...

— Ce n'est pas son bébé !

Ce fut au tour de Doc de rester sans voix.

Plus doucement, elle répéta :

— Ce n'est pas son bébé.

La jeune femme baissa les yeux, incapable de soutenir le regard scrutateur du médecin.

— Qui est le père ?

Elle secoua la tête, tandis que les larmes lui embuaient les yeux.

— Sarah...

Non, elle ne pouvait répondre !

D'un geste doux, mais ferme, Doc l'obligea à relever le menton, et à le regarder.

— Vous n'avez guère le choix, Sarah. Vous devez me dire qui est le père de cet enfant.

— Vous savez, je l'aime, souffla-t-elle d'une voix sans timbre.

— Je n'en doute pas un instant. Maintenant, je vous en prie, donnez-moi son nom.

Jamais Jeremy ne le lui pardonnerait. Il allait la haïr.

— Jeremy.

— Jeremy Wesley ?

Le médecin fit un pas en arrière et la fixa, médusé.

D'un air misérable, elle opina.

Doc ôta alors ses lunettes d'une main tandis que, de l'autre, il essuyait son front perlé de sueur.

— Cela s'est passé la nuit où il y a eu la tempête, murmura-t-il pour lui-même comme s'il avait tout à coup une révélation.

— Tout est ma faute, Doc.

— Cessez de dire des bêtises ! s'écria-t-il, brusquement en colère. Cet homme devrait être envoyé en prison pour ce qu'il vous a infligé !

Il s'approcha d'elle.

— Vous a-t-il forcée ? S'il l'a fait, je vous jure que nous le ferons pendre.

— Il ne m'a pas forcée, Doc. C'est... c'est moi qui... Je suis seule responsable. Je... je l'aime, et je veux vivre avec lui. Jamais il n'aurait profité de moi. Jamais ! Il n'y est pour rien, je vous le jure.

Durant ce qui lui parut une éternité, le médecin l'étudia. Finalement il hocha la tête, comme s'il acceptait sa version des faits.

— Très bien.

Il jeta un coup d'œil en direction de la porte.

— Voulez-vous le dire à Tom, ou préférez-vous que ce soit moi qui m'en charge ?

Le dire à Tom ? Plutôt mourir...

— Il faut qu'il sache, insista-t-il. Comme votre grand-père, d'ailleurs.

Oh, pourquoi ne pouvait-elle pas mourir, ici, sur-le-champ ?

Jeremy déchira une page du catalogue des semences. Il était impatient de retourner sur ses terres, impatient de planter. Pour une première année, il se bornerait à mettre du blé et de la luzerne. Et bien sûr, il aurait son potager. Avec du maïs, des tomates, des pommes de terre et des haricots.

Peut-être que l'année prochaine...

La porte s'ouvrit à la volée, heurtant le mur de plein fouet.

Jeremy sursauta violemment, glissant machinalement la main vers son revolver. Mais, alors qu'il levait les yeux, il vit Tom McLeod entrer à grandes enjambées dans le bureau. Les doigts de Jeremy relâchèrent immédiatement la crosse de son arme.

Tom le scruta un instant sans un mot, avant de se tourner et de fermer la porte derrière lui. Quand, de nouveau, il croisa le regard de Jeremy, il déclara d'une voix glaciale :

— Je suis venu vous convier à un mariage.

Jeremy haussa un sourcil. Tom ne semblait guère enthousiasmé, pour quelqu'un qui s'apprêtait à se marier. De plus, il avait cru comprendre que le jeune homme s'en irait prochainement finir ses études à Boston. Quelque chose, visiblement, lui échappait.

— Il s'agit du mariage de Sarah, reprit Tom en faisant un pas vers le bureau.

Le mariage de Sarah ?

Ce fut comme si, tout à coup, le sol se dérobait sous lui. Il aurait dû en éprouver une grande joie. N'était-ce pas ce qu'il souhaitait plus que tout ? Qu'elle épouse Warren. Qu'elle l'épouse, et qu'elle s'en aille vivre à Boise, loin de Homestead, loin de lui. C'était une chance que Warren lui ait enfin pardonné. Et qu'il revienne pour l'épouser…

Tom s'approcha encore. Ses yeux flamboyaient de colère.

— Le mariage de Sarah et… le vôtre par-dessus le marché !

— Quoi ? Je ne vous suis pas très bien, Tom.

— Sarah est enceinte de vous, Wesley, et vous allez l'épouser. Pas plus tard qu'aujourd'hui.

— Sarah est enceinte ? souffla-t-il d'une voix blanche. Oh, non…

Accablé, il se laissa glisser dans son fauteuil. Tom le toisa avec froideur.

— Occupez-vous des papiers. Le pasteur sera chez nous dans l'après-midi. Ne nous faites pas faux bond, Wesley ! Deux heures cet après-midi, chez nous.

Sarah gisait au travers de son lit, pleurant toutes les larmes de son corps. Naïvement, elle espérait encore s'éveiller et découvrir qu'il ne s'agissait que d'un terrible cauchemar. Malheureusement…

Elle ne se rappelait que trop la colère de Tom lorsque Doc Varney, l'introduisant dans son bureau, lui avait expliqué la véritable nature de ses malaises. Son frère l'avait alors traitée de tous les noms d'oiseaux, pour ensuite l'accuser d'hypocrisie :

— Comment as-tu pu juger Fanny ? C'est pour manger qu'elle a dû travailler dans un saloon, pour manger, tu m'entends ? Toi, tu te jettes à la tête du premier venu ! avait-il craché avec fiel.

Comme si cela ne suffisait pas, elle avait vu son grand-père se décomposer en apprenant la nouvelle. Elle l'avait blessé, et il ne s'en remettrait pas. Cette douleur infinie qu'elle avait lue dans son regard, jamais elle ne l'oublierait !

Et, d'ici à quelques instants, le pasteur l'unirait à Jeremy...

« Oh, je vous en prie, faites que ce ne soit qu'un cauchemar. Laissez-moi me réveiller ! »

Elle avait tant espéré que Jeremy tombe amoureux d'elle et la demande en mariage ! Certes, elle voulait être son épouse, mais pas dans ces conditions... Jeremy, tout comme elle, n'avait pas voix au chapitre. Les gens, autour d'eux, les contraignaient à expier leur faute.

Tous ses rêves s'écroulaient soudain. Jeremy ne manquerait pas de lui en vouloir. Tom la méprisait. Grand-père se sentait humilié, trahi...

Sarah était si bouleversée qu'elle n'entendit même pas la porte s'ouvrir.

— Princesse ?

Ravalant un sanglot, elle s'assit et se tourna vers la porte.

Son grand-père referma le battant derrière lui, avant de traverser la chambre. Il prit place au bord du lit et glissa sa main dans la sienne, sans oser croiser son regard.

« Il ne peut même pas supporter l'idée de poser les yeux sur moi », songea-t-elle, le cœur gros.

Hank serra doucement ses doigts.

— Sarah, ma chérie, tu t'es toujours laissé guider par tes sentiments, au détriment de la raison. Tu es impulsive. Je me souviens, quand tu étais petite, si tu trouvais un chaton perdu ou un oisillon tombé de son nid, tu t'empressais de l'adopter, oubliant qu'il ne t'appartenait pas de décider de sa vie. Alors un jour, à n'écouter que son cœur, on finit par se brûler les ailes...

Lentement, il tourna la tête vers elle.

— Je suis désolée, grand-père. Je ne voulais pas que tu aies honte de moi.

— Honte ? Non, princesse, je n'ai pas honte. Bien sûr, tout cela n'aurait jamais dû arriver. Si seulement... Enfin, je ne veux pas que tu souffres, c'est tout.

Il étreignit sa main.

— Encore une chose, princesse. Que ressens-tu vraiment pour Jeremy ?

Elle déglutit à grand-peine.

— Sois honnête, Sarah. Dis-moi la vérité.

Refoulant les larmes qui menaçaient de couler, elle se lança :

— Je l'aime, grand-père. Je crois même que je l'aimais déjà le premier jour. C'est pour lui que j'ai refusé d'épouser Warren, que j'ai rompu nos fiançailles.

Hank McLeod émit un long soupir.

— Je comprends mieux, maintenant.

— Grand-père ? Ce n'est pas la faute de Jeremy...

— J'aimerais te croire, Sarah.

Pour cela aussi, Jeremy lui en voudrait. Les gens ne manqueraient pas de le blâmer quand c'était elle, et elle seule, qui avait refusé de le repousser.

Il l'avait implorée de le faire, mais elle n'avait pas écouté.

Hank déposa un baiser sur sa joue, et ce geste de tendresse lui fit monter les larmes aux yeux.

— Eh bien, dit-il d'un ton las en se redressant. Pourquoi ne te passerais-tu pas un peu d'eau sur le visage ? Il est temps de descendre. Le révérend Jacobs sera là d'un moment à l'autre. Jeremy aussi.

Sarah acquiesça, mais ne fit pas un geste pour se lever. Elle attendit que son grand-père soit sorti et que la porte se referme derrière lui pour se glisser sous les couvertures et laisser libre cours à son chagrin.

Se sentant comme un condamné marchant vers l'échafaud, Jeremy se rendit chez Carson où, après un bon bain, il se fit couper les cheveux et raser. Avant de quitter la boutique du barbier, il enfila ses plus beaux vêtements. A deux heures sonnantes, il arriva devant la grande demeure des McLeod.

Ce fut Hank qui l'accueillit sur le perron. Jeremy attendit en vain que le vieil homme prenne la parole, mais ce dernier, muet comme une carpe, se contenta de s'effacer pour le laisser entrer. Jeremy aurait de loin préféré qu'il lui dise ce qu'il avait sur le cœur.

— Le révérend nous attend déjà dans le salon, annonça finalement son hôte. Mais peut-être aimeriez-vous échanger quelques mots avec Sarah avant la cérémonie ?

Il fut surpris par ce ton égal. Hank désigna l'escalier et précisa :

— En haut. La seconde porte, sur votre droite.

Jeremy n'avait guère envie de parler à Sarah, mais lui laissait-on le choix ? Non. En désespoir de cause, il s'engouffra dans l'escalier.

Arrivé devant la porte de la chambre, il frappa. Pas de réponse. Il recommença, cette fois plus fort.

— Entrez, murmura Sarah d'une voix étranglée.

La jeune femme se tenait au milieu de la chambre, les mains plantées sur ses hanches. Elle portait une robe de soie azurée. Ses cheveux étaient retenus en catogan, mettant en valeur le bel ovale de son visage.

Le cœur de Jeremy manqua un battement. Sarah avait les yeux rouges d'avoir trop pleuré, elle était livide. Mais plus que sa pâleur, ce fut la lueur de souffrance dans son regard qui le terrifia. Et tout cela par sa faute…

— Bonjour… Jeremy, balbutia-t-elle.

— Sarah…

— Je… je suis désolée. Je ne voulais pas que cela se passe ainsi.

Il redressa les épaules.

— Personne ne le voulait.

— Jeremy, je…

Tout à coup gênée, elle baissa la tête et ajouta :

— J'essaierai d'être une bonne épouse.

Une épouse. Une épouse enceinte qui dépendrait de lui, quand il n'avait pour survivre qu'un maigre lopin de terre. Que quelques dollars pour acheter des semences. Un cuisant sentiment d'échec le frappa de plein fouet.

Il eut tout à coup l'impression d'être envoyé dans le passé. La vie se répétait ; il ne pouvait échapper au cercle infernal du destin. Il échouerait, peu importe ce qu'il entreprendrait. Son épouse et son enfant en pâtiraient les premiers, comme cela s'était déjà passé.

Mais qu'aurait-il pu faire pour entraver la fatalité ?

Sarah leva enfin les yeux, et rencontra son regard.

Soudain, dans ses prunelles aussi bleues que l'azur, une flamme s'alluma.

— Je vous aime, chuchota-t-elle.

Serrant les poings, le cœur dévasté, il lança :

— Descendons, et finissons-en au plus vite.

26

— Au nom de Dieu, je vous déclare mari et femme.

Le révérend Jacobs ferma son livre de prières.

— A présent, Jeremy, vous pouvez embrasser la mariée.

Il n'avait nulle envie de l'embrasser. Il craignait trop d'en éprouver du plaisir, de réveiller des sentiments qu'il se défendait de nourrir. Mais le pasteur le regardait fixement, et il ne pouvait éviter l'inévitable.

Alors il se pencha et, d'un léger baiser, effleura les lèvres de Sarah. Quand il recula, leurs regards se croisèrent. Il vit les larmes dans ses yeux mais, cette fois, la jeune femme souriait. Malgré lui, il ressentit une bouffée de joie.

Pourrait-il la rendre heureuse ? Réussir avec elle ce qu'il avait si pitoyablement gâché par le passé ?

Simon Jacobs s'éclaircit la voix avant de poursuivre :

— Toutes mes félicitations, Jeremy et Sarah. Je vous souhaite à tous deux beaucoup de bonheur.

— Merci, souffla la jeune femme en s'empourprant.

En effet, elle ne pouvait s'empêcher de se demander si le révérend avait été mis au courant et, si c'était le cas, ce qu'il pouvait bien en penser.

L'homme d'Eglise alla serrer la main à Hank McLeod. Puis Tom le raccompagna vers le vestibule, et le remercia une dernière fois avant de le laisser s'éloigner dans l'allée.

Le silence qui régnait dans le salon devint tout à coup oppressant. Jeremy était bien en peine de trouver ses mots. Qu'aurait-il pu dire au grand-père de Sarah ou à son frère, sinon qu'il regrettait ?

La jeune femme s'approcha et lui toucha le bras.

— Je... j'ai empaqueté quelques affaires. Dois-je les descendre ?

Il opina. C'était inutile de prolonger l'embarras de chacun, et de retarder l'inéluctable. Ils étaient mariés, désormais.

Elle s'apprêtait à quitter la pièce, quand elle leva un regard hésitant vers lui.

— Allons-nous au ranch ?

— Nous n'avons guère le choix.

Sarah le regarda, comme si elle attendait qu'il en dise plus. Mais comme il se taisait, elle tourna les talons et s'éloigna.

Jeremy reporta alors son attention sur le shérif.

— Vous allez devoir trouver un autre adjoint, monsieur.

— Je ne vois pas pourquoi. Sauf si vous renoncez à ce poste, bien sûr...

— Comment voulez-vous que je reste en ville ? La pièce au-dessus des geôles n'est certainement pas un endroit pour Sarah. De plus, dès que le printemps sera là, j'aurai besoin de...

— Laissons les choses se faire tranquillement, d'accord ? J'imagine que Homestead peut rester sans adjoint le temps que vous vous installiez avec...

avec ma petite-fille. Ensuite, revenez me voir. Nous déciderons alors de la marche à suivre.

Jeremy acquiesça. Il avait besoin d'un travail, cela, il ne pouvait le nier. Mais il était loin d'imaginer que Hank McLeod accepterait de le garder, après l'affront qu'il venait de lui infliger.

Sarah promena un dernier regard sur sa chambre. Elle se rappela toutes les fois qu'elle s'était assise dans le fauteuil près de la fenêtre et avait confié à sa grand-mère ses rêves de voyages autour du monde. Les nuits où elle restait allongée sur le lit à lire des revues évoquant des lieux exotiques et des princesses à la vie tumultueuse.

Elle sourit tristement, tout en disant à cette pièce et à son innocence un adieu silencieux.

Ses larmes s'étaient taries. Elle s'était suffisamment apitoyée sur son sort. En épousant Jeremy, en quittant cette maison, son grand-père et son frère, elle tirait un trait sur une période heureuse de sa vie, mais le sort en avait décidé ainsi.

Le jour où elle s'était donnée à Jeremy dans un élan de passion, ou plutôt d'égarement, elle avait scellé sa destinée. Aujourd'hui, elle portait le fruit de son péché et devait l'assumer. Mais il en était de même pour Jeremy. Elle ne devait pas l'oublier !

Si Tom ne l'avait pas exhorté à l'épouser, peut-être n'aurait-il jamais demandé sa main…

Elle réprima un soupir. Il ne servait à rien de ressasser des regrets, le mal était fait.

Secrètement, elle ne désespérait pas d'arranger les choses entre son nouvel époux et elle. Au moins aurait-elle désormais tout loisir de l'inciter à l'aimer. Elle allait s'accrocher à cet espoir ; lui seul saurait faire disparaître la tristesse qui l'habitait.

Un jour, peut-être, elle oublierait sa détresse et connaîtrait le bonheur ?

Machinalement, elle porta les doigts à ses lèvres en songeant au baiser qui avait scellé leur union. Jusqu'à la fin des temps, elle se le rappellerait avec émotion.

L'important était qu'elle l'aime, et cela, de toutes ses forces...

Elle contempla sa valise sur le lit. Il n'y avait pas grand-chose à l'intérieur, juste le strict minimum. Pour un jour ou deux. Plus tard, elle ferait apporter le reste.

Ouvrant son bagage, elle y jeta un dernier coup d'œil. Outre une seconde robe, elle emportait des sous-vêtements de rechange, des bas, deux pains de savon parfumé, sa brosse à dents et une boîte de sels. Sous la pile de vêtements, elle avait glissé la brosse et le peigne aux manches d'argent de sa grand-mère, ainsi qu'un miroir. Sa chemise de nuit était pliée sur le dessus.

Du bout des doigts, elle en caressa le fin tissu. Ces dernières semaines, elle avait essayé de ne plus songer à la nuit passée dans les bras de Jeremy. Mais aujourd'hui, c'était différent. Plus rien ne l'en empêchait. Elle était son épouse devant Dieu, et il se devait de la blottir contre lui, de la caresser, de l'embrasser.

La gorge serrée, elle referma vivement sa valise, la saisit et se dirigea vers la porte.

Tom l'attendait en bas de l'escalier. Lorsque Sarah le vit, elle marqua un temps d'hésitation, craignant ses paroles, craignant plus encore qu'il ne se taise.

Quand elle fut à son niveau, elle tendit la main et lui effleura l'épaule. Il continua de la fixer mais, du moins, il ne repoussa pas ses doigts.

— Tommy, souffla-t-elle doucement, je sais que ce que j'ai fait est mal, mais j'aime sincèrement cet homme. Nous sommes faits l'un pour l'autre, Jeremy et moi.

— J'espère que tu seras heureuse, Sarah.

Se tournant vers la porte, il ajouta :

— Le chariot est prêt.

— J'y vais.

— Nous avons mis des provisions dont vous pourrez avoir besoin. De la farine, du sucre, un peu de viande, des légumes. Une ou deux poêles, et de la vaisselle.

— Merci. Prends bien soin de grand-père.

— Tu sais que tu peux me faire confiance.

— Oui. Je le sais.

Son grand-père et Jeremy apparurent alors sous l'arche du salon. Tom récupéra le manteau de Sarah, et le lui tendit sans un mot. Etait-il soulagé qu'elle parte ?

Sur le pas de la porte, Hank l'étreignit dans ses bras et l'embrassa sur le front.

— Sois heureuse, princesse.

La jeune femme ne put pas même répondre, tant elle avait la gorge nouée. Alors elle opina et, prestement, se précipita vers le chariot qui les attendait. Jeremy l'aida à se hisser sur la banquette.

Elle coula un dernier regard en direction de la maison. Grand-père et Tom se tenaient sous le porche. Faiblement, elle agita la main. Seul son grand-père lui répondit.

— Prête ? demanda Jeremy.

Tournant la tête vers son époux, elle sentit le rythme de son cœur s'accélérer. Même si, en cette minute, il lui était particulièrement pénible de quitter les siens, elle aimait Jeremy.

— Je suis prête.

Hank regarda la voiture s'éloigner, jusqu'à ce qu'elle tourne au coin de la rue.

— Viens, grand-père, fit gentiment Tom en prenant la main du vieil homme. Il est temps de rentrer si tu ne veux pas attraper la mort.

— Tout va bien se passer, Tom. Fais-moi confiance. Ils vont être heureux, je le sais.

Le voyage jusqu'au ranch des Wesley se déroula dans un lourd silence. Jeremy glissait de temps en temps un regard en direction de sa compagne. Celle-ci gardait les yeux rivés sur la route. Il ne se sentait pas le courage d'entamer la conversation. En fait, il n'avait pas eu le temps de rassembler ses esprits et avait besoin de réfléchir aux implications de ce mariage hâtif.

Alors qu'ils progressaient, laissant derrière eux l'empreinte dans le sol encore humide des sabots du cheval et des roues ferrées du chariot, Jeremy laissa ses pensées dériver. Il revit Sarah à l'église, chez elle, à son bureau, dans la rue, dans la neige, dans son lit, dans ses bras...

Il devait reconnaître qu'il avait des sentiments pour elle...

Quelques minutes plus tard, il arrêtait le chariot devant le ranch.

— Voilà, nous y sommes, fit-il en s'adressant à Sarah pour la première fois depuis qu'ils avaient quitté la maison du shérif.

Elle fixait la ferme, comme si elle la voyait pour la première fois. Qu'en pensait-elle ? Cela devait lui paraître bien minuscule, et bien sommaire après avoir vécu dans une belle demeure comme celle des McLeod. Finirait-elle par détester cet endroit ? Par le détester, lui, de l'avoir amenée ici ? Peut-être regrettait-elle déjà...

Les sourcils froncés, il sauta à bas de la voiture, puis aida Sarah à descendre, évitant soigneusement de croiser son regard. Il préférait ne pas savoir ce qu'elle pensait.

Il la guida jusqu'à la porte d'entrée et, sortant la clé de la poche de son pantalon, ouvrit le battant. La maison donnait l'impression détestable d'être encore plus froide que la cour.

— Gardez votre manteau, je vais aller chercher du bois pour faire un feu, déclara-t-il avant de la planter là.

Quelques minutes plus tard, il revenait les bras chargés de bûches.

Quand il eut posé le bois près du poêle, il se redressa et vit que Sarah s'était approchée de la fenêtre. Elle semblait perdue dans ses pensées. A quoi donc pouvait-elle songer ?

S'agenouillant devant le poêle, il enfourna le petit bois dans le foyer, et l'enflamma. Peu après, une douce chaleur se répandit dans la pièce.

Comme il fixait les flammes, il se souvint de sa première nuit à Homestead, deux mois plus tôt. Il était resté assis dans cette pièce des heures durant, à contempler le feu et à déplorer sa solitude...

Il entendit Sarah se déplacer dans la pièce. Il ne serait plus jamais seul. Pourquoi ne pas en profiter pour refermer les portes du passé, pour entamer une nouvelle vie ?

« Il faut que tu me laisses partir à présent, Jeremy », fit une petite voix au tréfonds de son esprit.

— Millie, souffla-t-il entre ses dents.

« Je t'en prie, laisse-moi partir... »

— Jeremy ?

Il se tourna pour découvrir Sarah juste derrière

lui. Ses grands yeux bleus étaient emplis de questions.

— Nous nous en sortirons, Sarah, murmura-t-il.

Il espérait ne pas se tromper...

Le cœur de la jeune femme bondit dans sa poitrine.

— Oui, je le sais.

Elle le regarda fourrager dans ses épais cheveux noirs. Il le faisait chaque fois qu'il était troublé.

— C'est plutôt austère comme endroit, vous ne trouvez pas ? lança-t-il.

— Ça me convient tout à fait.

Il secoua la tête.

— Vous pouviez espérer mieux.

« Si vous aviez épousé Warren, acheva-t-elle silencieusement à sa place. Mais je ne l'ai pas épousé. C'est vous que je voulais. » Parviendrait-il un jour à le comprendre ?

Il détourna le regard.

— Je ferais mieux de conduire mon cheval dans la grange. J'ai l'impression que la nuit va être froide.

« Ne me rejetez pas », l'implora-t-elle secrètement.

Il poursuivit :

— Je vais d'abord vous apporter votre valise. Ainsi, vous pourrez vous installer. Utilisez les tiroirs de la commode pour vos vêtements. Et, pour le reste, faites comme chez vous.

— Merci.

Il se dirigea vers la porte. A cet instant, elle eut la détestable sensation qu'il la fuyait.

— Jeremy ?

S'arrêtant, il lui jeta un coup d'œil par-dessus son épaule.

— Tout va bien se passer, lui promit-elle.

Il se contenta de hocher la tête, et sortit.

27

Une fois dans la cour, Jeremy dételа le chariot et conduisit le cheval jusqu'à la grange. Il débarrassa l'animal du harnais, encore tout humide à cause de la neige, et l'accrocha au mur. Prenant une poignée de paille, il bouchonna l'animal tout en douceur, prenant son temps, retardant le moment où il devrait retourner auprès de sa nouvelle épouse. Quand il eut fini de frictionner sa jument, il l'installa dans une stalle et renouvela son fourrage. Puis, à grands coups de pioche, il cassa la glace dans l'abreuvoir afin que l'animal puisse boire. Encore quelques poignées de foin, un peu de grain, et il referma la porte.

S'attardant, il s'appuya contre le battant pour observer le cheval qui, dans sa mangeoire, s'en donnait à cœur joie.

« *Laisse-moi m'en aller. Laisse-moi m'en aller, je t'en supplie...* »

Ces mots retentissaient dans son esprit comme un refrain torturant.

Autrefois, il avait partagé de grands moments en compagnie de Millie. Durant leurs années de mariage, il n'avait jamais eu la sensation de rater sa vie. Même si l'existence n'avait pas été rose tous les jours, ils avaient été heureux.

Peut-être que Millie voulait qu'il connaisse de nouveau ce bonheur. Peut-être ne souhaitait-elle pas qu'il s'accroche désespérément au passé... Peut-être désirait-elle qu'il cesse de vivre avec des fantômes, et songe à se construire un avenir... Peut-être, peut-être pas...

Il tourna la tête en direction de la grande porte. Derrière ce battant de bois vermoulu, il y avait la cour, après la cour, la maison, et à l'intérieur de ces murs de pierre, Sarah. Sarah Wesley. Son épouse.

Elle était tout l'opposé de Millie. Et il n'espérait pas ressentir pour elle ce qu'il avait éprouvé pour sa première femme. En vérité, il avait peur de s'attacher à Sarah. Peur qu'en l'aimant il ne lui porte la poisse, comme cela avait été le cas avec Millie.

A n'en pas douter, Sarah et lui sauraient trouver un compromis. Elle hantait ses rêves jour et nuit, soit. Il ne niait plus le désir qu'elle lui inspirait.

Il quitta la grange, se hâtant d'un pas décidé dans le crépuscule.

Quand il poussa la porte d'entrée, il fut accueilli par de délicieuses odeurs. Sarah était penchée au-dessus des fourneaux et vérifiait la cuisson d'un plat. Elle avait noué un tablier aux couleurs passées sur sa robe de mariage bleue. Des mèches blondes s'étaient échappées de son chignon et tombaient sur son front, en boucles d'or. Comme elle se relevait, elle repoussa d'une main ces cheveux rebelles.

Elle était si belle, et surtout si incongrue dans un décor aussi spartiate. La cuisine avait été aménagée pour les besoins d'un veuf et de ses deux fils. Le vaisselier, tout comme les étagères, était en bois brut, pas même teinté ni poncé. Quant à la vaisselle, elle se résumait à quelques assiettes dépareillées, une ou deux casseroles et des bols en terre cuite. Ici, il n'y avait pas l'ombre d'une pièce en fine porcelaine...

Sarah méritait mieux.

Comme si elle avait deviné ses pensées, elle se retourna et lui sourit.

— Il faudra attendre un peu pour le dîner, ce n'est pas encore tout à fait prêt.

— Prenez votre temps, je ne suis pas pressé.

Il se débarrassa de son chapeau, puis de son manteau, avant de les accrocher dans l'entrée.

— J'ai utilisé deux tiroirs dans la commode, Jeremy.

— Prenez tout ce dont vous avez besoin, Sarah.

Elle lui offrit un nouveau sourire, puis il tourna le dos.

Jeremy la fixa un long moment, avant de gagner la chambre, ne sachant tout à coup que faire et où se mettre. Cela faisait bien longtemps qu'on n'avait cuisiné pour lui dans sa propre maison.

Il ôta sa veste et s'apprêtait à la ranger derrière la porte, quand il aperçut l'une des robes de Sarah accrochée à la patère. Incapable de résister à la tentation, il effleura l'étoffe jaune.

La jeune femme possédait une magnifique armoire en chêne dans sa chambre, à Homestead, au bois soigneusement ciré, et suffisamment grande pour contenir plusieurs douzaines de robes, sinon plus. Ici, elle devait se contenter d'un clou derrière une porte.

Un sentiment de culpabilité l'assaillit. Comment réussirait-il à offrir à Sarah la vie qu'elle méritait ? Comment parviendrait-il ne serait-ce qu'à la nourrir ?

— Jeremy ?

Faisant volte-face, il la découvrit sur le pas de la porte.

— J'ai rempli le broc d'eau, au cas où vous souhaiteriez vous laver avant le dîner.

Il jeta un coup d'œil au broc émaillé, posé sur la petite table, près du lit. Sarah avait pensé à mettre du savon, et une serviette propre à côté.

— Merci.

— C'est agréable d'avoir une pompe à l'intérieur.

Beaucoup de femmes n'ont malheureusement pas ce luxe...

Avant qu'il ne trouve quelque chose à répondre, elle disparut, retournant à la cuisine et au repas qu'elle achevait de préparer.

Jeremy se sentit quelque peu réconforté par ses paroles. Un sourire aux lèvres, il remplit la cuvette d'eau tiède. Puis il saisit le savon à la glycérine, et en déchira le papier d'emballage. Un savon au parfum boisé... Ce n'était pas celui qu'elle utilisait d'ordinaire. Le sien embaumait la lavande.

Dès que Sarah eut terminé de mettre la table, elle dénoua son tablier et s'assit face à Jeremy.

— Cela risque de vous paraître un peu frugal, fit-elle pour s'excuser en regardant le bœuf bouilli et les biscuits.

Elle aurait aimé préparer un véritable festin pour ce premier repas en tête à tête ! Mais elle avait manqué de temps, comme de choix parmi les provisions.

— Ça a l'air très bon, la rassura-t-il.

Ils mangèrent en silence. Sarah chercha quelque chose à dire, quelque chose de pertinent et d'intéressant. En vain. Elle regrettait ces longues conversations animées qui avaient lieu chez les McLeod, en particulier quand Tom était à la maison. Quelques mots échangés détendraient quelque peu l'atmosphère, elle n'en doutait pas.

Comme les minutes s'égrenaient, elle remarqua que l'obscurité envahissait la pièce. La nuit venait de tomber. Deux heures encore, et il serait temps de se coucher.

Elle jeta un regard à Jeremy et sentit son estomac se nouer, perdant alors le peu d'appétit qu'elle avait. Soudain, elle ne songeait plus qu'à se blottir dans les bras de son nouvel époux. De se laisser caresser...

D'un geste abrupt, elle se leva et attrapa son tablier. Jeremy lui décocha un coup d'œil surpris.

— Je vais commencer à débarrasser. Finissez de manger pendant ce temps.

Avec un torchon, elle retira la bouilloire du feu et en versa le contenu dans la bassine pour faire la vaisselle. Elle ajouta ensuite de l'eau froide et un peu de savon, avant d'immerger les plats sales. Des plats qu'elle se mit à récurer de toutes ses forces, pour ne plus penser à rien.

— Laissez-moi vous aider, proposa Jeremy en s'approchant derrière elle.

Son cœur se mit à battre la chamade tandis qu'il posait les doigts sur son bras. Il lui ôta la brosse des mains.

— J'ai l'habitude de le faire moi-même, reprit-il. Pourquoi n'iriez-vous pas vous reposer un peu ? Il est tard, et la journée a été longue.

Etait-ce une manière de lui dire qu'elle devait se préparer pour la nuit ? Un frisson lui courut le long du dos. Un frisson de désir.

— Si vous voulez, souffla-t-elle en s'essuyant les mains dans son tablier, avant de se diriger vers la chambre.

Après avoir allumé la lampe de chevet, elle ferma la porte, se demandant d'ici à combien de temps il la rejoindrait.

C'est à peine s'il avait desserré les dents pendant le repas. Mais elle ne lui avait pas posé non plus les questions qui lui brûlaient les lèvres, redoutant ses réponses.

Enfin... Pour l'instant, seules importaient les prochaines heures qu'ils partageraient. C'était leur nuit de noces, et quelles que soient les circonstances de leur union, elle voulait que cette nuit soit parfaite.

La porte fermée, la pièce se refroidit rapidement. Sarah avait la chair de poule tandis qu'elle se dévêtait, procédait à ses ablutions, puis enfilait sa chemise de nuit. Assise sur un tabouret, elle observa son reflet dans le petit miroir à main de sa grand-mère. Lentement, elle ôta les épingles qui retenaient ses cheveux, et entreprit de brosser ses longues boucles blondes.

A tout instant, elle espérait entendre la porte s'ouvrir, découvrir son époux dans l'encadrement. Les minutes s'écoulaient. Avec un soupir résigné, elle posa la brosse et fixa le battant désespérément clos.

Pourquoi prenait-il autant de temps à laver la vaisselle ?

Comme elle se levait, une terrible pensée l'assaillit. Et si Jeremy ne souhaitait plus faire l'amour avec elle ? Et si leurs ébats de la première fois n'avaient rien signifié pour lui ?

Mieux valait le savoir tout de suite ! Les jambes flageolantes, elle marcha jusqu'à la porte, et l'ouvrit. Elle s'attendait presque à trouver la pièce vide.

Mais il était là, assis près du feu, fixant les flammes d'un air absent. La douce lumière soulignait les angles de son beau visage, et elle dut se retenir pour ne pas courir se jeter dans ses bras. Elle ne supporterait pas d'être repoussée...

Jeremy sut qu'elle était là, derrière lui, avant même de l'entendre. Tournant la tête, il eut le souffle coupé.

La pâle lumière de la pièce la nimbait d'une pluie d'argent, caressant ses formes délicieusement féminines. Ses cheveux, telle une cascade d'or, retombaient en vagues soyeuses sur ses épaules, effleurant le doux renflement de ses seins.

Brusquement, il fut devant elle, subjugué par cette vision angélique.

— Je... je croyais que vous viendriez vous coucher, souffla-t-elle.

Un violent désir enflamma tout son être. Dire qu'il avait presque réussi à se convaincre qu'il valait mieux qu'ils ne fassent pas l'amour ce soir ! Elle disait l'aimer, mais qu'en savait-elle vraiment ? La seule fois où ils s'étaient retrouvés seuls, il avait profité d'elle. Comment pouvait-elle ne pas lui en vouloir ?

— Jeremy ? Quelque chose ne va pas ?

Ce fut alors plus fort que tout : il lui saisit la main et l'attira vers lui. Etroitement, goûtant à la douce torture de la sentir pressée contre lui...

Il blottit son adorable visage entre ses mains, le renversant légèrement afin que leurs regards se rencontrent. Dans la faible luminosité, le bleu de ses prunelles avait l'éclat d'un saphir. Avec ses pouces, comme un sculpteur modèle la glaise, il redessina les courbes de son visage. Elle avait la peau aussi douce que des pétales de rose.

Se penchant, il s'empara de ses lèvres. Elles étaient sucrées.

Sucrées, aussi fines que la soie.

Avec audace, il laissa courir les doigts le long de sa nuque gracile, puis sur ses étroites épaules, jusqu'à sa gorge palpitante. La pointe de ses seins se tendait sous le fin tissu de la chemise de nuit. Entre ses doigts, il les agaça. Caressant, effleurant, traçant des arabesques.

A cet instant, il sentit ses genoux vaciller, et il l'étreignit plus étroitement encore. Il se consumait pour elle, mais il ne voulait pas brûler les étapes. Ils avaient le temps et, dans cette petite ferme perdue au milieu de la vallée, ils réinventeraient les gestes de l'amour.

La jeune femme soupira faiblement contre sa bouche. Et il but son souffle comme un précieux élixir. Du bout de la langue, il suivit les contours de ses lèvres purpurines, délicieusement renflées, les savourant comme on savoure un fruit mûr.

Quand il s'écarta, Sarah ouvrit les yeux et l'enveloppa d'un regard émerveillé. Elle semblait l'implorer de continuer...

De ses doigts tremblants, il dénoua alors le ruban de satin qui fermait l'encolure de sa chemise de nuit. Comme elle ne protestait pas, comme elle ne bougeait pas, il fit lentement glisser le vêtement sur ses épaules, jusqu'à ce qu'apparaisse sa gorge marmoréenne.

Cette jeune femme était comme un don du Ciel, une merveilleuse déesse sortie tout droit d'un rêve. Oui, un rêve...

Le souffle court, le cœur battant la chamade, il tendit les doigts et frôla la soie d'un sein à la pointe coralline. Un gémissement étouffé dépassa les lèvres de la jeune femme tandis que, subjugué, il faisait pleuvoir une pluie de baisers sur ses yeux, ses joues, sa nuque.

Sarah ne pouvait plus réfléchir. Les émotions déferlaient en elle comme une horde de chevaux sauvages. Rien ni personne n'aurait pu les arrêter dans leur course effrénée.

Elle croyait déjà tout connaître des secrets de l'amour. En fait, chaque seconde était un nouveau plaisir, une découverte enchanteresse. Elle s'était imaginé que ce serait comme la dernière fois. Mais, ce soir, Jeremy prenait tout son temps. Il affolait ses sens. Il était maître de l'instant.

Pareilles à des notes de musique, les minutes s'égrenaient, magiques. Le rythme s'accélérait, s'apaisait, marquait un répit pour reprendre de plus belle. Les mains de Jeremy étaient partout.

Elle glissa les doigts dans ses épais cheveux noirs, l'attirant plus près, encore plus près. Toute au désir qui la dévorait, elle ne remarqua pas sa chemise de nuit qui tombait en corolle à ses pieds.

Combien de temps demeurèrent-ils ainsi ? Elle n'aurait su le dire. Une seconde, une éternité, plus rien ne comptait...

Plus tard, il la souleva dans ses bras et l'emporta jusqu'au lit.

Là, entre les draps rêches, Sarah ferma les yeux et s'arqua à sa rencontre. Elle se donna, corps et âme, à son époux.

Pour Sarah, la nuit qui venait de s'achever était pure magie.

Jeremy lui avait, l'espace de quelques instants, ouvert son cœur. Il lui avait dévoilé sa passion. A mi-voix, il avait prononcé des mots tendres, des promesses. Sous ses doigts, elle s'était enflammée, elle était devenue femme...

Pourtant, il se retrancha ensuite derrière les murs de sa solitude. Il bridait ses sentiments, il refusait de l'aimer comme elle l'aimait.

Si seulement elle trouvait le moyen de briser la barrière qu'il avait érigée autour de son cœur...

Aux premières lueurs de l'aube, Sarah se pelotonna contre lui, la tête contre son épaule, la main sur son torse. Elle était fatiguée, et pourtant elle n'aurait pu fermer les yeux tant son cœur battait vite.

La pièce était plongée dans l'obscurité. Jeremy avait soufflé la flamme de la lampe avant de plonger dans les bras de Morphée.

— Quand j'étais petite, murmura-t-elle, ignorant si son époux l'écoutait ou non, j'imaginais souvent que grand-père et grand-mère étaient duc et duchesse et les gens de Homestead, leurs sujets. Lorsqu'un bal réunissait toute la ville dans une grange arrangée pour l'occasion, j'inventais des seigneurs venus des quatre coins de la région et d'élégantes dames tandis que, d'un coup de baguette magique, la bâtisse se métamorphosait en une somptueuse salle de bal éclairée par des lustres de cristal qui reflétaient la lumière à l'infini. Les violonistes et les joueurs d'harmonica appartenaient alors à un grand orchestre, renommé à travers le monde entier…

Elle sentit le souffle de Jeremy contre son front, et sut alors qu'il dormait. Toutefois, elle continua :

— Je rêvais de voyager autour du monde. Je voulais voir la tour Eiffel, visiter les châteaux anglais et séjourner au Waldorf Hotel à New York… Je me souviens de l'année où Rose a épousé Michael Rafferty. Elle s'apprêtait à quitter Homestead, assoiffée d'aventure, quand Michael est entré dans sa vie. Ils sont tombés éperdument amoureux l'un de l'autre. A l'époque, je la jugeais folle de ne plus partir. A mes yeux, il y avait mieux dans la vie qu'un époux ou des enfants…

Elle tourna légèrement la tête jusqu'à ce que ses lèvres effleurent le cou de Jeremy. Elle huma avec délices le parfum de sa peau. Il sentait le cuir, et le savon.

— Je voulais moi aussi fuir Homestead et son quotidien ennuyeux. Secrètement, je caressais le rêve de devenir une actrice ou une chanteuse d'opéra. J'étais persuadée que j'épouserais un duc, un mystérieux et séduisant comte… ou, pourquoi pas ? un prince.

Elle ouvrit les paupières, et regarda le visage de son époux.

— Quelque part, je ne me trompais pas, murmura-t-elle d'un air songeur. J'ai épousé un prince.

28

Lorsque Sarah s'éveilla, le soleil avait envahi la chambre, nimbant le sol et les murs d'une poussière d'or. Elle tourna la tête et découvrit qu'elle était seule.

Elle se redressa, tirant à elle les couvertures pour couvrir sa poitrine nue, et promena un regard autour d'elle. Sa chemise de nuit était pliée sur une chaise. Jeremy avait dû la ramasser avant de partir…

Le rouge lui monta aux joues comme les souvenirs de leur nuit passionnée lui revenaient en mémoire. Aussitôt, elle sentit son cœur bondir dans sa poitrine et l'espoir renaître au plus profond de son être.

Elle eut brusquement envie de chanter. D'un bond, elle fut hors du lit. Elle se leva rapidement, essayant de ne pas songer au froid qui régnait dans la pièce, puis s'habilla avant de quitter la chambre.

Elle fit le tour de la maison. Jeremy n'était pas

là. Son manteau n'était d'ailleurs plus accroché à la patère près de la porte d'entrée.

Dans la cuisine, elle trouva une bouilloire sur le poêle ainsi que du café fraîchement passé. Elle prit une tasse sur l'étagère et l'emplit du liquide brûlant. En fouillant dans le vaisselier, elle dénicha un pot de confiture et une boîte de biscuits. Elle avait une faim de loup. Pour la première fois depuis plusieurs jours, ô miracle, elle ne se sentait pas nauséeuse.

Sa tasse de café à la main, elle se demanda si Jeremy avait pris le temps de déjeuner. Et sinon, qu'aimerait-il manger ? Se contenterait-il d'une tasse de café et d'un morceau de pain ou préférait-il du bacon, des œufs et des crêpes nappées de sirop d'érable ?

Après avoir achevé le dernier biscuit de la boîte, elle but d'une traite son café, et alla jeter un coup d'œil par la fenêtre. Qu'est-ce qui retenait son époux au-dehors ?

Un instant, elle songea à enfiler son manteau pour le rejoindre, mais se ravisa. S'il voulait être avec elle, il savait où la trouver. Elle devait se montrer patiente envers Jeremy.

Après tout, elle avait le reste de sa vie pour l'aimer, et attendre qu'il l'aime en retour.

Jeremy frotta le cuir du harnais pour lui redonner son poli naturel. Mais son esprit errait bien loin de là. Il songeait à Sarah, à la nuit qu'ils venaient de partager.

Même si cela lui était difficile à accepter, la passion l'avait littéralement métamorphosé. Il n'était soudain plus rebuté à l'idée de se réveiller chaque matin auprès d'une autre femme que Millie. Sarah lui avait procuré un plaisir qu'il croyait impossible.

Alors que faisait-il là, assis dans cette grange glaciale et désolée ?

La réponse était simple. La nuit dernière, il avait entrevu le bonheur, il avait même été jusqu'à envisager un second départ dans la vie. Mais, à la lumière du jour, il regrettait déjà. Il avait brusquement peur. Peur de perdre Sarah, peur de ne pas être à la hauteur... Jamais il ne pourrait lui offrir ce qu'elle attendait. Un château, un titre, une fortune... Il n'avait même pas de quoi subvenir à leurs besoins.

Il ferma les yeux. D'aussi loin qu'il se souvienne, il s'était toujours senti seul. Il aurait aimé gagner l'affection de son père, mais voilà... Et, jusqu'à ce qu'il rencontre Millie, il n'avait jamais connu l'amour. Avec elle, il avait cru au bonheur. Millie lui avait insufflé le désir de se battre, de renverser les montagnes...

Il l'avait aimée... et l'avait perdue.

Aujourd'hui, Sarah s'immisçait dans sa vie. Douce Sarah avec ses yeux d'un bleu qui rappelait l'azur, ses cheveux aussi blonds que le blé, sa bouche en cœur et ses rêves... Tant de rêves. Elle lui offrait l'amour sur un plateau d'argent, et il n'avait rien à lui donner en retour.

Et cela, il ne pouvait le supporter.

A midi, Tom McLeod frappa à la porte de la cuisine de l'hôtel. L'instant d'après, le battant s'ouvrait et Fanny apparut. Elle portait un chemisier blanc tout simple et une jupe à carreaux, et elle s'était coiffée d'un élégant chapeau en paille avec un ruban qui rappelait les tons de sa jupe. Tom la jugea ravissante.

— Vous êtes prête ?

— Vous ne croyez pas que c'est un peu prématuré, Tom ? fit la jeune fille en se mordant nerveusement la lèvre.

— Non, pas du tout. Grand-père a hâte de vous rencontrer. Il nous attend à la maison.

Il glissa un bras sous le sien.

— Venez, ajouta-t-il. Vous avez l'après-midi pour vous. Il n'y a aucune raison pour que vous restiez ici plus longtemps.

Elle exhala un long soupir.

— Entrez au moins un instant, l'implora-t-elle. Je vais chercher mon manteau.

Il faisait chaud dans l'office. Plusieurs marmites chantonnaient sur le feu et, à en juger par le fumet qui s'en dégageait, un délicieux déjeuner se préparait. M. Penny, le chef cuisinier, salua Tom avant de se concentrer de nouveau sur ses casseroles.

Fanny sortit bientôt de la pièce voisine, son manteau sur le dos.

— Je serai de retour pour le dîner, monsieur Penny.

Le chef se borna à un geste de la main, sans même lever les yeux.

— Ouf ! s'écria Tom avec un soupir d'aise, en se retrouvant dans la rue. Il fait une de ces chaleurs là-dedans. Comment faites-vous pour le supporter ?

Fanny haussa les épaules.

— On s'y habitue.

Lui prenant la main, il la posa sur son bras. D'un pas tranquille, ils contournèrent l'hôtel et longèrent Main Street.

Tom coula un regard vers sa compagne. Il était tiraillé. Devait-il lui faire part de ses projets tout de suite, ou attendre sagement qu'elle ait rencontré son grand-père ? Que ferait-il si elle s'offusquait d'une telle idée ? Et si son grand-père ne l'appréciait pas ? Si elle n'appréciait pas Hank ?

Avant même qu'il ne s'en rende compte, ils avaient tourné au coin de North Street et arrivaient en vue de sa demeure. Il était trop tard pour aborder le sujet...

Comme ils empruntaient la petite allée menant au perron, il sentit les hésitations de Fanny. Elle avait ralenti l'allure.

Un instant, elle considéra la maison qui se dressait devant elle, battant des cils avec affolement.

— Oh, Tom, je ne sais plus ! Je ne crois pas...

— Tout ira bien, ne vous inquiétez pas, Fanny, fit-il avec un sourire rassurant. Grand-père nous attend pour déjeuner. Vous ne voudriez quand même pas le retarder, si ?

Elle secoua la tête faiblement.

— Très bien, alors allons-y.

Glissant un bras sous celui de la jeune fille, il la guida jusqu'au perron, puis jusqu'à la porte d'entrée.

— Grand-père va vous adorer, j'en suis sûr.

Sur ces mots, il poussa le battant.

— Nous sommes là !

Le temps qu'il referme la porte derrière eux, Hank fit son apparition sur le seuil du salon. Ses yeux gris considérèrent tour à tour son petit-fils et Fanny. Il étudia cette dernière avec le regard inquisiteur d'un shérif, un regard capable de mettre sur les charbons ardents les pires criminels. Tom savait qu'il ne fallait pas se fier à cette première froideur, mais il reconnaissait que cela pouvait être intimidant.

— Ça va, souffla-t-il à l'oreille de sa compagne tout en l'aidant à ôter son manteau. Il aboie, mais ne mord pas.

Une fois leurs vêtements accrochés, Tom lui saisit de nouveau le bras et la tira gentiment derrière lui.

— Grand-père, voici Fanny Irvine. Fanny, mon grand-père...

La jeune fille tendit la main, fixant obstinément les chaussures du vieil homme.

— Je suis heureuse de vous rencontrer, monsieur McLeod.

— C'est un plaisir pour moi, mademoiselle Irvine.

Hank garda sa main dans la sienne jusqu'à ce qu'elle trouve le courage de relever les yeux. Alors, il lui sourit.

— Vous avez fait de mon petit-fils un homme heureux en acceptant de l'épouser.

Elle s'empourpra jusqu'à la racine des cheveux.

— C'est moi qui suis heureuse...

Tom laissa échapper un soupir de soulagement tandis que son grand-père pivotait sur ses talons, conduisant Fanny dans la salle à manger. Il recouvrait toute sa belle assurance à présent que son grand-père avait accueilli avec chaleur leur invitée. Il ne lui restait plus qu'à choisir le moment propice pour leur faire son annonce...

Sarah passa la matinée à se familiariser avec sa nouvelle demeure. Elle ouvrit tous les tiroirs de la chambre. Mentalement, elle dressa une liste des provisions à faire. Elle nota le nombre de draps, de serviettes dont ils disposaient, et sut qu'il leur faudrait en racheter. Elle alla même jusqu'à monter au grenier avec l'échelle de meunier, découvrant un espace envahi par les toiles d'araignée, mais qui pouvait servir pour entreposer les provisions.

Le plus incroyable dans cette maison, songea-t-elle, c'était l'absence de bibelots ou de photos pour rappeler qu'une famille avait vécu entre ces murs. La demeure était simple et banale, et ne contenait que le strict nécessaire.

Elle se rappela alors les animaux sauvages que Warren disait avoir sculptés dans des chutes de bois. Son père les aurait-il jetés ?

Plus tard, dans la matinée, Sarah découvrit une cassette en métal sous le lit. S'agenouillant, elle la récupéra et, cédant à la curiosité, l'ouvrit. Il y avait là une pile de lettres entourées d'un ruban, et quelques documents officiels ayant trait au ranch. Entre les deux, elle trouva deux photos.

L'une offrait le portrait d'un couple, apparemment le jour de leur mariage. A l'époque, Ted Wesley ressemblait trait pour trait à Warren. La femme, quant à elle, était petite et toute menue, avec de grands yeux noirs dont avait hérité Jeremy.

La seconde photo avait été prise près de la scierie, à Homestead. Ted Wesley se tenait encadré par ses fils. Jeremy devait avoir environ quatorze ans sur cette photo. C'était presque un homme, il dépassait déjà son père d'une bonne tête.

Songeuse, elle effleura la photo du bout des doigts.

— Tu n'auras plus à te sentir seul, Jeremy, souffla-t-elle. Je suis là maintenant.

Avec un soupir, elle rangea la photo, ferma le couvercle, et repoussa le coffret sous le lit.

Comment pouvait-elle obliger son mari à se livrer ? se demanda-t-elle. Elle aurait tant aimé mieux le comprendre. Elle avait besoin de le connaître.

Jeremy Wesley était un homme bien compliqué. Elle le soupçonnait de tenir à elle autant qu'elle tenait à lui, mais il s'obligeait à garder ses distances. S'il refusait de lui parler, comment parviendrait-elle à le faire sortir de ses retranchements ?

Quittant la chambre, elle se dirigea vers la fenêtre de la salle de séjour et jeta un coup d'œil au-dehors, espérant enfin apercevoir son époux. La chance, cette fois, lui sourit : il approchait de la maison, les mains profondément enfoncées dans les poches de son manteau, la tête baissée pour échapper aux aiguillons acérés du vent.

Ne souhaitant pas être surprise en train de le surveiller, elle recula vivement, et gagna la cuisine. Là, elle se servit une nouvelle tasse de café, au moment même où il entrait.

Fanny n'était pas certaine de bien comprendre ce que Tom racontait. Il voulait qu'elle vive ici, dans cette magnifique demeure, tandis qu'il poursuivrait ses études à Boston. Elle ? Fanny Irvine ? Ici ?

Hank McLeod hocha la tête en signe d'assentiment.

— Cette idée me paraît excellente.

Posté près de la cheminée, Tom jeta un coup d'œil à la jeune fille, attendant visiblement sa réponse.

— Je n'ai pas le droit de vivre ici ! Je ne suis pas votre épouse. Imaginez que vous changiez d'avis, une fois à Boston, et que vous ne vouliez plus m'épouser...

— Je pourrais en dire de même pour vous.

— Oh non ! Cela, jamais !

— Alors, pourquoi ce serait différent pour moi ?

Il quitta la cheminée, et la rejoignit sur le canapé pour lui prendre la main.

— Ecoutez-moi, Fanny. Sarah étant à présent mariée et vivant avec son époux, grand-père va se sentir bien seul dans cette grande maison. Si vous acceptiez de vivre auprès de lui, cela lui ferait un peu de compagnie.

Hank sourit.

— Ce qu'il veut dire, mademoiselle Irvine, c'est que je deviens trop vieux pour être seul. Je crains toutefois d'être une piètre compagnie.

— Vous n'êtes pas trop vieux, monsieur McLeod. D'ailleurs, c'est volontiers que j'accepte votre proposition.

Tom pressa ses doigts.

— Vous acceptez, Fanny ? Vraiment ? J'en suis ravi. Vous déménagerez ici dès que je partirai pour l'université.

— Oui.

Elle n'arrivait toujours pas à croire à sa chance. Se pouvait-il que les miracles existent ?

— Si c'est ce que vous souhaitez tous les deux, j'accepte avec plaisir, répéta-t-elle avec un sourire radieux.

En entrant, Jeremy posa le regard sur Sarah. Elle portait une robe de calicot jaune, aujourd'hui. Elle était ravissante.

Avec un timide sourire, elle lui tendit une tasse de café.

— Vous devez avoir froid. Le café vous réchauffera.

Il saisit la tasse, et elle pivota sur ses talons.

— J'ai beaucoup réfléchi, Jeremy... Je n'y connais pas grand-chose aux travaux de la ferme, mais si nous devons vivre ici, je pense être en mesure d'apprendre.

Comme il ne répondait pas, elle lui fit face.

— Vous ne croyez pas ?

Jeremy tenta de l'imaginer travaillant à ses côtés dans les champs, semant, récoltant. Sans succès. Sarah avait sa place dans un élégant salon, servant le thé à ses invités dans de la fine porcelaine de Chine.

— Voilà, poursuivit-elle, j'aimerais apporter ma contribution. Ce ne sera peut-être pas grand-chose avec... (Elle rougit.) Avec l'arrivée du bébé...

Eh oui, le bébé ! Il fallait y songer. Abattu, il s'assit.

— Si vous construisiez un poulailler et achetiez quelques volailles, enchaîna-t-elle, intarissable, je pourrais m'en charger. Nous pourrions avoir plus d'œufs qu'il ne nous en faut et les vendre aux Blake. Je sais que Ralph Evans a des poules à vendre. Sa femme m'a dit qu'ils possédaient la plus grande basse-cour de la région. Belle ne verra pas d'inconvénient à m'expliquer comment m'en occuper.

Il lui était difficile de résister à autant d'enthousiasme et d'optimisme. Si elle voulait vraiment réaliser ce projet, il pourrait faire l'acquisition de quelques volailles, et construire un enclos derrière la grange. Ce n'était pas la place qui manquait.

— Une autre chose, ajouta-t-elle. Je sais coudre correctement. J'ai d'ailleurs confectionné moi-même plusieurs de mes robes quand j'étais plus jeune.

Avec un sourire, elle caressa l'étoffe jaune de sa robe et précisa :

— Celle-ci, entre autres.

— Elle est très belle.

En fait, c'est à Sarah qu'il aurait dû faire le compliment. Plus il la regardait, plus il la trouvait magnifique avec cette fossette au creux de sa joue, ses yeux en amande qui pétillaient et sa bouche délicatement ourlée.

— J'ai l'intention d'offrir mes services à

Mme Gaunt. Je pourrais me charger des retouches, ici, au ranch, et vous les lui rapporteriez dès que j'aurais fini. Je ne serais certainement pas payée bien cher, mais cela...

— Il n'en est pas question!

— Mais je...

— Non, je vous dis! Nous pouvons fort bien nous en sortir sans cela!

Il détourna le regard, furieux qu'elle soit obligée de lui proposer son aide. Il voulait être seul à s'occuper d'elle et du bébé.

Il prit une profonde inspiration, avant d'ajouter:

— Je vais prendre soin de vous, Sarah.

Elle demeura silencieuse quelques secondes, comme si elle enregistrait ses paroles. Puis elle se pencha et, par-dessus la table, lui saisit la main.

— Je n'en ai jamais douté, Jeremy, fit-elle en plongeant son regard dans le sien.

Sarah ignorait combien de fois il avait échoué dans la vie, décevant ceux qu'il aimait le plus au monde. Elle n'avait pas conscience du prix que tous avaient dû payer pour ses erreurs.

Jeremy, lui, ne le savait que trop...

29

Durant la nuit, le vent se mit à souffler en provenance de l'ouest. Quand Jeremy s'éveilla au petit matin, la neige avait fondu, ruisselant sur le toit pour tomber en un rideau de fines gouttelettes dans la cour.

Il resserra son étreinte autour de la taille de son épouse, la plaquant contre lui. Sarah dormait à poings fermés, sa respiration était lente et régulière. Un instant, il songea à caresser la soie de sa peau, à la réveiller par un flot de baisers pour qu'ils fassent l'amour une fois encore. En fait, il aurait volontiers passé ses journées et ses nuits dans ce lit.

Mais il avait d'autres chats à fouetter. Du reste, il avait déjà dormi trop longtemps.

Avec un soupir résigné, il ôta son bras le plus précautionneusement possible pour ne pas réveiller la jeune femme. Quittant la couche, il s'étira et réprima un bâillement. S'il dormait davantage la nuit, songea-t-il avec un sourire, il ne serait peut-être pas aussi fatigué.

Il versa le contenu du broc dans la bassine, et s'aspergea le visage. L'eau froide le revigora, et il acheva ses ablutions à la hâte. Quand il se retourna pour prendre ses vêtements pliés sur la chaise près du lit, il vit que Sarah avait ouvert les yeux et le regardait. Appuyé sur un coude, elle souriait tandis que ses cheveux tombaient en cascade sur sa poitrine nue.

Prise en flagrant délit, elle rougit et détourna les yeux.

— J'aime vous regarder, admit-elle toutefois.

Ces mots lui firent l'effet d'une caresse, et il dut rassembler tout son courage pour ne pas céder à la tentation de rejoindre son épouse.

— Si nous devons nous rendre en ville ce matin, nous ferions mieux de nous dépêcher, déclara-t-il en enfilant son pantalon.

Elle se redressa.

— Nous allons en ville ?

— Oui, il faut que je récupère ma selle à l'écurie.

Il passa sa chemise par la tête.

— Et vous avez dit hier qu'il nous fallait des

provisions. De plus, j'imagine que vous aimeriez prendre quelques affaires chez vous.

Rapidement, il acheva de s'habiller, puis se dirigea vers la porte.

— Je vais atteler le chariot pendant que vous vous habillez.

— Je fais au plus vite.

S'asseyant sur la chaise près du poêle, il mit ses chaussettes et ses bottes. Il entendit Sarah bouger dans la pièce voisine, et regretta de ne pouvoir la regarder déambuler nue.

Mais il lui suffit de fermer les yeux pour la voir, aussi clairement que s'il était à côté d'elle. Il l'imaginait se brossant les cheveux, la tête légèrement penchée, une vague de boucles d'or caressant sa taille. Elle jetait un dernier coup d'œil dans le miroir au manche d'argent avant de le reposer sur la commode. Puis elle enfilait ses bas, et il voyait ses jambes fuselées et interminables, ses petits seins hauts et fermes qui disparaissaient sous sa chemise de dentelle.

Agacé, il se leva abruptement et se dirigea vers la porte d'entrée. Il décrocha son manteau puis se précipita au-dehors.

Le trajet jusqu'à Homestead se déroula dans un silence aussi grand qu'à l'allée l'autre jour. Si Jeremy ne semblait pas désireux d'entamer la conversation, Sarah ne chercha pas non plus à faire d'effort. Pour tromper son ennui, la jeune femme regarda défiler le paysage et goûta au simple plaisir d'être auprès de son époux.

La douceur de l'air avait d'ores et déjà métamorphosé la nature. Les toits des maisons apparaissaient sous des lambeaux enneigés. Les arbres aux troncs émaciés et noircis qui crevaient le ciel de leurs cimes acérées donnaient la macabre impression d'une marche funéraire.

Elle savait que l'hiver n'avait pas encore dit son dernier mot, et qu'il y aurait sans nul doute de nouvelles semaines de neige et de froid. Mais bientôt, le printemps viendrait. Les champs de coton se dérouleraient jusqu'à l'horizon, les trembles se draperaient de leurs plus beaux atours verdoyants et, sur leurs branches, les oiseaux chanteraient le renouveau. Les fermiers rejoindraient leurs champs pour retourner la terre.

Les jours s'allongeraient peu à peu à l'approche de l'été, et se réchaufferaient. Les parfums se feraient enivrants, les couleurs aveuglantes. Bleu, jaune, rouge, vert, pourpre, et bien d'autres encore. La glycine grimperait à l'assaut des palissades et des colonnes qui soutenaient les vérandas.

A la fin du mois d'août, les jours se rafraîchiraient, et les nuits, elles, connaîtraient de nouveau le givre. En ville, la poussière flotterait en épais nuages derrière les chariots. L'automne descendrait tôt dans la vallée, charriant les senteurs des récoltes.

Et alors... leur bébé naîtrait.

Pour la première fois, elle réalisa ce que cela signifiait vraiment de porter l'enfant de Jeremy.

Son cœur bondit dans sa poitrine tandis qu'une joie immense l'envahissait. Fermant les yeux, elle croisa les mains sur son ventre encore plat...

— Nous y voilà, annonça Jeremy, l'interrompant dans sa douce rêverie.

Sarah ouvrit les paupières, surprise d'être déjà arrivée. Elle promena un regard autour d'elle avant de le poser sur son époux. Il la fixait d'un air curieux.

— Nerveuse ? demanda-t-il.

— Non.

— Il y aura certainement des ragots.

Elle eut un faible sourire, et haussa les épaules.

— Il y en a toujours dans une petite fille.

Elle glissa une main sous son bras et ajouta :

— Ils ne manqueront pas de remarquer à quel point je vous aime. Personne ne sera surpris que j'aie décidé de vous épouser.

Curieusement, il n'émit aucun commentaire sarcastique, et ne s'écarta pas. Au contraire ! Il couvrit sa main de sa large paume et l'enveloppa d'un regard inquiet.

— Ils risquent de dire des choses...

— Jeremy ! coupa-t-elle vivement. Je me fiche bien de ce que les gens peuvent raconter. Tant que je suis avec vous...

Décidément, elle était une incorrigible naïve ! Il fallait toujours qu'elle ne voie que le bon côté des choses, et des gens. Malheureusement, il redoutait qu'à cause de lui elle ne souffre.

Il mena le chariot jusque devant le magasin des Blake. Là, il se tourna vers Sarah :

— Vous êtes sûre que vous ne voulez pas aller chez votre grand-père en attendant que j'en finisse avec les courses ?

— Sûre.

Il noua les rênes autour de la poignée du frein et sauta du véhicule, plongeant les pieds dans dix bons centimètres de neige fondue. Pivotant sur ses talons, il tendit les bras à Sarah et les referma sur sa taille lorsqu'elle s'élança.

Malgré ses protestations, il la savait nerveuse, mal à l'aise à l'idée d'affronter les citoyens de Homestead pour la première fois depuis leur mariage. D'un geste réconfortant, il glissa un bras autour de ses épaules et, ensemble, ils pénétrèrent dans le magasin.

Avant même que la porte ne se referme entièrement derrière eux, Leslie Blake les accueillit avec un sourire amène.

— Bonté divine ! George, viens donc voir qui nous rend visite. M. et Mme Wesley !

Contournant le comptoir, elle avança vers eux, les bras grands ouverts.

— Vous pouvez dire que votre mariage a été une surprise pour nous tous, à Homestead ! ajouta-t-elle en promenant sur eux un regard curieux.

Jeremy la gratifia d'un sourire poli.

— Je ne pouvais prendre le risque de voir un cow-boy du coin me la ravir. L'épouser rapidement m'a semblé la solution la plus sûre.

Le mari de Leslie apparut sur le seuil de la réserve.

— Vous avez fait le bon choix, commenta-t-il en serrant la main de Jeremy comme s'ils étaient des amis de longue date. Sarah est de loin la plus jolie fille de la région — de tout le comté, devrais-je dire. Aux premiers beaux jours, tous les célibataires se seraient agglutinés devant la porte des McLeod !

Il reporta son attention sur la jeune femme :

— Je vous souhaite beaucoup de bonheur. A tous les deux.

— Merci.

Jeremy se détendait peu à peu. Il s'était inquiété à tort de ce que diraient les autres. Et George avait raison : Sarah était de loin la plus ravissante jeune fille de la région.

— Eh bien, que puis-je faire pour vous ? demanda enfin Leslie en regagnant son comptoir.

Sarah extirpa sa liste de courses.

— Nous avons besoin de certaines choses...

— J'imagine ! Je sais ce que Jeremy a acheté avant de partir pour le ranch. C'est un miracle que vous ne soyez pas morts de faim durant ces deux jours !

Sarah jeta un coup d'œil par-dessus son épaule, rougissant légèrement. En l'occurrence, ils n'avaient eu guère le temps de songer à se nourrir.

Leslie saisit sa main par-dessous le comptoir, et l'attira en aparté.

George, quant à lui, tapota fraternellement l'épaule de Jeremy.

— Vous êtes un homme chanceux. Un homme très chanceux.

— Oui. Je le suis.

Sarah effleura du bout des doigts la douce étoffe de flanelle, songeant aux beaux vêtements qu'elle pourrait confectionner pour son enfant. Bien sûr, il était trop tôt pour s'inquiéter de ce genre de détails mais d'ici à quelques mois, elle se mettrait à l'ouvrage...

— Bonjour, madame Bonnell ! s'écria soudain Leslie, interrompant Sarah dans ses pensées. Je suis à vous dans un instant.

Sarah sentit son estomac se serrer lorsqu'elle entendit prononcer le nom de cette femme. Jeremy avait eu raison : elle aurait dû se rendre directement chez son grand-père pendant qu'il se chargeait des courses. Elle n'était pas prête à affronter Ethel Bonnell, l'une des pires commères de la ville.

— Mon Dieu ! Sarah McLeod, est-ce bien vous ? s'exclama l'épouse du rédacteur en chef du journal.

Prenant une profonde inspiration, Sarah fit volte-face.

— Bonjour, madame Bonnell.

— J'avais cru reconnaître le chariot de votre grand-père devant le magasin.

— Oui, c'est le sien.

Elle s'écarta rapidement des rouleaux de flanelle, craignant que cette langue de vipère ne se pose des questions.

— Ça a été une surprise pour tout le monde, lança Mme Bonnell. Vous rendez-vous compte ? Vous marier sans prévenir quiconque !

— Nous voulions un mariage dans la plus stricte intimité. Juste nos proches.

Les yeux d'Ethel avaient l'éclat de ceux d'un prédateur guettant sa proie.

— Dommage que la famille du marié n'ait pu venir.

Elle porta une main à sa bouche, comme si elle venait de commettre une gaffe.

— Oh, Dieu me garde ! Quelle indélicatesse de ma part ! Naturellement, Warren aurait refusé de venir, étant donné les circonstances.

Sarah eut beau réfléchir, aucune réponse ne lui vint à l'esprit. Etait-il possible que cette commère en sache plus qu'elle ne le disait ?

— Quelles circonstances ? s'enquit Jeremy d'un ton glacial en sortant de la réserve.

Les prunelles d'Ethel s'agrandirent tandis qu'elle pivotait sur ses talons.

— Monsieur Wesley... j'ignorais que vous étiez là.

— Apparemment.

Il avança vers elle. Ethel Bonnell, embarrassée, se plaqua contre la table derrière elle, mais Jeremy la dépassa sans un regard et rejoignit Sarah. Il lui adressa un sourire d'encouragement avant de toiser Ethel.

— Alors, je vous écoute. Quelles circonstances, madame Bonnell ?

Elle était cramoisie, et ses petites lèvres minces tremblaient.

— Eh bien, je voulais simplement dire… Enfin, tout le monde sait que…

Brusquement, elle se redressa et releva le menton d'un air indigné.

— Elle était fiancée à Warren, tout de même.

— Mon épouse a rompu les fiançailles avec mon frère un mois avant le mariage. Elle n'était plus liée à lui, ni à aucun autre d'ailleurs.

Le ton de sa voix était si tranchant qu'Ethel n'osa pas répliquer.

Sarah ne put s'empêcher de sourire. La chipie était décomposée !

Jeremy se tourna vers Leslie qui les observait, un sourire au coin des lèvres.

— Madame Blake, ma commande est prête ?

Leslie, prise en flagrant délit d'indiscrétion, s'empourpra jusqu'à la racine des cheveux.

— Oui, oui.

— Alors, fit-il en enveloppant d'un tendre regard Sarah, si nous allions rendre visite à votre grand-père ?

La jeune femme sentit son cœur bondir dans sa poitrine, elle hocha la tête en signe d'assentiment.

« Il m'aime, songea-t-elle. Il m'aime, même s'il ne veut pas se l'avouer… »

Jeremy continuait de rager quand, quelques minutes plus tard, il aida son épouse à monter dans le chariot, mais sa colère ne visait plus que lui, et non la gardienne bien-pensante de la communauté de Homestead. Pour l'instant, ils étaient tranquilles, il venait de fermer le bec à Ethel Bonnell, mais lorsque, le bébé arriverait quelques semaines avant la date prévue, il ne pourrait alors plus protéger Sarah. Chacun saurait inévitablement qu'elle était enceinte au moment du mariage. Et des gens malveillants comme Mme Bonnell ne manqueraient pas de la blesser.

Comme il prenait les rênes, il découvrit que son épouse le fixait avec son magnifique sourire.

— Ne comprenez-vous pas ce qu'elle disait à propos de vous ? lança-t-il, brusquement furieux.

— J'ai compris, bien sûr.

Elle glissa un bras sous le sien et se blottit contre lui.

— Mais vous me protégerez l'heure venue, comme vous me l'avez promis.

— Les femmes, grommela-t-il entre ses dents tandis qu'il faisait claquer les rênes.

Mais, malgré lui, il sourit.

30

Sarah leva les yeux vers la demeure de son grand-père tandis que le chariot s'engageait sur North Street. Curieux de penser qu'elle y avait grandi et qu'aujourd'hui, tout à coup, ce n'était plus chez elle ! Désormais, sa maison se réduisait à trois minuscules pièces au pied des montagnes, dans un ranch perdu au milieu de nulle part.

Devant l'allée, Jeremy s'arrêta et l'aida à descendre. Puis, bras dessus, bras dessous, ils gagnèrent le porche. Arrivée à la porte d'entrée, Sarah hésita brusquement. Devait-elle ouvrir ce battant et entrer, comme elle l'avait toujours fait ? Ou devait-elle frapper comme tous les visiteurs ?

Elle n'eut guère le temps d'y réfléchir : la porte s'ouvrit. Tom, vêtu de son manteau et coiffé de son chapeau, écarquilla les yeux en les découvrant là.

— Bonjour, Tom, fit Sarah d'une voix mal assurée, craignant l'accueil de son frère.

Il semblait si en colère, deux jours plus tôt.

— Sarah, répondit-il avant de se tourner vers Jeremy et de le saluer d'un bref hochement de tête. J'allais rejoindre Doc Varney.

— Ne te retarde pas à cause de nous. Je suis juste venue chercher mes affaires.

Elle n'avait pas manqué de noter la raideur de son ton, et en fut affligée.

— Comment va grand-père ? demanda-t-elle en ravalant ses larmes.

— Il va bien. Tu le trouveras dans le salon.

Une fois encore, Tom considéra Jeremy, avant de reporter son attention sur Sarah.

— Eh bien je... je vous laisse.

Sarah et Jeremy s'écartèrent pour le laisser passer. La jeune femme regarda son frère s'éloigner dans l'allée, le cœur serré.

— Il se calmera, fit Jeremy d'un ton apaisant comme s'il devinait ses pensées. Laissez-lui un peu de temps, c'est tout.

Elle se tourna vers son époux, se demandant comment ce mariage pouvait lui procurer autant de joie et autant de peine à la fois. Elle l'aimait et souhaitait passer le restant de ses jours avec lui. En dépit des circonstances, elle était heureuse de porter son enfant. Mais elle avait blessé et déçu Tom, et son ressentiment lui était intolérable.

— Venez, la pressa Jeremy, sinon nous allons refroidir la maison.

Elle hocha tristement la tête et pénétra dans le vestibule. Sans prendre la peine d'ôter son manteau, elle se dirigea vers le salon. Hank McLeod était assis dans un fauteuil près de la cheminée, un livre ouvert sur les genoux. Il avait ses lunettes cerclées de fer sur le nez, mais ses paupières étaient closes et son menton était pressé contre sa poitrine. Il dormait.

Sur la pointe des pieds, elle traversa la pièce et, se penchant au-dessus de lui, l'embrassa sur le front.

— Hmm, grommela-t-il tandis qu'il ouvrait les yeux et, la découvrant, se redressait contre le dossier de son fauteuil.

— Bonjour, grand-père.

— Princesse !

Elle s'agenouilla à ses pieds, et il lui saisit les mains.

— Comment te sens-tu ?

— Bien, pour un homme de soixante-quinze ans, répondit-il avec un faible sourire. La question serait plutôt : comment vas-tu, toi ?

— Bien.

Son grand-père la scruta anxieusement avant d'acquiescer.

— Oui, ça a l'air d'aller.

Il leva la tête, et repéra Jeremy.

— Bonjour, jeune homme.

— Shérif McLeod.

— Alors, vous avez pris votre décision ?

Se demandant ce à quoi son grand-père faisait référence, Sarah interrogea son époux du regard.

— J'y ai réfléchi, monsieur. J'ai besoin d'un travail, jusqu'à la première récolte en tout cas. Malheureusement, j'ai bien peur de ne vous être d'aucun secours en vivant aussi loin de la ville. Si je travaillais comme mon père à la scierie, cela ne poserait pas de problème. Personne n'a besoin d'un bûcheron au beau milieu de la nuit. On ne peut pas en dire autant d'un adjoint du shérif.

— Non... non, bien sûr.

— Mais si cela vous convient, je suis d'accord pour reprendre mes fonctions pendant la journée.

Il enveloppa Sarah d'un regard tendre avant de poursuivre :

— Mais je passerai mes nuits au ranch.

La jeune femme sentit son cœur s'accélérer, en pensant à ce que les nuits avec Jeremy signifiaient : ces baisers, ces caresses, ces moments de passion...

Hank s'éclaircit la voix et se pencha en avant.

— Je vous comprends, Jeremy. Sarah ne peut rester seule au ranch, surtout dans son état. Laissez-moi en discuter avec le maire. Nous devrions pouvoir arranger les choses.

Jeremy opina, puis il annonça qu'il se rendait aux écuries et reviendrait chercher Sarah d'ici une heure ou deux.

Quand il fut parti, son grand-père la prit par les épaules et l'attira contre lui pour l'embrasser.

— Dis-moi encore comment tu vas.

— Je suis heureuse, avoua-t-elle. Je l'aime.

Ces trois mots ne suffisaient pas à exprimer tout ce qu'elle ressentait pour son mari, mais comment aurait-elle pu l'expliquer ? Tout était trop nouveau, trop soudain. Personne, avant elle, n'avait dû éprouver pareilles sensations.

« Avec lui, aurait-elle voulu dire, je me sens femme. Quand je suis à son côté, le soleil brille plus fort, l'air semble plus doux. Quand il me touche, je deviens liquide, je deviens feu. Tous mes rêves ont été comblés le jour où j'ai rencontré Jeremy. Si je devais mourir demain, je mourrais heureuse grâce à lui... »

— Je comprends, princesse, souffla son grand-père.

Plongeant son regard dans les prunelles grises de Hank, elle réalisa qu'il comprenait vraiment.

Après avoir quitté les écuries, Jeremy gagna le bureau du shérif. Là, il se rendit tout droit dans la pièce au-dessus des geôles. Sur le seuil, il marqua une halte, et promena un regard autour de lui. Etonnant comme l'atmosphère de cette chambre lui semblait tout à coup lugubre !

Il savait qu'il ne reviendrait pas ici. Il préférait vivre avec Sarah au ranch.

Sarah, celle qui lui insufflait un nouvel espoir...

Sarah, qui lui faisait croire en l'avenir...

Sarah... la femme qu'il aimait.

S'approchant du lit, il s'y coucha et enfouit son visage entre ses mains. Avant de laisser échapper un long soupir.

Il était inutile de le nier plus longtemps. Il aimait Sarah. Elle s'était faufilée dans son cœur et il avait été bien incapable de l'en empêcher.

Oui, il l'aimait, mais rien ne changeait. Il avait peu à lui offrir, il ne pouvait même pas lui promettre de prendre soin d'elle, mieux qu'il ne l'avait fait avec Millie. C'était en effet sa faute si sa première épouse était morte ! S'il ne l'avait pas épousée, s'il ne l'avait pas emmenée loin de Homestead, si elle n'avait pas été enceinte de son enfant...

« Saisis ta chance, Jeremy ! » criait Millie dans les profondeurs de son esprit.

Et s'il perdait Sarah...

« Je t'en prie, saisis ta chance, Jeremy. C'est peut-être la dernière... »

S'ils obtenaient une bonne récolte, si l'accouchement se déroulait bien...

« Dis à Sarah que tu l'aimes... »

Il ferma les yeux, et la revit. Assise sur un banc de l'église, le visage à demi dissimulé par les rubans de son chapeau. Marchant sur Main Street dans son élégant manteau gris ourlé de fourrure blanche, son beau visage éclatant. Dans la cuisine, vêtue d'une robe de calicot jaune, ses mèches blondes bouclant autour de son fin visage. Allongée sur le lit, son corps sensuel et affamé...

— Je t'aime, Sarah, murmura-t-il.

La grande malle trônait au milieu de la pièce, remplie à ras bord de vêtements, de poupées, de livres et de bibelots. Regorgeant de souvenirs. Des souvenirs qui flottaient encore dans cette pièce, lui rappelant la petite fille qu'elle avait été.

S'asseyant sur le rebord de la fenêtre, elle regarda la scierie de l'autre côté de la route et, dans le lointain, la neige qui couronnait les cimes des montagnes. La scène lui était familière, elle faisait presque partie d'elle-même. Il lui suffisait de fermer les yeux pour imaginer ce même décor au printemps, en été ou en automne. Elle se revoyait enfant, adolescente...

— Je m'en souviens, moi aussi, lança son grand-père derrière elle, la faisant sursauter.

Sarah se tourna et, croisant son regard, sourit. Il s'approcha lentement de la chaise près de la fenêtre.

— Cette chambre me paraît bien vide, maintenant.

— Ça fait une drôle d'impression, c'est vrai.

— Un jour, j'espère qu'une autre petite fille viendra vivre dans cette maison, passera ses journées devant la fenêtre, à rêver à d'autres contrées.

Elle lui sourit.

— Je l'espère moi aussi.

Et tout à coup, elle réalisa que ses enfants ne grandiraient pas ici. Ces derniers jours, Sarah n'avait songé qu'à elle, oubliant ce que son départ signifiait pour les autres, pour son grand-père en particulier. Il allait se retrouver totalement seul.

— Grand-père, qu'allons-nous faire quand Tom retournera à l'université ? Nous n'avons pas de chambre disponible au ranch. En fait, il n'y en a qu'une, la nôtre, et Jeremy ne souhaite pas venir s'installer à...

— Tom y a déjà songé, Sarah, interrompit le vieil homme en lui tapotant gentiment le bras. Sa jeune fiancée, Fanny, viendra s'installer ici. Ne t'inquiète pas, je serai en de bonnes mains. Tu as ta vie maintenant. Tu ne vas quand même pas t'embarrasser d'un fardeau comme moi.

Elle ne répondit pas, stupéfaite. Fanny, la fille du saloon, vivre ici ? Résider auprès de son grand-père ? Et pourquoi pas dans son ancienne chambre ?

— Mais, grand-père...

— Je la trouve très sympathique, Sarah. Et, plus important encore, Tom l'aime. Quand tu l'auras rencontrée, tu comprendras.

Se rappelant la promesse qu'elle avait faite à Tom de donner à cette jeune fille une chance, de ne pas la juger hâtivement, Sarah opina, réfléchissant aux bouleversements qui, ces derniers temps, s'étaient opérés dans leur vie. Décidément, rien ne se passait jamais comme elle l'avait décidé !

Ce soir-là, après que Sarah eut lavé et essuyé la vaisselle, elle rejoignit Jeremy dans le salon. Elle prit place sur une chaise près du poêle, posant son panier à couture à ses pieds. Et comme elle entreprenait de réparer l'une des chemises élimées de son mari, elle songea de nouveau à Tom, à son grand-père et à cette Fanny. Elle était déchirée entre l'envie de vivre ici, et la contrariété de voir une autre femme s'installer dans sa demeure à Homestead. Quelle égoïste faisait-elle !

— Quelque chose ne va pas, Sarah ?

Elle leva les yeux. Le catalogue qu'il feuilletait était à présent fermé, et Jeremy la considérait d'un regard empli de sollicitude.

— Vous n'avez pas ouvert la bouche depuis que nous avons quitté la maison de votre grand-père. Cela ne vous ressemble pas.

Elle ne put s'empêcher de sourire.

— Je parle trop, d'habitude ?

Il sourit à son tour, sans répondre. Baissant les yeux, elle fit quelques points d'aiguille sur l'accroc avant de déclarer :

— Je songeais à grand-père, à Tom et à... à mon enfance... Racontez-moi comment vous étiez, enfant. A quoi ressemblait votre famille ?

Une ombre traversa le visage de son époux. Il se tourna vers le feu dans le poêle. Il ne répondit pas tout de suite. D'ailleurs, Sarah crut qu'il ne répondrait jamais.

— J'ai peut-être fait plus de bêtises que d'autres, admit-il comme s'il songeait à voix haute. Des bêtises sans gravité, je m'entends. Des grenouilles dans le panier d'une fille de la classe. Allumer un feu devant la maison de l'institutrice. Enfermer un camarade dans les toilettes pendant tout un après-midi.

Il secoua la tête.

— En fait, je faisais tout pour me faire remarquer, par mon père surtout.

— Vous faire remarquer par votre père ? Pourquoi ?

— Il a dû élever ses deux fils seul, et cela n'a certainement pas été évident pour lui. Mon père n'était pas du genre à dévoiler ses sentiments. A part quand il était en colère.

Il sourit, mais d'un sourire sans joie.

— Je me souviens des familles de mes amis, je les jalousais. Elles étaient tellement soudées... J'avais envie de connaître leur bonheur. Cela ne s'est jamais produit. Mon père était plutôt froid avec les gens et, le plus souvent, il se contentait de relations superficielles. Pour lui, cela ne valait pas la peine de s'investir. Peut-être aurait-il aimé changer... Malheureusement, c'était dans sa nature d'être ainsi.

— Comme Warren, commenta-t-elle, pensive.

Son époux lui jeta un coup d'œil.

— Oui, vous avez certainement raison. Warren lui ressemble beaucoup...

— Quelle tristesse !

Elle reposa son ouvrage sur sa boîte à couture et se leva. Poussée par une impulsion, elle franchit la distance qui les séparait et posa une main contre son torse. Avec l'autre main, elle chassa les mèches de cheveux qui barraient son front.

— Vous êtes différent de lui, fit-elle en plongeant son regard dans le sien. Votre fils saura, lui, combien vous l'aimez.

« Mon fils... songea-t-il en se redressant. Notre fils... »

Longuement, il serra sa femme dans ses bras, submergé par les sentiments, avant de glisser les doigts dans ses cheveux, humant leur parfum de lavande.

Dieu sait qu'il avait rêvé de ces instants de tendresse ! Auprès de Millie, il voulait déjà être un bon père, élever leur enfant en lui montrant combien ses parents l'aimaient, combien ils étaient fiers de lui. Il avait renoncé à cet espoir le jour où sa première épouse était morte. Aujourd'hui, le destin lui redonnait sa chance avec Sarah.

Douce, douce et innocente Sarah... Elle n'envisageait pas la vie comme lui. Même après ce qu'il lui avait infligé, après avoir volé son innocence, l'avoir exposée au mépris de tous, elle continuait de ne voir en lui que le bon côté.

Jeremy avait échoué dans tout ce qu'il avait entrepris. Cette fois, il voulait que cela change, ne serait-ce que pour elle.

Il souhaitait la voir heureuse. Parce que c'est bien tout ce qui lui importait... son bonheur.

31

Les doigts de Fanny tremblaient tellement qu'elle avait toutes les peines du monde à enfoncer l'épingle dans la paille de son chapeau. D'un instant à l'autre, Tom viendrait la chercher. Jamais elle n'aurait dû lui promettre de l'accompagner à l'église. Ils brûlaient les étapes. Elle n'était pas prête !

Si seulement elle avait quelqu'un avec qui partager ses craintes. Mais il n'y avait personne. Elle ne pouvait pas en faire part à Tom. Elle le connaissait :

il lui répondrait de ne se faire aucun souci. Une fois encore, il répéterait qu'il savait parfaitement où il allait et ce qu'il faisait, et que les gens l'accepteraient volontiers comme sa future épouse. Mais Fanny savait que ce ne serait pas aussi simple que cela. Opal l'avait prévenue.

La jeune fille s'assit sur le bord de son lit, les mains croisées dans son giron, et fixa la porte, affreusement inquiète.

Tom l'avait informée que sa sœur serait probablement à l'office aujourd'hui. Ce qui n'était pas pour la détendre, bien au contraire ! Quelque chose lui disait que Sarah ne voyait pas d'un bon œil leur relation. Non qu'il lui en ait parlé ! En fait, c'était plutôt son silence qui la confortait dans cette idée.

Quand elle était malade, il était venu lui rendre visite tous les jours, et lui avait fait mille confidences sur son enfance et sa famille. Il était clair qu'il adorait sa sœur. Fanny se souvint d'en avoir éprouvé un vif sentiment de jalousie, regrettant de n'avoir pas partagé une telle complicité avec sa propre sœur.

Mais... depuis qu'il lui avait trouvé ce travail à l'hôtel, Tom n'avait plus jamais fait allusion à Sarah. Comme s'ils s'étaient disputés... A cause d'elle, sans nul doute.

Tendant la main, elle saisit son miroir fêlé sur la table de nuit, et observa son reflet.

Dieu sait pourquoi Tom tenait tant à l'épouser ! Comme l'avait dit à juste titre Opal, elle n'avait rien d'extraordinaire. Elle était trop maigre, et avait les joues creuses. Des yeux qui lui mangeaient le visage, un nez trop long. Baissant le miroir, elle scruta avec anxiété sa poitrine menue. Une vague de désespoir l'envahit aussitôt. Les hommes préféraient les femmes dotées d'une gorge avantageuse ; elle avait travaillé suffisamment longtemps au saloon pour le savoir !

Le rouge lui monta aux joues tandis qu'elle se rappelait certains propos de sa sœur. Cette dernière lui avait expliqué pourquoi les représentants de la gent masculine étaient subjugués par les poitrines opulentes. Elle lui avait raconté par le menu les expériences sous les draps, ne lui épargnant aucun détail. A l'époque, Fanny s'était juré d'éviter de tels ébats, mais le jour où Tom l'avait embrassée, elle avait revu son jugement. En fait, elle espérait bien plus que de simples baisers de sa part.

Cependant, Tom était un gentleman, il n'avait jamais dérogé aux convenances.

Pour dire à quel point ils étaient mal assortis ! Tom était un homme du monde, et elle aurait aimé qu'il la traite comme... comme les autres traitaient sa sœur !

Elle déglutit à grand-peine pour refouler ses larmes. Il n'était pas question que Tom la voie pleurer. Elle ne voulait pas gâcher les précieuses minutes qu'ils partageaient. Bientôt, il s'en irait à Boston, et elle ne le verrait peut-être plus. En effet, elle ne pouvait écarter l'hypothèse qu'il rencontre une jeune fille raffinée et renonce à l'épouser au bout du compte. Mieux valait dans ce cas profiter de l'instant présent...

On frappa à la porte des cuisines. Prenant une profonde inspiration, elle se leva.

Ouvrir la porte et découvrir le sourire éclatant de Tom fut comme si elle laissait le soleil pénétrer à grands flots dans la pièce. Son cœur manqua un battement, et elle fut submergée par une vague de bonheur. Quand elle était avec lui, il lui était impossible de ne pas être heureuse.

— Vous êtes ravissante, Fanny, complimenta-t-il en la détaillant de pied en cap.

Elle n'eut pas le temps de dire ouf : il s'empara de ses lèvres en un baiser possessif, sans se soucier de la présence du chef cuisinier.

— N'est-ce pas qu'elle est ravissante, monsieur Penny ? demanda-t-il.

Celui-ci leva les yeux, et haussa un sourcil.

— Ouais, marmonna-t-il avant de baisser la tête.

Fanny eut l'impression que sa poitrine allait exploser. Cet éloge lui allait droit au cœur. Quel habile flatteur ! Décidément, Tom pouvait lui faire croire n'importe quoi !

— Habillez-vous chaudement, Fanny. Et allons-y, sinon nous serons en retard.

— Tom, je ne sais pas si...

Il l'embrassa à nouveau, avec une tendresse qui lui fit monter les larmes aux yeux.

— Ne discutez pas, Fanny. Nous allons ensemble à l'office.

Le cœur battant le tocsin, elle alla chercher son manteau. Elle eût été bien en peine de lui refuser quoi que ce soit, tellement elle l'aimait...

Pour la seconde fois en deux jours, Sarah se rendait en ville... Aujourd'hui, dimanche, pour assister à l'office.

Depuis le début de la matinée, elle se rongeait les sangs. Elle avait beau se dire qu'elle assistait à la messe depuis l'enfance. Que les paroissiens étaient ses amis et voisins. Qu'elle les connaissait tous, eh bien...

Après sa rencontre la veille avec Ethel Bonnell, elle avait conscience que certains la jugeraient durement pour avoir rompu son engagement avec

Warren et épousé son frère seulement quelques semaines plus tard.

Regardant son époux à la dérobée, elle se demanda à quoi il pouvait bien penser. Elle se rappela la manière dont il l'avait défendue au magasin des Blake, et ne put s'empêcher de sourire. Il était clair qu'il ne laisserait personne, et surtout pas la bavarde Mme Bonnell, médire sur son compte.

Le cheval martela de ses sabots le plancher du pont qui enjambait Pony Creek. Jeremy tira sur les rênes, ralentissant l'allure alors qu'ils approchaient de l'église. Une fois la carriole immobilisée, Jeremy enroula les rênes autour du frein à main, et sauta de la voiture avant de soulever son épouse dans ses bras.

Comme ses pieds touchaient terre, Sarah aperçut son frère qui traversait la rue en compagnie d'une jeune fille mince. Elle devina immédiatement l'identité de celle-ci. Fanny ! Anxieuse, elle scruta le visage de Tom. Etait-il encore fâché contre elle ? Devait-elle accueillir cette fille à bras ouverts pour qu'il lui pardonne ses fautes ?

Inconscient du dilemme qui l'habitait, Jeremy lui prit le bras, la guidant vers une inévitable rencontre avec son frère et Fanny sur le parvis de l'église.

Ils atteignirent les premières marches au même moment. Les deux couples s'arrêtèrent et se dévisagèrent sans un mot. Sarah eut soudain très peur ; son frère ne semblait pas désireux de lui adresser la parole. Il devait être encore furieux contre elle, parce qu'elle s'était permis de juger Fanny quand elle avait tant à se reprocher elle-même.

Elle coula un regard en direction de Fanny, essayant de la juger sans a priori. Cette jeune fille n'avait rien d'extraordinaire. Elle était jeune, seize ou dix-sept ans tout au plus, et avait un visage plutôt insipide, sans le moindre soupçon de maquillage. Néanmoins, elle avait de beaux yeux noisette, immenses, frangés de longs cils recourbés. Elle était tellement fine qu'elle donnait l'impression de pouvoir s'envoler au moindre souffle de vent. Son manteau de laine brune, et ses jupons bleus au-dessous, étaient tout ce qu'il y avait de plus simple.

— Bonjour, mademoiselle Irvine.

Sarah la gratifia d'un large sourire, lui tendit la main et ajouta :

— Je suis Sarah Wesley, la sœur de Tom.

Fanny regarda Tom, avant de reporter son attention sur Sarah. Finalement, elle saisit la main tendue.

— Voici mon mari, Jeremy, continua Sarah.

Jeremy salua d'un hochement de tête.

— Comment allez-vous, mademoiselle Irvine ? s'enquit-il courtoisement. C'est un réel plaisir de vous rencontrer.

Sarah n'eut pas besoin de regarder en direction de son frère pour savoir qu'il s'était détendu. Elle en éprouva une grande joie.

— Nous pourrions nous asseoir ensemble dans l'église, suggéra-t-elle.

Si Tom était tombé amoureux de cette jeune fille, elle devait avoir quelque chose d'extraordinaire. Pourquoi ne pas essayer de mieux la connaître tout de suite ? Elles pourraient même devenir amies.

— On ferait mieux d'entrer si nous voulons avoir de la place, reprit-elle avec un sourire.

Tom ne lui répondit pas. Mais il n'en avait pas besoin. Un peu de persévérance, et bientôt plus rien ne les séparerait. Sarah ne désespérait pas. Avec le temps, tout finirait par s'arranger.

Rose entendit Ethel Bonnell chuchoter à l'oreille de son époux que Jeremy et Sarah Wesley venaient de s'asseoir derrière eux, en compagnie de Tom McLeod et Fanny Irvine. Au seul ton d'Ethel, elle aurait pu dire que cette femme ne voulait aucun bien à ces quatre jeunes gens. Mais y avait-il quelque chose qu'Ethel Bonnell préférât aux médisances ? Non. Elle adorait le scandale. Rose avait déjà entendu parler de l'incident qui avait eu lieu au magasin des Blake la veille, et frissonnait à l'idée de ce que cette femme aurait pu dire à Sarah, si Jeremy n'était pas intervenu.

Elle songea alors à son propre mariage, arrangé lui aussi à la hâte. Cela avait fait du bruit, à l'époque. Elle avait dû épouser un homme qu'elle ne connaissait pas, forcée par son père. Les gens n'avaient pas manqué bien sûr de soulever des interrogations.

Il aurait pu s'ensuivre des conséquences fâcheuses, elle aurait pu ne pas s'entendre avec son mari. Heureusement, Michael était un homme merveilleux. Il avait su lui inculquer l'amour, la confiance, et faire en sorte qu'elle l'aime autant qu'il l'aimait...

Lorsque l'office s'acheva, Rose prit le bras de son époux et l'entraîna vers Sarah et ses compagnons. Elle reconnut dans les yeux de son amie une lueur d'appréhension, et la comprit instantanément. Elle avait éprouvé pareil sentiment quelques années plus tôt.

— Sarah, je suis très heureuse pour vous ! s'exclama-t-elle en la serrant dans ses bras.

Puis elle reporta son attention sur l'homme immense qui l'accompagnait.

— Monsieur Wesley, vous avez bon goût. Vous n'auriez pu choisir meilleure épouse.

Jeremy inclina la tête en guise de remerciement.

Comme Rose croisait son regard, elle ne put s'empêcher de penser que Sarah avait elle aussi fait le bon choix.

Elle se tourna vers son amie.

— Une anecdote me revient brusquement. Le jour où Michael et moi nous sommes mariés, nous nous sommes installés dans la maison Pendroy. L'endroit avait été inhabité pendant des années, et était envahi par la poussière et les toiles d'araignée. Votre grand-mère s'est aussitôt proposée, avec Emma Barber et Zoé Potter, pour nous donner un coup de main. Elles ont nettoyé la demeure de fond en comble ; ce fut leur cadeau de mariage. Dorie était une femme hors du commun, et je sais qu'elle serait heureuse pour vous si elle était encore en vie aujourd'hui.

— Je pense effectivement qu'elle aurait apprécié Jeremy, souffla Sarah.

— Certainement, assura Rose, avant de jeter un coup d'œil à Tom et sa compagne. Fanny, c'est une bonne surprise de vous voir ici ! J'aurais dû penser à vous y inviter plus tôt. Je sais combien vous êtes timide, et que vous n'auriez jamais osé venir ici seule...

Du coin de l'œil, Rose vit Ethel Bonnell discuter en aparté avec Betsy Varney. Elle imaginait sans peine les propos acérés de cette maudite harpie.

D'une voix suffisamment forte pour être entendue, Tom annonça :

— Fanny m'a fait l'honneur d'accepter d'être ma femme.

Les conversations se turent immédiatement à travers l'église entière. Tous les regards convergèrent sur eux. Même Ethel Bonnell resta le souffle coupé.

Sarah fut horrifiée par le silence qui suivit la

déclaration de Tom. Elle aurait aimé protéger Tom et Fanny de tous ces regards outrés. Malheureusement, elle était bien en peine de les aider.

Dieu soit loué, Rose Rafferty était là ! Avec un clin d'œil complice, la jeune femme s'écria :

— C'est merveilleux !

Elle se pencha pour embrasser Fanny sur la joue.

— Je vous souhaite tous mes vœux de bonheur.

Ce fut au tour de Michael d'adresser ses congratulations au jeune couple, serrant chaleureusement la main de Tom.

Alors, bon gré mal gré, tout le monde s'approcha, félicitant comme il se devait Sarah et Jeremy, puis Tom et Fanny. Le révérend et son épouse. Sigmund Leonhart et Annalee, sa femme. Chad et Ophélie Turner. Will et Addie Rider. Yancy et Lark Jones. George et Leslie Blake. Et d'autres encore...

Tandis que ces visages familiers défilaient devant ses yeux, chacun offrant ses propres mots d'affection et de bons vœux, Sarah sentit son cœur se gonfler. Elle leva les yeux vers Jeremy.

« Tout va bien se passer, songea-t-elle en plongeant son regard dans le sien. Le passé est révolu, qu'importe ce que tu as fait, Jeremy, pendant toutes ces années d'absence. Une autre vie commence, entourée de tous nos amis. Une vie ici, à Homestead. Avec toi, ma famille, mes voisins, mes amis... Comprends-tu, mon amour ? »

Jeremy était venu à l'église à seule fin de faire plaisir à son épouse. Mais ce n'était assurément pas de gaieté de cœur ! Il redoutait les réflexions, les sarcasmes. Plus pour Sarah que pour lui, du reste...

Il était loin d'espérer un accueil aussi chaleureux !

Même le jour où il avait été nommé marshall, il n'avait pas reçu autant d'ovations. Ou celui où il avait sauvé la vie de Sarah. Aujourd'hui, il éprouvait enfin la sensation d'appartenir à cette communauté.

Il baissa les yeux vers sa femme, et vit qu'elle le regardait. Il s'émut de l'amour qui luisait dans ses prunelles bleues. Elle lui avait donné tout cela, elle lui avait offert des attaches, des amis, un endroit où vivre.

Sarah, avec son optimisme et un sourire qui pouvait rivaliser avec l'éclat du soleil, avait réussi à ébranler les murailles autour de son cœur. Désormais, il savait qu'il ne serait plus rien sans elle.

Au cours des jours et des semaines qui suivirent, Jeremy se mit à croire aux miracles. La vie était belle, tout allait pour le mieux...

Hank McLeod avait finalement donné sa démission, en dépit des objections de tous les citoyens de Homestead. Chad Turner, le maréchal-ferrant, était devenu le nouveau shérif. Jeremy fut gardé comme adjoint. Il se rendait en ville trois fois par semaine, et revenait toujours au ranch avant la tombée de la nuit.

Il avait fini de construire le poulailler que Sarah lui réclamait à grands cris, et s'était rendu chez les Evans pour faire l'acquisition de quelques volailles. En les voyant, Sarah réagit comme s'il venait de lui faire le plus beau cadeau du monde.

Comme le froid continuait de battre en retraite, Jeremy répara la charrue, affûtant les lames, remplaçant les parties rongées par la rouille. Il entreprit de nettoyer la grange, et consolida l'échelle qui permettait d'accéder au grenier à foin.

Le soir, il restait pendant des heures assis devant la table, à feuilleter les catalogues pour choisir les semences à commander dans l'immédiat, et celles qui pourraient attendre la fin de la première récolte. Des jours durant, il calcula et recalcula ses dépenses.

Quand, la nuit venue, il rejoignait son épouse dans leur lit, il demeurait allongé dans le noir, à fixer le plafond tout en faisant des projets plus insensés les uns que les autres. Il songea aux prochaines récoltes et à cet enfant qui bientôt naîtrait. Si tout se passait bien, il serait enfin en mesure de subvenir à leurs besoins.

Alors il pourrait, sans culpabilité aucune, avouer à Sarah l'amour qu'il lui portait…

Il aurait aimé le faire plus tôt. Maintenant, par exemple. Mais c'était encore prématuré. Il avait si peur de la perdre. Ses craintes n'avaient certes aucun sens ; d'ordinaire, il n'était pas superstitieux.

Quelque chose le retenait toutefois de dévoiler ses sentiments, de s'investir totalement. Mieux valait ne pas tenter le destin. Cette attitude pouvait paraître ridicule, mais si le silence était le prix à payer pour protéger Sarah, il n'y avait pas la moindre hésitation à avoir…

Pour Sarah, le bonheur était tout proche. Bien qu'impatiente d'entendre Jeremy lui déclarer son amour, elle reconnaissait d'ores et déjà dans ses silences, dans sa manière de se comporter avec elle, l'ampleur des sentiments qu'il nourrissait à son égard. Un jour, elle savait qu'il franchirait le pas, et prononcerait les mots tant espérés. Ils formeraient alors le couple uni dont elle rêvait… Ensemble, ils pourraient sans peur affronter l'avenir.

En attendant, elle continuait de s'employer à

transformer cette petite ferme en une véritable maison, agréable à vivre. Elle avait déjà cousu des rideaux pour chaque fenêtre, accroché des aquarelles aux murs. Elle était sur le point d'achever une superbe courtepointe en patchwork, envisageant d'un confectionner une plus petite pour le bébé. Quant à ses vêtements, elle les avait quelque peu arrangés pour son ventre qui ne cessait de s'arrondir.

Lorsqu'elle ne cousait pas, elle s'occupait des poules. Trois jours par semaine, elle donnait à Jeremy les œufs à vendre aux Blake, en échange de quoi il ramenait des provisions. Quand son époux revenait au ranch ces soirs-là, elle lui préparait des petits plats mitonnés.

Si ce n'étaient les dimanches où ils assistaient à la messe à Homestead avant de rendre visite à son grand-père et à Tom, elle quittait rarement la maison. Elle était heureuse ici. Le seul fait d'être auprès de Jeremy la comblait. Jamais elle ne s'ennuyait. Chaque jour, elle découvrait une autre facette de la personnalité de son époux. Il n'était peut-être pas du genre à s'étaler sur sa vie passée, mais il avait fait des progrès. Peu à peu, sa langue se déliait.

Les jours et les semaines s'écoulaient comme un long fleuve tranquille. La nuit, elle dormait pelotonnée dans ses bras ; le jour, elle bâtissait pas à pas leur avenir cependant qu'en elle, une autre vie s'éveillait.

Qu'aurait-elle pu espérer de plus ?

32

Sarah était en train de sortir une tarte du four quand elle entendit un bruit de chariot dans la cour. Rapidement, elle posa le plat et se précipita à la fenêtre pour jeter un coup d'œil au-dehors. Elle écarquilla les yeux en découvrant Addie Rider.

La jeune femme courut jusqu'à la porte, et l'ouvrit tandis qu'Addie descendait de voiture.

— Madame Rider, quelle surprise ! s'exclama-t-elle, un large sourire aux lèvres.

Addie lui retourna son sourire, avant de s'approcher.

— J'ai pensé qu'il était temps de venir aux nouvelles. Ton mari est ici ?

— Non, il travaille en ville aujourd'hui.

— Dommage ! J'aurais aimé qu'il soit là lui aussi. Je vous ai apporté mon cadeau de mariage.

— Un cadeau de mariage ?

Sarah allait de surprise en surprise.

— Vous n'auriez pas dû...

— Que penses-tu de cela ? interrompit la visiteuse en pointant du doigt la jument attachée à l'arrière du chariot. Elle est à vous deux.

La jeune femme n'en croyait pas ses oreilles. Cette splendide bête dont la robe, isabelle, chatoyait dans la lumière du soleil ? A elle ?

— C'est l'une de nos plus belles bêtes. Elle vous donnera un magnifique poulain.

— Madame Rider, je ne peux décemment accepter...

— Je t'en prie, Sarah, je tiens à vous l'offrir. Si

tu as un moment à me consacrer, j'aimerais te dire quelques mots.

— Bien sûr. Entrez.

Elle s'effaça, l'invitant à pénétrer dans la maison.

Un peu plus tard, après avoir nettoyé la boue qui maculait ses bottines, Addie accepta la tasse de thé que lui offrait Sarah.

Et, tandis qu'elle sirotait le liquide brûlant, elle promena le regard autour d'elle. Quand elle reposa enfin sa tasse, elle sourit.

— Tu as fait du bon travail, commenta-t-elle d'un ton admiratif. Cette maison n'était pas comme cela, du temps de Ted Wesley. Tu l'as rendue confortable et agréable à vivre.

— Merci, fit Sarah avant de jeter un coup d'œil par la fenêtre. Madame Rider, à propos de la jument, je...

— S'il te plaît, Sarah. Ne dis rien. J'ai une dette envers toi.

— Une dette ?

— Oui. L'histoire est un peu longue, mais je vais te la raconter sommairement. Quand je suis venue m'installer à Homestead, tu n'étais encore qu'un bébé et tu ne t'en souviens certainement pas. J'ai été la première institutrice ici. A l'époque, la classe se faisait dans l'église. Au début, je dois avouer que j'avais le mal du pays. J'aurais fait n'importe quoi pour retourner dans mon Connecticut natal, près des miens. Heureusement, les gens ont été gentils avec moi. Et puis, je suis tombée amoureuse de Will...

Son expression était celle d'une enfant rêveuse.

— Comme nous voulions nous marier et que nous n'avions pas d'argent, ta mère m'a proposé de me prêter sa robe de mariée. Je n'oublierai jamais le jour où elle me l'a montrée. C'était la plus belle toilette que j'aie jamais vue. Du satin crème, ourlé de la plus précieuse dentelle. J'avais l'impression, en l'essayant, de sortir tout droit d'un conte de fées.

— Je vous comprends, je l'ai essayée moi aussi. Je pensais d'ailleurs la mettre pour mon propre mariage, mais...

Elle n'acheva pas sa phrase, réalisant brusquement pourquoi elle avait refusé de la porter. Cette robe était le symbole d'un amour partagé. Celui de ses parents. Et comme elle n'aimait pas Warren... Quant à celle que Mme Gaunt lui avait confectionnée, elle préférait l'oublier. On ne revêt pas de blanc quand on a goûté au péché de la chair...

Addie se pencha et toucha le bras de Sarah du bout des doigts, la ramenant à la réalité.

— Ta mère n'avait aucune raison de se montrer généreuse avec moi, continua-t-elle. Nous nous connaissions à peine. Mais c'était sa manière d'être, je l'ai compris plus tard. Elle était tellement amoureuse de ton père, qu'elle voulait que tout le monde soit heureux autour d'elle.

Un pli barra son front.

— Je n'ai pas eu l'occasion de la remercier comme il se doit. Tommy, ton petit frère, est né à peine une heure après que le pasteur eut béni notre union, à Will et moi.

Addie n'eut pas besoin d'en dire plus : Maria McLeod était morte ce même jour, peu après avoir donné la vie...

— Alors, comprends-moi, enchaîna Addie, c'est une manière pour moi de lui dire merci. Je t'en supplie, ne refuse pas.

Sarah hocha la tête, la gorge nouée.

— D'accord, parvint-elle à souffler.

Sa visiteuse sourit.

— Tant mieux... Et maintenant, mets quelque

chose sur tes épaules, que tu puisses aller admirer cette jument de plus près. On dit que nous possédons les plus beaux chevaux de la région, et Ambre n'est pas une exception.

— Ambre ?

— C'est ainsi que ma fille a baptisé la jument. Naomie a toujours tenu à donner un nom aux bêtes.

— Ambre, j'aime beaucoup ce nom...

Sarah drapa ses épaules d'un châle tandis qu'Addie ouvrait la porte.

Côte à côte, elles s'approchèrent de l'animal. Sarah aussitôt remarqua sa panse renflée : Ambre était sur le point de mettre bas !

— Oh, madame Rider... fit-elle, les larmes aux yeux. Jamais je ne vous remercierai assez. Elle est superbe.

— Je dois t'avouer qu'elle était ma préférée.

— Etes-vous certaine que... ?

— Bien sûr. Si tu n'y vois pas d'inconvénient, nous pourrions l'installer dans l'écurie et lui donner un peu de fourrage.

Sans attendre la réponse de Sarah, elle dénoua le licou et guida la jument jusqu'à la grange.

La jeune femme lui emboîta le pas. Rien n'aurait pu lui faire plus plaisir qu'un cheval ! Petite, elle avait déjà eu une jument à elle. Elle l'avait baptisée Victoria, en hommage à la reine d'Angleterre. La jument était vieille et courte sur pattes ; qu'importe. Sarah l'adorait. L'été, elle faisait sur son dos de longues balades dans la campagne. Victoria était morte quand elle avait dix-sept ans. Et elle ne l'avait jamais remplacée...

L'écurie sentait bon la paille propre et le cuir. Alors qu'elles entraient, le cheval de trait que Jeremy venait d'acquérir passa avec curiosité la tête au-dessus de la porte de sa stalle, et hennit pour accueillir la jument. Celle-ci lui répondit aussitôt.

Addie se dirigea vers l'un des box vides, et y installa Ambre. Elle la chatouilla derrière l'oreille, et l'animal se frotta contre son épaule d'un geste affectueux.

— Tu vas être bien ici, ma belle, lui souffla-t-elle d'un ton apaisant avant de se tourner vers Sarah. Elle peut mettre bas à tout instant. A mon avis, cela devrait encore attendre une semaine ou deux. Mais je ne m'inquiète pas : le moment venu, Jeremy saura se débrouiller. Ton époux a travaillé chez nous quand il était plus jeune. Il connaît les chevaux.

— Jeremy a travaillé pour vous ?

— Oui ! Cela a l'air de t'étonner ?

— A vrai dire, je ne sais pas grand-chose de son passé. Jeremy n'est pas très expansif. A quoi ressemblait-il quand il était jeune ? demanda Sarah, incapable de refréner sa curiosité.

Addie sourit.

— C'était un incorrigible farceur. Toujours à l'affût d'une bêtise à faire. Un jour, il m'a même enfermée dans ma classe ! C'était l'un de mes plus brillants élèves, malheureusement il avait un poil dans la main. Avec un peu de courage, il aurait pu poursuivre ses études...

Le sourire d'Addie s'évanouit brusquement.

— Jeremy était bien seul, continuait-elle. Il ne pouvait même pas compter sur son frère. Lui et Warren s'entendaient comme chien et chat. Ils passaient leur temps à se chamailler. Quant à leur père, Ted... comment pourrais-je dire ? Ted Wesley n'était pas à proprement parler quelqu'un de facile. Il venait à l'église tous les dimanches, et jouait du violon dans les soirées, mais il ne parlait pas beaucoup.

— Et Millie Parkerson ? Comment était-elle ?

Addie réfléchit un instant avant de répondre :

— Millie était timide, et effacée. Je crois me souvenir qu'elle était aussi solitaire que Jeremy. C'est certainement ce qui les a rapprochés.

Elle secoua la tête tandis qu'un nouveau sourire éclairait son visage.

— Ils formaient un drôle de couple. Lui, la tête brûlée, qui multipliait les occasions de se faire remarquer, et Millie la discrète, celle qu'on aurait si facilement oubliée...

Sarah essaya d'imaginer la première épouse de Jeremy.

— Il l'aimait beaucoup, n'est-ce pas ?

— Oui, certainement.

Addie flatta l'encolure de la jument avant de sortir de la stalle et fermer le battant.

— Pourquoi ne l'interroges-tu pas toi-même ? suggéra-t-elle.

— Je lui ai déjà demandé. Il se referme comme une huître chaque fois que je mentionne son nom.

Sa compagne hocha la tête d'un air pensif.

— Will est un peu comme lui, je le crains. Donne-lui un peu de temps. Il a beaucoup souffert quand elle est morte. Quand sa douleur aura cicatrisé, il t'en parlera.

Lui donner du temps... A croire que tout le monde s'était passé le mot ! Ne comprenaient-ils pas qu'elle avait de plus en plus de mal à brider son impatience ? Elle aimait son époux de toute son âme et n'attendait qu'une chose : pouvoir l'aider à chasser les fantômes du passé. L'aider à panser ses blessures. Mais comment y parvenir s'il ne se livrait pas ?

Elle croisa le regard d'Addie.

— Je respecte son passé. Seulement, je l'aime tant...

— Tu es une sage jeune femme, Sarah Wesley. Jeremy a beaucoup de chance de t'avoir.

Jeremy descendait Main Street, saluant brièvement tous ceux qu'il rencontrait en chemin. Il achevait sa ronde et s'apprêtait à rentrer au ranch. Comme d'habitude, il n'avait rien remarqué au cours de sa tournée. Ici, les jours défilaient et se ressemblaient, il n'y avait jamais d'histoire dans cette petite ville perdue.

Non qu'il s'en plaigne, bien au contraire! Il prenait le temps d'apprécier la vie, de savourer le redoux, les timides prémices du printemps. Depuis le début de la semaine, le soleil ne cessait de briller, le ciel était si bleu qu'il en devenait aveuglant, et l'air embaumait les premières fleurs. La neige avait pratiquement disparu, et bientôt, l'herbe réapparaîtrait sous toute cette boue.

Après le printemps, viendraient les jours brûlants de l'été, et cette herbe émeraude jaunirait sous les rais du soleil. Dans les champs, les récoltes blondiraient. Il serait alors temps de faire les comptes...

Il eut une pensée pour Sarah déambulant dans la cour, le soleil accrochant des reflets précieux dans ses boucles blondes. Un instant, il eut brusquement envie de rentrer chez lui pour la serrer dans ses bras et l'embrasser jusqu'à en avoir le souffle coupé. Dieu qu'il l'aimait...

Un rire tonitruant l'arracha à sa rêverie, et il remarqua alors les hommes qui marchaient au beau milieu de la chaussée. Il ne les avait jamais vus auparavant. Ils avaient une drôle d'allure avec leurs cheveux longs et sales, leurs barbes hirsutes et leurs vêtements à la propreté douteuse. L'un d'eux frappa son voisin d'une violente claque dans le dos tandis que le premier de la bande, poussant les portes du saloon, disparaissait à l'intérieur.

Jeremy fronça les sourcils. Il n'aimait pas cela. Ces étrangers ne lui disaient rien qui vaille. Que fabriquaient-ils donc dans le coin ?

Alors qu'il s'interrogeait sur ces inconnus, le shérif Turner le héla du haut des marches du Rafferty Hotel. Jeremy jeta un dernier coup d'œil en direction du saloon, puis traversa la rue pour rejoindre Chad sur le perron de l'hôtel.

— Vous avez vu ? Les bûcherons sont arrivés en ville, l'avertit le shérif. Ils ont débarqué par le train ce matin, et encore, ce ne sont que les premiers. Ils ont été embauchés pour défricher le Pic-Vert. Mieux vaut garer un œil sur eux. M. Rafferty en loge quelques-uns, et ils ont déjà commencé à faire du grabuge dans l'hôtel. Je ne voudrais pas qu'il y ait d'incidents.

Jeremy opina.

— J'ai l'impression que le printemps sera en avance cette année, commenta Chad, changeant abruptement de sujet. Vous devez être content, Jeremy ? Vous allez bientôt pouvoir planter. J'imagine que vous êtes impatient de commencer.

— Je n'ai pas attendu pour commencer. Il a fallu défricher les terres.

— J'imagine. Dur métier, ajouta-t-il avec un soupir. Enfin, c'est ainsi… Je vous laisse.

D'une chiquenaude à son chapeau, il le salua.

— Je vais faire un tour du côté du saloon, lança-t-il en traversant la rue. Je préfère montrer à ces gars qu'il existe une justice à Homestead. A bientôt, Jeremy ! Je vous vois dimanche à l'église.

Jeremy le regarda s'éloigner. Le soir tombait déjà.

Il était temps pour lui de rentrer à la ferme... et de revoir Sarah.

Aussitôt, il oublia les bûcherons et ses responsabilités d'adjoint, pour ne plus songer qu'à son épouse.

Si seulement la récolte pouvait être bonne...

33

Tom, adossé contre la porte de la chambre, regarda le Dr Varney ôter ses lunettes et se frotter les yeux.

— Monsieur Johnson, vous avez les bronches prises. Je ne saurais trop vous recommander de garder le lit plusieurs jours.

Le bûcheron scruta le médecin à travers ses paupières mi-closes.

— C'est impossible, protesta-t-il faiblement. Nous quittons Homestead demain matin.

— Ce serait pure folie de partir dans les montagnes tant que la fièvre n'est pas tombée, monsieur. Je vous interdis de vous déplacer avant au moins une semaine.

Pris d'une violente quinte de toux, le malade roula sur le côté, plié en deux.

Le médecin saisit sa trousse en cuir noir, et rangea son stéthoscope.

— Je vais vous prescrire un sirop. Cela fera baisser la température, et vous libérera les bronches. Je viendrai vous rendre visite demain, dans l'après-midi, monsieur Johnson.

— Je serai déjà parti.

— J'en doute, répliqua Doc Varney froidement

avant de se tourner vers Tom, sa mallette à la main.

Ce dernier tourna le bouton et ouvrit la porte, s'effaçant pour laisser passer le médecin, avant de sortir à son tour. Comme ils longeaient le couloir, Tom ne cessa de jeter des regards inquiets en direction de son compagnon, notant le pli soucieux qui barrait son front et ses lèvres pincées.

Finalement, il demanda :

— Que se passe-t-il, Doc ? Est-ce sérieux ?

— C'est la grippe. Elle est non seulement dangereuse mais contagieuse. Il faut espérer qu'elle ne soit pas meurtrière.

— Mais je croyais que vous aviez diagnostiqué une bronchite ?

Doc Varney haussa les épaules sans répondre, et s'engagea dans l'escalier. Lorsqu'ils furent dans le vestibule, Tom agrippa son bras.

— Qu'est-ce que cela veut dire ? interrogea-t-il, alerté par ce silence.

Doc croisa son regard.

— A quoi cela aurait-il servi de l'inquiéter ? J'ai lu dernièrement un article d'un éminent professeur, le Dr Charles Creighton. Il fait mention d'une grippe particulièrement mauvaise qui pourrait toucher tout le pays. Pour l'instant, elle n'est localisée que dans le sud des Etats-Unis, mais elle pourrait fort bien s'étendre. Elle a déjà fait de nombreuses victimes.

Tom l'écoutait avec beaucoup d'attention. Il imaginait déjà les ravages que ferait l'épidémie dans la région.

— Le Dr Creighton évoque les vagues successives de grippe en 1833, 37, et 47, et les décès causés dans certains Etats par cette maladie. Le virus toucherait toute la population, sans se soucier de l'âge ou de la situation sociale. Avec l'arrivée de ces bûcherons, on peut craindre qu'ils contaminent les membres de notre communauté.

Ils sortirent de l'hôtel. Doc Varney se tut, clignant des yeux comme s'il était surpris de voir le soleil briller de tous feux dans l'azur du ciel.

— Je ne suis heureusement pas aussi alarmiste que le Dr Creighton, enchaîna-t-il bientôt. Même s'il s'agit de grippe, elle n'est pas forcément meurtrière. Ces chercheurs ont souvent une fâcheuse tendance à empirer les choses.

Tout en parlant, Doc Varney descendit les marches de l'hôtel et traversa la chaussée boueuse, évitant avec soin les grandes flaques d'eau. Arrivé sur l'autre trottoir, il se tourna vers Tom :

— Vous qui avez des notions de pathologie virale, dites-moi ce que vous en pensez. Si M. Johnson était votre patient, que feriez-vous ?

Tom fronça les sourcils.

— Dans le doute, je l'obligerais à garder le lit. En le laissant partir demain, on prend le risque de contaminer d'autres personnes qui, à leur tour, transmettront le virus. Ça va vite. En quelques jours, nous n'arriverions même plus à enrayer l'épidémie.

Il secoua la tête.

— Mais c'est une vision pessimiste des choses, reprit-il. Ce n'est pas la première fois que j'entends parler de la grippe. L'année dernière, à l'école, quelques camarades et moi l'avons contractée. Nous avons été alités quelques jours, tout au plus. Cela ne s'est pas étendu au reste des élèves, et une semaine plus tard, nous étions rétablis. Vous voyez ? Il n'y a peut-être pas lieu de s'alarmer...

Le vieux praticien hocha lentement la tête, se frottant le menton entre l'index et le pouce.

— J'espère que vous avez raison.

Comme Jeremy atteignait le ranch, il vit la porte de la maison s'ouvrir, et Sarah se précipiter au-dehors. Sa première réaction fut la panique. Etait-il arrivé quelque chose ?

Le cœur battant, il éperonna sa monture et gagna rapidement la cour. Sarah courait au-devant de lui. C'est alors qu'il vit qu'elle souriait. Quand il s'arrêta devant la grange, elle leva vers lui un regard brillant.

— Vous ne devinerez jamais qui m'a rendu visite aujourd'hui.

Il haussa les épaules.

— Madame Rider ! Elle st venue nous apporter son cadeau de mariage.

— A en juger par votre tête, il est certainement magnifique.

Il descendit de sa monture.

— Si vous saviez... Attendez de voir.

D'un geste impatient, elle lui prit la main, l'obligeant à la suivre.

— Laissez-moi au moins mettre ce cheval dans sa stalle, protesta-t-il en riant.

La jeune femme s'esclaffa à son tour.

— Très bien ! C'est là que je comptais vous emmener.

Jeremy ouvrit de grands yeux.

— Dans la grange ?

— Oui, allez ! Venez !

Saisissant les rênes, il lui emboîta le pas.

— Je n'en croyais pas mes yeux ! s'écriait Sarah, tout excitée.

Elle avait réussi à piquer la curiosité de Jeremy ! Encore quelques mètres, et ils atteindraient la grange. Mais pour Sarah, c'était encore trop long.

Elle lui lâcha la main et courut à l'intérieur. Comme il pénétrait à son tour dans la bâtisse, elle lui fit signe de la rejoindre, au fond.

Au début, il eut beau regarder autour de lui, il ne vit rien qui changeât de l'ordinaire. Le cheval de trait acheté à Chad Turner sortait la tête de sa stalle, et hennissait, tout comme il avait henni la veille pour l'accueillir.

C'est alors qu'une autre tête surgit d'un box qui, le matin même, était encore vide. Jeremy s'arrêta net et considéra l'animal, médusé.

— N'est-elle pas magnifique ? demanda son épouse, le sourire plus éclatant que jamais. Elle s'appelle Ambre. Et elle est sur le point de pouliner. Cela peut arriver à tout moment, selon Mme Rider.

Il s'approcha du box pour mieux admirer la bête.

— Mais pourquoi ? fit-il dans un souffle, notant l'éclat vif dans ses yeux sombres, la chaude couleur de sa robe. Cette jument doit valoir une fortune. Pourquoi les Rider nous en font-ils cadeau ?

— C'est une longue histoire. En fait, Mme Rider avait une dette envers ma mère.

Sarah se rapprocha de son époux et ajouta :

— Elle a dit que vous saviez y faire avec les chevaux. J'ignorais que vous aviez travaillé chez eux.

— Je ne pensais pas que cela vous intéresserait de le savoir.

— Au contraire, Jeremy. Racontez-moi, je veux tout savoir.

Quelle incorrigible curieuse ! songea-t-il en souriant malgré lui.

Se tournant, il plongea son regard dans le sien. Il tendit les doigts et lui effleura le front, avant de les refermer sur sa joue. Instinctivement, elle pencha la tête pour se blottir contre sa paume. Une douce chaleur se glissa alors en lui.

Il l'aimait tant... Jamais il ne supporterait qu'elle souffre par sa faute. Serait-il à la hauteur ? Saurait-il combler ses rêves ?

La peur d'échouer le tarauda tout à coup, effaçant le bien-être qu'il ressentait. Il ne méritait pas l'amour qu'il lisait dans ses prunelles bleues. Quand elle le regardait, elle se faisait de lui l'image d'un battant, l'image d'un homme à qui tout réussissait. Un homme qui avait eu le courage de quitter Homestead, d'abandonner derrière lui tout ce qu'il possédait pour parcourir le monde... Mais elle se trompait ! Elle se trompait lourdement sur son compte...

Il ne s'était pas lancé à l'aventure par défi ou par goût du risque. Non, il s'était contenté de fuir une autorité, de se dérober à ses responsabilités, entraînant dans l'abîme une jeune femme innocente ! Et, pour avoir cru en lui, elle avait perdu la vie...

Il aurait voulu hurler : « J'ai peur, Sarah, j'ai si peur ! » Mais, même là, le courage lui manqua.

Prenant une profonde inspiration, il la plaqua contre lui et la serra de toutes ses forces.

« Mon Dieu, faites que je ne la perde pas ! Laissez-nous vivre en paix, permettez-moi de l'aimer. Ne m'obligez pas à fuir une nouvelle fois. »

Son cœur se serra.

« S'il le faut, je partirai. Mais je vous en prie, protégez-la, faites en sorte qu'il ne lui arrive rien... »

Longtemps il la garda dans ses bras, sans bouger, sans parler, goûtant au plaisir de sentir contre lui ce corps qui épousait si bien le sien.

Si seulement ils pouvaient survivre jusqu'aux prochaines récoltes, se répétait-il désespérément.

Les récoltes. Voilà le signal qu'il attendait avec tant d'impatience, le signal qui déciderait de leur existence... L'été scellerait leur destin : il saurait enfin s'il pouvait être à la hauteur de ses promesses...

Le silence de Jeremy effraya la jeune femme, et la manière dont il la serrait dans ses bras attisa cette crainte. C'était comme si, tout à coup, il ne songeait plus qu'à fuir, lui offrant en silence ses adieux. Il n'y avait là rien de tangible, bien sûr, juste un pressentiment qui lui étreignait le cœur.

— Bon...

Il recula.

— Je pourrais peut-être examiner de plus près cette superbe bête. Qu'en pensez-vous ? Si elle ne doit plus tarder à mettre bas...

Sarah ne répondit pas. Elle ne pouvait parler. La peur la tenaillait.

Ouvrant la porte, son époux entra dans la stalle. Précautionneusement, il palpa la panse enflée de la jument.

— Ce n'est pas pour tout de suite, annonça-t-il en redressant la tête. Mieux vaut toutefois garder un œil sur elle. Parfois, cela arrive plus vite que prévu.

D'un geste tendre, il passa une main dans la crinière de l'animal.

Sarah se gronda en silence. Elle se faisait des idées. Jeremy l'avait épousée, il n'allait pas s'en aller, la planter là. Il n'essayait pas de lui dire adieu. Non, il allait s'occuper d'Ambre et de son petit, jusqu'à ce que les premières pousses apparaissent dans les champs. Il serait là quand leur bébé naîtrait, il serait là pour le restant de leur vie.

Ce serait idiot de croire le contraire. Jeremy l'aimait. Pourquoi la quitterait-il ?

34

Fanny s'arrêta sur le trottoir devant le Pony Saloon. A l'intérieur, Quincy accompagnait la chanteuse au piano. Une forte odeur de fumée, de bière et de whisky s'en échappait, lui rappelant de bien désagréables souvenirs.

Elle tourna la tête. Ce serait si facile de regagner l'hôtel et d'oublier ce projet saugrenu. Depuis le jour où Tom l'en avait sortie, deux mois plus tôt, elle n'avait pas remis les pieds dans cet établissement.

« Un peu de courage », se tança-t-elle. Opal se trouvait ici. Que serait-elle devenue si sa sœur ne s'était pas arrangée pour qu'elle ait un toit et de quoi manger, une fois leur mère disparue ? Si sa sœur n'avait pas été chercher le médecin quand elle était malade et clouée au lit ? Elles n'étaient peut-être pas aussi proches que Tom et Sarah, mais Opal demeurait sa seule famille…

Prenant une profonde inspiration pour se donner du courage, elle entra.

La pièce envahie par la fumée était occupée par les bûcherons, arrivés à Homestead quelques jours plus tôt, des hommes en route pour les montagnes. Il lui fallut moins d'une minute pour repérer sa sœur. Opal se tenait derrière un homme, à la table de poker, une main posée sur son épaule tandis qu'elle regardait ses cartes avant de lui murmurer quelques mots à l'oreille.

Plusieurs paires d'yeux convergèrent sur Fanny. Brusquement nerveuse et effrayée, elle faillit prendre ses jambes à son cou. Mais ne souhaitait-elle pas parler à sa sœur, ne serait-ce que quelques minutes ?

— Regardez-moi qui va là ! lança Grady O'Neal d'une voix railleuse, derrière le bar.

Il ponctua ces mots d'un rire méchant. Beaucoup tournèrent la tête vers elle, et la déshabillèrent du regard. Elle garda les yeux résolument braqués sur Opal, bien décidée à ne pas se laisser intimider. La tête haute, elle traversa la pièce.

La jeune fille atteignait la table de poker lorsque Opal leva enfin les yeux. Une expression de surprise s'afficha sur son visage fardé, laissant place à une moue réprobatrice.

— Opal, puis-je te parler un instant ? demanda Fanny d'une voix qui se voulait ferme.

Sa sœur coula un bref coup d'œil en direction du bar.

— Le moment est plutôt mal choisi, Fanny. Nous avons du monde.

— Je n'en ai que pour une minute. Promis. Nous pourrions sortir sur le trottoir...

Opal la détailla de pied en cap, s'arrêtant un instant sur son corsage blanc, délicatement brodé au col montant, avant de fixer sa jupe longue marron qui cachait ses bottines de cuir. Quand elle revint à son visage, elle déclara :

— Je ne pense pas que ce soit une bonne idée. Tu ferais mieux de retourner dans tes cuisines.

Fanny eut toutes les peines du monde à ravaler les larmes qui lui nouaient la gorge.

— Je... je voulais t'annoncer que Tom McLeod m'a demandée en mariage.

Opal la dévisagea, bouche bée, comme si elle la croyait soudain folle. Puis, pivotant sur ses talons, elle se dirigea vers la porte de derrière. Fanny la suivit.

Au moment où elles sortaient dans l'étroit passage entre le saloon et les écuries, l'aînée fit volte-face.

— Tu es certaine qu'il veut vraiment t'épouser ? Tu ne lui as quand même pas offert gratuitement ce pour quoi il aurait dû payer, j'espère ?

Fanny s'était raidie.

— Tom est un gentleman ! s'insurgea-t-elle. Il m'aime, et je l'aime. Nous nous marierons quand il rentrera de Boston. Il aura alors obtenu son diplôme de docteur. En attendant, je vais aller vivre avec son grand-père.

L'expression d'Opal s'adoucit.

— Vivre avec son grand-père ? Le shérif Hank McLeod ? Eh bien, ça a l'air d'être sérieux !

Elle esquissa un sourire presque triste.

— Je suis heureuse pour toi, Fanny. Sincèrement.

— Peut-être qu'après notre mariage, tu pourrais...

— Tais-toi !

Puis, baissant le ton, elle ajouta :

— Je suis ce que je suis, Fanny. Et je n'ai pas envie de changer. Tu es une enfant délicieuse, et je suis ravie que tu sois venue me trouver à la mort de notre mère. Si j'ai pu t'aider quelque temps, tant mieux. Mais tu mérites autre chose. On t'a donné une chance, tu l'as saisie au vol. Ne la laisse pas filer, tu m'as entendue ?

Fanny hocha faiblement la tête, la gorge trop serrée pour pouvoir répondre.

Opal la prit par les épaules.

— Regarde-toi. On dirait une dame, toute propre et élégante. Et ravissante, de surcroît. J'imagine que les gens de cette ville t'ont adoptée. Et pour ceux qui ne l'auraient pas encore fait... eh bien, qu'ils aillent au diable! Tu as ta conscience pour toi, tu sais que tu n'as jamais rien fait de mal.

— Opal, je...

— Va-t'en maintenant, et ne reviens plus jamais au saloon. Plus jamais, me suis-je bien fait comprendre ? Cela ne nous apporterait que des ennuis. Cet endroit... (Elle désigna le saloon derrière elle.) Cet endroit est un autre monde. Laisse-moi y vivre à ma guise, tranquillement, et vis dans le tien. Quand j'apprendrai que tu as épousé ton médecin, je serai heureuse pour toi.

Fanny opina. Elle ne réussirait jamais à faire changer sa sœur. Mais avait-elle le droit de décider pour elle ? De vouloir ce qu'elle ne voulait pas ?

— Une dernière chose, Fanny. Ce n'est pas parce que je ne te verrai plus que je t'aimerai moins. Sache-le. Et maintenant, file !

Sur ces mots, Opal tourna les talons et s'engouffra à l'intérieur du saloon. Fanny resta prostrée un long instant. Un lourd sentiment de solitude, une sensation bouleversante d'être abandonnée, l'écrasait. Elle frissonna.

Ce n'est pas parce que je ne te verrai plus que je t'aimerai moins. Sache-le.

Ses yeux s'emplirent de larmes. Pour la première fois, Opal lui avait dit, à sa manière bien sûr, qu'elle l'aimait, et qu'elle l'aimerait toujours.

— Moi aussi, souffla-t-elle à mi-voix. Moi aussi je t'aimerai toujours...

En silence, Tom et Doc Varney quittèrent la petite ferme. Ils atteignaient le col de Tin Horn lorsque Doc tira sur les rênes, immobilisant la carriole.

Le vieil homme baissa la tête comme si, brusquement le destin l'accablait.

— La grippe.

Ce mot, la manière dont il le prononça, fit frémir Tom de tout son être.

Le médecin leva les yeux au ciel.

— Mon Dieu, faites que je me trompe! murmura-t-il. Faites que ce ne soit pas grave...

Puis, sans un regard pour le jeune homme, il fit claquer les rênes. Le cœur lourd, ils reprirent leur chemin...

Sarah achevait de préparer le déjeuner tandis que Jeremy s'affairait dans la cour. Depuis le matin, il sciait et clouait sans relâche, déchirant le silence par des grincements et des coups de marteau alternés. Et déjà, elle se faisait une idée de la grange telle qu'elle deviendrait quand son mari l'aurait terminée.

Peut-être s'emploierait-il ensuite à ajouter une aile à la maison... Elle lui en parlerait au repas.

Elle baissa les yeux sur son ventre. Depuis quelques jours, il s'était légèrement arrondi mais, avec une robe ample, sa grossesse n'était pas encore visible.

Même s'ils n'avaient pas l'argent pour s'offrir les rêves les plus fous, pour rien au monde elle n'aurait cédé sa place à une autre. Ce bébé à naître serait le symbole de leur amour. Tous les trois, ils vivraient heureux, cachés dans ce petit ranch au beau milieu de nulle part.

Oui, c'est ainsi qu'elle souhaitait vivre... Elle n'avait aucune peine à imaginer leur enfant trottinant derrière son père, le suivant dans toutes ses tâches. Ou alors, le soir venu, blotti dans son giron tandis qu'elle le bercerait pour l'endormir. Ce serait un garçon. Il aurait les cheveux noirs de son père, ses yeux sombres et son sourire ravageur.

Il serait le premier : d'autres suivraient. Elle rêvait d'une maison emplie de rires d'enfants...

La porte s'ouvrit à la volée derrière elle, l'arrachant à sa douce rêverie.

— Sarah ?

Elle se tourna, un sourire aux lèvres.

— Venez vite ! Ambre est en train de mettre bas.

Sans attendre, elle posa son couteau et s'essuya les mains dans son tablier.

— Que faut-il faire ?

— Pour l'instant, rien. Tout a l'air de bien se passer.

Sarah ôta son tablier et le rangea sur l'évier, avant de se précipiter vers la sortie. En passant, elle décrocha son châle derrière la porte d'entrée et en drapa ses épaules. Comme Jeremy ne bougeait pas, la considérant curieusement, elle haussa les sourcils.

— Vous ne venez pas ?

— Vous êtes sûre de vouloir y assister ?

— Je ne raterais ce spectacle pour rien au monde. C'est ma jument, après tout.

Un sourire lui vint aux lèvres quand elle comprit la raison de son hésitation.

— Je ne suis pas sensible, Jeremy. Je ne vais pas m'évanouir parce qu'une jument pouline. C'est la vie.

— D'accord.

Il s'approcha d'elle et, glissant un bras sous le sien, l'entraîna au-dehors.

A l'instant même où Sarah franchit le seuil de la grange, une étrange impression l'enveloppa. C'était comme si, brusquement, quelque chose avait changé entre ces murs. Comme si le monde retenait son souffle, dans l'attente de l'heureux événement. L'alezan n'avait pas dodeliné de la tête en guise de bienvenue, comme il le faisait à l'accoutumée. Il leur tournait le dos, silencieux.

Se traitant d'incorrigible sentimentale, Sarah se hâta vers la stalle de la jument. Celle-ci était couchée sur le flanc. Sa respiration se faisait saccadée. Parfois elle poussait un gémissement, lorsque la douleur devenait insupportable.

— Il n'y a rien que nous puissions faire pour la soulager ?

Jeremy secoua la tête.

— Non. Il vaut mieux la laisser se débrouiller seule. Ne restez pas trop près. Elle a besoin de tranquillité.

D'un geste péremptoire, il la conduisit dans un coin de l'étable, et lui enjoignit de s'asseoir sur un tabouret, avant de prendre place sur une barrique en bois. Le soleil éclatant de mars dardait ses rayons par les portes ouvertes, diffusant une lumière éthérée, presque magique. Comme si la nature elle-même avait conscience de ce spectacle unique.

Durant plus d'une heure, ils demeurèrent assis en silence, à regarder de loin la jument. L'intimité de la grange les nimba peu à peu, propice aux confidences. L'instant était particulier, Sarah éprouvait subitement le besoin de partager ses pensées les plus secrètes avec Jeremy. Pourtant, quelque chose la retenait de rompre le silence. Les mots, bizarrement, refusaient de dépasser ses lèvres. Elle attendait… sans savoir réellement quoi.

— La dernière fois que j'ai assisté à un tel spectacle, c'était en compagnie de Millie, murmura Jeremy à brûle-pourpoint.

La jeune femme sentit son cœur manquer un battement. Voilà ce qu'elle attendait... Qu'il se livre enfin.

— Malheureusement, nous avons perdu la jument. C'était la seule que nous possédions. Un cheval de trait, énorme et laid, que Millie avait surnommé Twinkles. Millie a quand même réussi à sauver le poulain. Et, nuit et jour, elle l'a nourri pendant plusieurs semaines.

Il marqua une pause, et ajouta d'un ton presque inaudible :

— Après la mort de Millie, je l'ai vendu. Je ne pouvais plus supporter de le regarder.

Sarah avait mal pour lui et, pourtant, elle ne voulait pas qu'il se taise. « Continue, Jeremy », l'implora-t-elle en silence, n'osant pas parler de peur de l'effrayer.

— Millie était quelqu'un... de peu ordinaire, poursuivit-il d'une voix étranglée. Vous n'auriez pas manqué de l'apprécier, Sarah.

La douleur sourdait sous ses mots. Elle avait la gorge nouée par l'émotion.

— Millie avait à peine seize ans quand nous nous sommes enfuis. Mon père était contre ce mariage. Il souhaitait que je poursuive mes études. Mais comme il ne disait jamais rien, j'ignorais qu'il avait des ambitions pour moi. Toute sa vie, il n'avait ouvert la bouche que pour me critiquer, me traiter de bon à rien. Lorsque je lui ai appris que Millie et moi souhaitions nous marier et nous installer à la ferme pour l'aider, il s'est emporté et m'a avoué qu'il avait mis de l'argent de côté pour que j'aille à l'université. Il était persuadé que je deviendrais quelqu'un. Mais c'était trop tard. J'avais déjà décidé de ce que je ferais. Nous nous sommes violemment disputés. Il en est même venu aux mains, et j'ai cru qu'il allait me tuer...

Il se tut et ferma les yeux, comme si tout à coup ces souvenirs étaient insoutenables.

— Je ne l'avais jamais vu autant en colère. Il m'a défendu de revoir Millie. Il l'a accusée de gâcher ma vie. Je ne l'ai pas supporté.

Jeremy lui coula un bref coup d'œil, avant de soupirer.

— Je n'aurais jamais dû m'enfuir avec Millie. Elle ne voulait pas partir. Elle disait que c'était lâche. Elle était convaincue que mon père finirait par changer d'avis, et nous donnerait sa bénédiction. Seulement moi, je le connaissais. Je savais qu'il ne reviendrait jamais sur sa décision. Il était trop buté pour cela. Alors, je l'ai poussée à me suivre. Je ne savais même pas où nous irions, et de quoi nous vivrions. Tout ce qui m'importait était de partir. Partir le plus loin possible de ce ranch, et de mon père...

Une fois encore, le silence ponctua ses paroles. Bouleversée, Sarah lui effleura le bras mais, tout à ses douloureuses réminiscences, il ne s'en rendit même pas compte.

— Nous avons profité de la nuit pour quitter Homestead. Nous avions juste une valise et, en poche, quelques dollars que j'avais subtilisés à mon père. Cela fut à peine suffisant pour nous rendre dans l'Ohio, où vivait sa grand-mère. Si elle n'avait pas été là, nous serions probablement morts de faim. Elle nous a prêté un peu d'argent pour louer une ferme et, pendant plus d'un an, j'ai travaillé d'arrache-pied. Cela n'a servi à rien, je n'avais même pas assez pour rembourser la grand-mère de Millie. Même après les récoltes, nous n'avons jamais réussi à joindre les deux bouts.

Il exhala un long soupir harassé.

— Millie était extraordinaire, elle ne se plaignait jamais. Jamais.

— Elle vous aimait beaucoup, murmura Sarah dans un souffle. Tout comme vous l'aimiez...

Jeremy ne répondit pas, mais son silence était plus évocateur que des mots. Elle ressentit, malgré elle, une pointe de jalousie envers cette femme. Serait-il un jour capable de pareils sentiments pour elle ? Son cœur se serra douloureusement.

— Je ne lui ai fait que du mal, Sarah. Je n'ai pas su m'occuper d'elle. A cause de moi, elle a souffert.

— Beaucoup de gens traversent des moments difficiles, Jeremy. Et ce n'est pas pour cela qu'ils en sont coupables. Ce n'était pas votre faute. Vous étiez jeunes, vous ne pouviez savoir que la vie ne vous épargnerait pas. Il faut du courage pour tout laisser derrière soi, pour essayer de construire une nouvelle vie.

Mais déjà il ne l'écoutait plus. Comme s'il se parlait à lui-même, il continua :

— Je n'avais pas assez d'argent pour appeler un médecin au chevet de Millie quand elle est tombée gravement malade. Et même si j'en avais eu, il n'y avait pas un seul docteur à vingt kilomètres à la ronde. Notre ferme était encore plus isolée que celle-ci. Il m'aurait fallu une journée pour aller jusqu'à la ville la plus proche. Je ne voulais pas la laisser seule, elle avait trop de fièvre... J'avais peur pour elle. Avec le recul, je regrette de n'être pas allé chercher de l'aide. Si elle avait été soignée... peut-être serait-elle encore...

Ses épaules s'affaissèrent.

— Je n'ai pas su la protéger. Si je ne l'avais pas forcée à s'enfuir, elle serait encore en vie aujourd'hui. Tout est ma faute, elle est morte à cause de moi...

Pour la première fois, Sarah mesura l'ampleur de la culpabilité qui le rongeait depuis si longtemps. Elle chercha dans son cœur les mots susceptibles de le réconforter, mais ne trouva que des platitudes.

Alors, en désespoir de cause, elle lui prit la main et la serra très fort, jusqu'à ce qu'il lève les yeux vers elle.

— Vous ne pouviez pas le savoir, Jeremy. Peut-être Millie serait-elle morte ici aussi. Qui sait? Quand nous faisons un choix, nous ignorons malheureusement si c'est le bon. Vous avez fait ce qui vous semblait le mieux à l'époque.

Elle se pencha vers lui et ajouta :

— Vous l'aimiez, Jeremy. C'est tout ce qui importe, c'est tout ce qu'elle demandait de vous.

Sarah était bien placée pour le dire : c'est ce qu'elle attendait de lui, elle aussi. Elle se fichait bien de ses promesses. Il n'avait pas besoin de la protéger, de lui jurer qu'un jour il lui offrirait des toilettes insensées ou l'emmènerait aux quatre coins du monde. Elle n'attendait rien de lui, sinon l'assurance de son amour.

Des mots d'amour, ceux-là mêmes qu'il était bien en peine de prononcer. Car il avait peur, elle le devinait...

Ambre poussa un hennissement, brisant soudain le silence. D'un même mouvement, ils se tournèrent vers la stalle.

— C'est presque fini, commenta Jeremy. Le poulain est en train de naître.

Il quitta son poste d'observation et traversa la grange, laissant Sarah derrière lui, dans la pénombre naissante.

Brusquement, elle désespérait d'entendre un jour cet homme lui dire qu'il l'aimait. Et, pour la première fois, elle eut peur pour leur avenir...

35

Doc Varney reconnut, avant même d'avoir entièrement examiné Félix Bonnell, le mal dont ce dernier souffrait. En trois jours, il avait déjà recensé cinq cas de grippe. La maladie se propageait à la vitesse de l'éclair.

Une épidémie !

Ce mot tira une sonnette d'alarme dans son esprit...

Après avoir donné ses instructions à Ethel Bonnell quant aux mesures à prendre, Doc se rendit chez les McLeod, faisant fi de l'heure matinale. Ce fut Tom qui vint ouvrir la porte.

— Monsieur Varney ?

Alarmé, le jeune homme invita le médecin à entrer.

— Nous avons un nouveau cas, Tom, annonça-t-il d'un air sombre. Félix Bonnell. J'arrive à l'instant de chez lui.

Tom recula.

— Venez. Le café est prêt, je vais vous en servir une tasse.

— Merci.

Le médecin n'attendit pas que Tom lui montre le chemin de la cuisine. Il s'y rendit comme s'il était chez lui.

— Asseyez-vous, Doc, offrit le jeune homme en le rejoignant.

Doc tira une chaise et s'y laissa choir de tout son poids. Lui qui, d'ordinaire, ne se départait jamais de sa bonne humeur, semblait tout à coup exténué. On aurait dit qu'il portait un lourd fardeau sur ses épaules. Dans la lumière grisâtre du petit matin, il avait le visage creusé, des cernes sous les yeux. Brusquement, il paraissait vieilli.

— Félix a une fièvre carabinée depuis plusieurs jours, affirma-t-il avant d'ôter ses lunettes et de se frotter machinalement les yeux. Il n'a même plus la force de quitter son lit.

Sans un mot, Tom posa la tasse fumante devant le médecin, et s'assit à la table.

— Ce sont les enfants et les vieux qui ont le plus de risques de l'attraper, car ils sont fragiles. Il est temps que nous fermions l'école. Les enfants doivent rester chez eux. Et il faut prévenir votre sœur de ne quitter le ranch sous aucun prétexte. La grippe peut être dangereuse pour elle, dans son état.

Laissant échapper un soupir las, il porta la tasse à ses lèvres et prit quelques gorgées du liquide brûlant. Tom ne savait que dire.

— Nous installerons un hôpital dans l'école, enchaîna Doc. Ainsi, nous perdrons moins de temps à aller et venir entre nos patients.

— Que voulez-vous que je fasse pour vous aider ?

— Avant toute chose, il va falloir passer la consigne. Au premier symptôme de la maladie, les gens ne devront plus sortir de chez eux ou, tout du moins, se tenir loin de la ville. La maladie se propage rapidement.

Tom se leva d'un bond.

— Eh bien, ne restons pas là à bavarder ! Je vais prévenir le shérif. Nous ferons le tour des maisons. Et puis, j'irai au ranch... Au fait, j'y pense ! Vous avez vu le maire ?

— Pas encore. Je comptais y aller après vous avoir rendu visite. Je voudrais qu'il m'aide à trouver des lits pour les installer dans l'école.

Il se leva péniblement.

— Retrouvez-moi là-bas, Tom, quand vous rentrerez du ranch.

D'une seule traite, le vieux médecin termina le contenu de sa tasse.

— Reste à espérer que le plus gros de l'épidémie soit déjà passé, songea-t-il à voix haute avant de tourner les talons.

Son panier à œufs sous le bras, Sarah se tenait devant la stalle d'Ambre et contemplait le poulain qui tétait sa mère. Cela faisait deux jours qu'il était né, et elle était encore sous le coup de l'émotion. Son sourire se teinta de mélancolie tandis qu'elle se remémorait les propos de Jeremy.

Dire que c'était elle qui, à de nombreuses reprises, l'avait poussé à parler de sa première femme. Aujourd'hui, elle le regrettait. Le spectre de Millie flottait désormais entre eux, les séparant, empêchant Jeremy de prononcer les mots qu'elle souhaitait tellement entendre. Naïvement, elle s'était imaginé que, dès l'instant où il soulagerait sa conscience, il effacerait les souffrances du passé, et ne songerait plus qu'à l'avenir à ses côtés...

Elle posa son panier avant d'ouvrir la porte de la stalle, et de se glisser à l'intérieur. Surpris par la présence de Sarah, le poulain recula vivement, et se dissimula entre les jambes de sa mère.

— N'aie pas peur. Je ne te veux aucun mal.

« N'aie pas peur, Jeremy ! aurait-elle voulu hurler à son époux. Je t'aime. Je veux juste être avec toi... »

Le poulain continuait de la fixer avec méfiance.

— Je t'assure, je ne te ferai pas de mal...

Le martèlement de sabots dans la cour lui fit

lever la tête. Elle jeta un coup d'œil par la porte de la grange. Qui pouvait bien lui rendre visite aussi tôt ? Récupérant son panier, elle ferma la stalle et se dirigea vers la sortie. Elle atteignit le seuil au moment même où son frère levait la main pour frapper à la porte de la ferme, gardant la bride de son cheval à la main.

— Tom ?

Quand il fit volte-face, elle lut l'inquiétude sur son visage.

« Grand-père ! Mon Dieu, faites qu'il ne lui soit rien arrivé ! » songea-t-elle, apeurée.

Son frère s'approchait d'elle à grands pas.

— Où est Jeremy ? demanda-t-il sans autre préambule.

— A l'intérieur. Pourquoi ? Quelque chose ne va pas ?

— J'ai besoin de son aide.

— Que se passe-t-il ? Grand-père est malade ?

Tom la prit par le bras.

— Il va très bien, rassure-toi. Non, le problème, c'est que nous avons un début d'épidémie en ville.

— Une épidémie ? Mais de quoi ?

— De grippe. Il faut fermer l'école. Et par prudence, il vaudrait mieux que les gens restent chez eux jusqu'à ce que ce soit fini.

— Et toi ? Et grand-père ? Venez vivre ici avec nous !

Tom secoua la tête.

— Non, il faut que j'aide Doc. Grand-père ne craint rien à la maison, je m'assurerai qu'il ne sorte pas.

— C'est moi qui vais m'occuper de lui.

— Certainement pas ! Doc a insisté pour que tu ne quittes le ranch sous aucun prétexte. On ne veut pas que tu tombes malade.

— Mais...

Les doigts de son frère se refermèrent sur son bras.

— Ne discute pas, Sarah. Je t'en prie. Suis le conseil de Doc. Pour ce qui est de grand-père, ne te fais pas de souci, je m'en charge.

Sarah prit une bouffée d'air, tentant de calmer les battements effrénés de son cœur.

— Tu me promets que tu m'enverras chercher si on a besoin de moi ?

— Oui.

Elle soupira.

— Alors, d'accord, j'accepte de rester ici.

Sur le trottoir, Fanny regardait la carriole des Rafferty s'éloigner, emportant Rose et les enfants qui iraient vivre quelque temps chez leurs amis, les Jones. Quand le véhicule eut tourné le coin de la rue, la jeune fille promena un regard attristé autour d'elle. L'artère était déserte, comme toutes les autres. La ville donnait l'impression d'avoir été abandonnée. Personne ne foulait plus les pavés, il n'y avait plus un cheval accroché devant le saloon, le barbier ou le restaurant de Zoé. Même les chiens n'aboyaient plus. Les rires d'enfants ne s'élevaient plus de la cour de récréation. Un silence absolu régnait sur les lieux... Brusquement, la jeune fille eut l'impression d'être seule au monde.

Si ce n'étaient tous ceux, déjà contaminés par la maladie, qu'on avait regroupés dans l'école, Homestead était quasiment vide. Tom n'avait pas quitté le chevet des patients depuis le matin, assistant le pauvre Dr Varney, fourbu.

N'ayant plus de raison de demeurer à l'hôtel, les

clients s'étaient envolés. Fanny pouvait fort bien aller aider Tom et le médecin.

Oui, c'est ce qu'il fallait faire! décida-t-elle en pivotant sur ses talons pour se diriger vers l'école. Tant que l'épidémie faisait rage, sa place était auprès des malades, et de son futur époux.

Elle eut à peine franchi le seuil de la classe, aménagée en hôpital de fortune, qu'elle repéra Tom, penché au-dessus d'une vieille dame. D'un geste empli de sollicitude, il portait un verre d'eau à ses lèvres. Puis il reposa précautionneusement sa tête sur l'oreiller, et lui murmura des mots gentils.

Fanny n'oublierait jamais l'attention qu'il lui avait prodiguée quand elle était, elle-même, mal en point. Il montrait beaucoup de dévouement et de patience à l'égard de son prochain. C'était certainement ce qu'elle admirait le plus chez lui!

Tom leva enfin les yeux et se renfrogna en l'apercevant sur le pas de la porte. Rapidement, il borda la malade et traversa la pièce pour la rejoindre.

— Que faites-vous ici, Fanny? gronda-t-il. Auriez-vous perdu la tête? Tous ces gens sont contagieux!

— Je suis venue vous proposer mon aide.

— Sûrement pas. Je ne voudrais pas que vous soyez en contact...

— Et vous? Vous êtes bien ici! Je vous en prie, Tom, je veux être auprès de vous.

Un instant, il hésita. Un pli soucieux barrait son front.

— Tom, reprit-elle, si je deviens votre épouse, il vaut mieux que j'apprenne à vous seconder, je me trompe? Etre une aide, un soutien... N'est-ce pas ce que je serai bientôt censée faire? Le travail ne me fait pas peur. J'en ai l'habitude, vous le savez bien.

— Fanny...

— Je reste, Tom McLeod.

Relevant le menton en signe de défi, elle soutint son regard.

— Et maintenant, dites-moi ce que je dois faire !

Le visage de Tom s'éclaira soudain.

— Fanny Irvine, je vous aime...

Et il ponctua ces paroles d'un baiser sur le bord de sa bouche.

Bien plus tard, cette nuit-là, accablé par la fatigue, Doc se laissa tomber sur une chaise, dans un coin de l'hôpital de fortune. Privé de ses forces, il ferma les yeux, songeant à se reposer quelques minutes. Une migraine lui martelait les tempes, et sa nuque lui semblait plus raide qu'à l'ordinaire. Ses yeux le brûlaient.

Il fallait qu'il dorme un peu. Malheureusement, il était bien trop inquiet pour se le permettre. Si un patient avait tout à coup besoin de lui...

Avec un soupir, il promena un regard éreinté autour de lui. Seules une ou deux lampes se consumaient encore, baignant la classe d'une faible lumière, projetant de sinistres ombres sur les murs. Tout était calme pour l'instant. Personne ne toussait ni ne râlait. Mais ce n'était qu'un répit.

A l'autre bout de la pièce, Fanny s'était assoupie dans le rocking-chair que Michael avait eu la gentillesse d'apporter. Dans ses bras s'agitait faiblement le fils Evans. Le pauvre ! Il avait à peine trois mois et, depuis deux jours, la fièvre le ravageait. Si celle-ci persistait, il y avait fort à craindre qu'il ne passe pas la nuit.

Le cœur serré, Doc détourna la tête et chercha Tom du regard. Il se trouvait au chevet de Mme Percy, égouttant un linge qu'il venait de tremper dans une bassine pour le poser sur le front de la vieille dame. Même si la nuit était bien avancée, le jeune homme ne semblait pas le moins du monde fatigué. Doc essaya de se rappeler l'époque où lui aussi avait cette énergie à revendre. En vain. A cette minute, il se sentait terriblement vieux et fatigué.

Il balaya du regard les lits des douze malades. Félix Bonnell était certainement le plus atteint, mais Doc craignait de devoir faire face dans les prochains jours à une aggravation chez les autres.

Fermant de nouveau les paupières, il s'appuya contre le mur derrière lui. Demain, il enverrait un télégramme à Boise City pour demander l'aide d'un de ses confrères, songea-t-il. Il se faisait trop vieux. Jamais Tom et lui n'arriveraient à endiguer l'épidémie tout seuls...

Une quinte de toux grasse déchira le silence de la pièce. Avec un soupir, le médecin se leva et se dirigea vers le lit de Mme Fremont d'un pas plombé, sachant qu'il n'était pas au bout de ses peines. La nuit risquait d'être longue.

Si seulement cette maudite migraine ne le faisait pas autant souffrir...

36

Jeremy jugea plus sage d'en dire le moins possible à Sarah pour ne pas l'alarmer. En fait, il se borna à rapporter que Homestead était plus tranquille qu'à l'accoutumée, les gens restant chez eux, et les trains étant détournés jusqu'à ce que l'épidémie soit enrayée.

Mais la jeune femme ne s'y trompait pas. Il y avait certainement bien plus grave. Seulement, voilà... elle n'avait pas le courage de poser la question. Pour ne pas se mettre martel en tête et s'inquiéter du sort de ses amis et voisins, elle passait ses journées à coudre de la layette pour le bébé. Le soir venu, elle préparait les repas en attendant le retour de son époux.

Attendre. Toujours attendre, attendre...

Une semaine après que Tom fut venu la prévenir de l'épidémie qui sévissait en ville, Jeremy revint de Homestead au milieu de la journée. C'était la première fois depuis une semaine qu'il rentrait avant la nuit. Aussitôt, Sarah comprit qu'il était arrivé quelque chose de grave.

Elle posa précipitamment la brassière qu'elle achevait de broder, et se leva d'un bond. Jeremy croisa brièvement son regard en passant la porte. Sans mot dire, il ôta son couvre-chef, puis se débarrassa de son manteau. La jeune femme le dévisageait, pétrifiée. Il avait les épaules affaissées. Ses gestes étaient lents, comme englués par une souffrance intolérable.

Quand, enfin, il daigna faire volte-face et qu'elle vit l'expression de son visage, la peur la transperça de ses aiguillons glacés.

« Grand-père ? voulut-elle demander. Tom ? » Mais les mots ne dépassèrent pas la barrière de ses lèvres.

En deux enjambées, il fut près d'elle.

— Hank et Tom vont bien, souffla-t-il comme s'il avait deviné ses pensées.

Dieu soit loué, grand-père et Tom étaient encore en vie !

— Doc Varney est mort ce matin, lâcha son époux d'une voix étranglée.

Pour Sarah, ce fut comme un coup de poignard

en plein cœur ! Une vague de tristesse déferla en elle.

Doc était mort... L'honorable Dr Varney. D'aussi loin qu'elle puisse se souvenir, il avait toujours fait partie de sa vie. Avec le temps, elle en était arrivée à le considérer comme un membre de la famille. C'était Doc qui avait accompagné sa mère jusqu'à la mort. Plus tard, il avait pris soin de grand-mère Dorie, la soulageant avant qu'elle ne rende son dernier souffle...

Jeremy posa les mains sur ses épaules.

— D'après Tom, Mme Varney ne devrait pas passer la nuit.

Elle leva la tête, le regard embué de larmes.

— Oh, non ! Pourquoi eux ? La vie est décidément trop injuste ! Je les revois encore, il y a quelques semaines, évoquer leurs projets pour leurs vieux jours. Ils comptaient se retirer dans leur maison. Doc a consacré toute son existence à soigner les autres, et il n'a même pas eu le temps de profiter de la sienne.

Et Betsy Varney... Elle avait au moins vingt ans de moins que son époux.

Jeremy, silencieux, la serra dans ses bras. Il y avait quelque chose de désespéré dans son étreinte.

— Ce n'est... ce n'est pas tout, n'est-ce pas ? balbutia-t-elle contre son torse.

S'écartant, elle le dévisagea.

— Je vous en prie, dites-moi. Ne me laissez pas dans l'ignorance...

— Le Dr Varney avait demandé un coup de main à l'un de ses confrères de Boise. Tom a reçu un télégramme, ce matin. Personne ne peut venir. Il y a une pénurie de médecins dans la région. Il semblerait que l'épidémie touche toutes les villes depuis le sud de la rivière jusqu'ici. Il va falloir se débrouiller. Votre frère fait tout ce qui est en son pouvoir, mais...

Frappée par la douleur, Sarah ferma les yeux et, se blottissant contre son mari, nicha son visage dans le creux de son épaule.

— Pauvre Tom!

Perdre le Dr Varney était un coup dur pour la ville, mais sa disparition risquait fort d'ébranler son frère. Doc était le mentor de Tom. Il était à l'origine de sa passion pour la médecine, et il l'avait guidé dans ses études. Aujourd'hui, les gens de Homestead allaient attendre de Tom qu'il prenne la relève et s'occupe d'eux. Mais il n'avait même pas encore décroché son diplôme de médecin. Et il était bien jeune pour endosser de telles responsabilités...

— Il faut que j'aille l'aider, décida-t-elle en reculant d'un pas. Il a besoin de moi.

— Non!

Le ton tranchant de Jeremy la fit sursauter.

— Je ne veux pas que vous alliez en ville, Sarah. C'est bien trop dangereux. Pensez au bébé.

— Mais, Jeremy, je...

— Non. Votre frère dispose de toute l'aide dont il peut avoir besoin. Fanny est à ses côtés, comme beaucoup d'autres. Vous devez rester au ranch. Ici, vous êtes en sécurité.

Elle le considéra longuement, décelant derrière son injonction le sens véritable de ses craintes. Il n'était pas difficile de le deviner.

Il pensait à Millie.

Que Dieu lui vienne en aide! Le cauchemar recommençait. Sarah était enceinte. La grippe avait déferlé sur la région, et la ville se retrouvait sans médecin...

Il se rappela Millie allongée sur leur lit, dans leur petite ferme de l'Ohio, le visage cireux, les yeux brillants, les lèvres craquelées par la fièvre. En quelques jours, elle avait perdu beaucoup de poids et, si ce n'était son gros ventre, elle était d'une maigreur à faire peur. Jeremy était impuissant devant le mal qui la rongeait. Il n'y avait pas un médecin à dix lieues à la ronde. Et même si, par miracle, il avait réussi à en dénicher un, il n'aurait pas eu l'argent pour le payer. Millie était morte parce qu'il n'avait rien pu faire pour la sauver !

Et voilà qu'aujourd'hui, il se retrouvait dans la même situation avec Sarah. En entrant dans sa vie, elle l'avait transformé, lui avait insufflé un nouvel espoir. Elle avait mis un terme à sa solitude, son unique compagne depuis six ans. Il aimait Sarah comme jamais il n'avait aimé, comme jamais il n'aimerait. Elle était devenue sa raison de vivre. Si elle tombait malade...

— Je resterai ici, Jeremy, chuchota-t-elle comme si elle percevait son angoisse. Tant que grand-père et Tom n'auront pas besoin de moi, je n'irai pas en ville. Mais si l'un d'eux requérait ma présence à son côté, je n'hésiterais pas une seconde, je le rejoindrais.

Il ferma les yeux. Le destin ne s'acharnerait peut-être pas, cette fois-ci. Avec un peu de chance, il n'arriverait rien à Hank et Tom McLeod, et Sarah demeurerait à l'abri.

— Jeremy ?

Sarah lui frôla le bras.

— Que se passe-t-il, Jeremy ? Pourquoi vous taisez-vous ? Cessez de vous inquiéter pour moi. Il ne m'arrivera rien.

Si seulement elle pouvait dire vrai... Mais les paroles de Millie lui revinrent à l'esprit : elle aussi lui avait assuré que tout se passerait bien. Qu'elle guérirait rapidement et qu'ils auraient bientôt leur enfant à leurs côtés.

Seulement la vie en avait décidé autrement!

— Je ferais mieux d'aller m'occuper de mon cheval, lança-t-il d'un ton bourru, ne pouvant supporter le regard implorant de la jeune femme.

Il lui tourna le dos et quitta la maison.

Quand la porte se referma sur Jeremy, Sarah se laissa tomber sur la chaise derrière elle. Les larmes lui embuèrent les yeux. Elle avait la gorge nouée, à tel point qu'elle avait l'impression de ne plus pouvoir respirer.

Jeremy était sorti sans même un regard pour elle. Pourquoi la repoussait-il ainsi?

«Je n'en peux plus de cette attitude distante. Il faut que tu changes, Jeremy... Je ne peux pas t'aider si tu ne me laisses pas t'approcher!»

Elle se sentait brusquement démunie. Si seulement elle avait pu parler à son grand-père... Lui aurait su la conseiller. Mais elle avait promis à Jeremy de rester au ranch.

Tout est ma faute... Combien de fois avait-elle entendu Jeremy répéter ces mots? Lorsqu'il évoquait son père, son frère, ou Millie? Jeremy se sentait responsable chaque fois que ceux qu'il aimait souffraient. Il avait l'impression de porter la poisse. Oui, c'était cela!

Il n'osait pas l'aimer... Car il avait peur de la perdre, comme il avait perdu Millie autrefois. L'idée qu'elle puisse mourir de la grippe, emportant avec elle le fruit de leur amour, lui était insupportable. Alors, pour parer à tout danger, il gardait ses distances. Il se défendait d'éprouver le moindre sentiment pour elle...

Sarah se leva. Comment lui prouver qu'il avait tort ? Comment l'obliger à passer outre à ces stupides superstitions et le forcer à ouvrir son cœur ?

Gagnant la fenêtre, elle jeta un coup d'œil au-dehors, et l'aperçut près de la grange.

— J'ignore encore comment, Jeremy, murmura-t-elle, mais j'y parviendrai.

De sombres nuages gangrenaient le ciel enflammé par le soleil couchant, lorsque Tom quitta l'école. Jamais il ne s'était senti aussi fourbu et abattu, peut-être parce que son cœur pleurait encore la disparition d'un être cher. Comment allait-il annoncer à son grand-père la mort de Doc Varney ? Lui-même avait encore du mal à le croire.

Levant les yeux vers la maison qui l'avait vu grandir, au bout de la rue, il regretta brusquement de ne pas avoir obligé son grand-père à quitter la ville pour rejoindre Sarah et Jeremy au ranch.

Doc avait bien dix ans de moins que Hank McLeod, et il n'avait pas survécu à l'épidémie ! Si grand-père venait à tomber malade, lui aussi... il ne se le pardonnerait jamais.

Les derniers mètres jusqu'à la maison lui demandèrent un effort surhumain, et c'est sur des jambes flageolantes qu'il atteignit enfin la porte d'entrée. En poussant le battant, il se prit à espérer que Hank dormirait déjà.

Mais la chance n'était décidément pas avec lui. Il refermait la porte quand le vieil homme apparut en haut de l'escalier. Tom croisa son regard et détourna la tête, prenant tout son temps pour se débarrasser de son manteau et de son chapeau.

— Tu as mangé, mon garçon ?

— Je te remercie, je n'ai pas faim.

— Il faut pourtant que tu reprennes des forces. Prends au moins un bout de pain et du fromage.

Rassemblant son courage, Tom lui fit face.

— Grand-père...

Hank était au milieu des marches. Il descendait prudemment en s'accrochant à la rampe, comme s'il craignait de tomber.

— Il y a... il y a quelque chose que je dois...

— Ne dis rien, Tom. Je sais déjà.

Le jeune homme avait toutes les peines du monde à retenir ses larmes. Il n'avait pas pleuré depuis le jour où Doc avait remis en place son bras cassé. Et c'était il y a bien longtemps ! Mais, tout à coup, la douleur fut telle qu'il s'effondra. Il ne pouvait croire qu'il ne verrait plus cet homme au cœur généreux, si soucieux des autres, cet homme qui l'avait toujours traité comme son égal. Sans Doc, il n'aurait jamais persévéré sur la voie de la médecine. Ce vieux docteur avait su le passionner, le pousser à donner le meilleur de lui-même. Tout simplement, il avait cru en lui.

Toute la journée, Tom avait tenté de soulager les malades sans pouvoir trouver les mots capables de les rassurer. Doc parti, il n'était plus rien. Il avait peur...

— Allez, murmura son grand-père en lui tapotant affectueusement l'épaule, viens manger un morceau. Tu iras te coucher ensuite. Tu as besoin de dormir.

Une main plaquée dans son dos, il l'obligea à se diriger vers la cuisine.

Tom n'aurait pu avaler une seule bouchée. Il n'avait qu'une envie : se glisser dans son lit et dormir tout son saoul pour ne plus penser à rien.

— Aujourd'hui, ils ont ramené une femme du camp des bûcherons, annonça-t-il en essuyant ses larmes du revers de sa manche. Elle a perdu son bébé. Et je ne sais même pas si elle va s'en sortir…

Tom songea à sa sœur. Et si elle tombait malade, si elle perdait son bébé, elle aussi ? Il regrettait les mots qu'ils avaient eus. Certes, il avait été furieux contre elle, furieux qu'elle soit enceinte de Jeremy avant de l'avoir épousé. Mais si elle perdait l'enfant parce que, lui, Tom McLeod, ne pouvait lui être d'aucun secours… Il ne le supporterait pas.

Les larmes embuèrent de nouveau ses yeux.

Si seulement la migraine cessait de le harceler, s'il n'était pas perclus de courbatures, si ses yeux ne le brûlaient pas autant…

— Bois, ordonna son grand-père en lui servant un verre de lait.

Tom n'avait même plus la force de tendre la main pour saisir le verre. Ce fut Hank qui le lui porta aux lèvres.

D'un trait, il but le lait. Sa tête lui semblait tout à coup trop lourde à porter, et il dut faire appel à toute sa volonté pour la maintenir droit.

— Mange un peu de pain. C'est Fanny qui l'a cuit hier.

Fanny… Cette jeune fille l'étonnerait toujours. Quand avait-elle eu le temps de faire un peu de cuisine ?

— Tom ?

La voix de son grand-père lui sembla soudain bien lointaine.

— Tom ?

Le jeune homme essaya de lever les yeux. La lampe, au-dessus de la table, n'éclairait presque plus. Des ombres avaient envahi la pièce, aspirant le peu de lumière qui restait. Ses oreilles se mirent à bourdonner.

— Tom ?

« Oui, grand-père, voulut-il répondre. Ça va. » Mais les mots s'étranglèrent dans sa gorge.

Le sifflement dans ses oreilles devenait insupportable. Dans un geste désespéré, il plongea la tête entre ses mains tandis que la pièce se mettait à tournoyer comme une toupie. L'obscurité refermait ses pans sur lui.

Et brusquement, il sombra.

Sarah était lovée contre son époux, la tête sur son épaule. Elle ne voulait plus penser à autre chose qu'à cet homme qui la serrait contre lui, au parfum qui émanait de tout son être. Jeremy était comme une partie d'elle-même. Il lui avait donné de nouveaux yeux pour voir le monde différemment. Si elle mourait demain, elle mourrait heureuse parce qu'elle avait connu l'amour dans ses bras.

— Jeremy, murmura-t-elle doucement. Vous dormez ?

— Hmm...

Se penchant, il effleura ses cheveux du bout des lèvres.

— Jeremy, il y a quelque chose dont j'aimerais vous parler. C'est important... Vous me direz que je m'occupe de ce qui ne me regarde pas, mais je vous aime, et je ne supporte pas de vous voir souffrir.

Elle ferma les yeux, l'implorant en silence de l'écouter.

— Ce n'est pas votre faute si j'ai rompu mes

fiançailles avec Warren. Comme vous n'êtes pas responsable de la mort de Millie.

Jeremy s'était raidi. Prenant une profonde inspiration, elle poursuivit :

— Les malheurs n'arrivent pas aux gens parce que vous les aimez. Ils arrivent simplement parce que le destin en a décidé ainsi. La Bible dit bien que les malheurs touchent autant les bons que les mauvais. C'est injuste, mais le monde est ainsi fait... L'amour donne un sens à la vie. Millie vous a épousé et s'est enfuie avec vous parce qu'elle vous aimait. Elle portait votre bébé parce qu'elle tenait à vous, et voulait que vous soyez le père de ses enfants. Si elle est morte, c'est à cause de la maladie. Vous n'y êtes pour rien.

Son compagnon ne bougeait pas, il retenait son souffle.

— Je vous aime, Jeremy, et je sais que vous m'aimez. Peut-être ne vivrai-je pas vieille. Et alors ? Tant que je serai de ce monde, je veux être près de vous. Je veux profiter de chaque instant comme si c'était le dernier.

Naïvement, elle avait cru qu'il lui répondrait, qu'il trouverait enfin le courage d'avouer ses sentiments. En vain. La pièce demeura désespérément silencieuse. Il l'avait écoutée, elle le savait. Mais au lieu de la rassurer, il se contenta de resserrer légèrement l'étreinte de son bras autour de sa taille.

Les larmes se mirent à rouler sur les joues de Sarah...

37

Jeremy retournait la terre à grands coups de pioche, aérant le sol autour du vieux chêne. La sueur ruisselait sur son visage, mais il ne prit même pas la peine de l'essuyer.

S'il se moquait de l'effort, il ne pouvait en dire autant des mots de Sarah qui retentissaient inlassablement dans son esprit.

Les malheurs n'arrivent pas aux gens parce que vous les aimez.

Il était revenu à Homestead sans aucune illusion. Les années avaient tué ses rêves d'enfant. En rentrant au pays, il ne cherchait plus qu'un endroit où poser ses valises et vivre tranquillement.

Mais Sarah avait été là, lui ouvrant les bras. Sarah avait ravivé sa passion, elle l'avait poussé à rêver de nouveau.

— Je vous aime, Sarah, souffla-t-il d'une voix blessée. Dieu me vienne en aide, je vous aime. Seulement...

Par-delà le champ qui le séparait de la ferme, il entendit le martèlement de sabots, et le bruit de roues ferrées sur la route caillouteuse. Pris d'un sombre pressentiment, il tourna la tête. Il vit alors un homme — il n'aurait pu l'identifier, car il était loin — qui immobilisait sa carriole dans la cour. Sarah sortit de la maison et, mettant la main en visière pour échapper aux rais aveuglants du soleil, échangea quelques mots avec le visiteur. L'instant d'après, elle disparaissait à l'intérieur de la maison.

Qui était cet homme ? Et surtout, que voulait-il ?

Jeremy comprit brusquement, il se mit à courir.

Il pénétrait dans la cour lorsque la jeune femme réapparut, un châle sur les épaules, une petite valise à la main.

— C'est Tom ! lui cria-t-elle.

Son visage était livide. Elle était bouleversée.

— Il est malade, Jeremy. Je dois aller le retrouver.

— Non, Sarah ! C'est bien trop dangereux.

— Je n'ai pas le choix. Grand-père ne peut pas s'occuper de Tom tout seul, et il n'y a personne d'autre qui puisse le faire. Trop de gens sont déjà malades.

Elle jeta un coup d'œil à la voiture et précisa :

— Le révérend Jacobs m'a proposé de me ramener en ville.

Jeremy l'agrippa par le bras, l'obligeant à lui faire face.

— Vous n'irez pas, Sarah ! Je vous l'interdis !

Les yeux de la jeune femme s'agrandirent, comme si elle était surprise.

— C'est trop dangereux, répéta-t-il d'un ton buté. Vous pourriez tomber malade, vous aussi...

— Peut-être, mais Tom est mon frère. Il a besoin de moi. Comme grand-père, d'ailleurs. Je m'en voudrais toute ma vie si je n'y allais pas.

— Je vous défends de quitter le ranch. Je ne vous laisserai pas partir. Je suis votre époux, vous devez m'obéir.

— Jeremy, vous ne comprenez pas. (Cette fois, le ton était sec.) Il s'agit de ma famille, je dois rentrer à Homestead. Vous m'aimez, et vous ne m'interdirez pas de partir, je le sais.

— Vous ai-je déjà dit que je vous aimais ?

Le visage de Sarah se décomposa. Elle le considéra, les yeux écarquillés d'effroi. Il n'aurait pu lui faire plus mal en la giflant. Honteux, regrettant déjà ses mots, il baissa les yeux, incapable de soutenir la douleur qui s'inscrivait dans ses prunelles azurées.

Il avait parlé dans la panique, il avait si peur pour elle ! Mais les mots étaient prononcés, le mal était fait. Pourquoi diable ne s'était-il pas tu ? Une fois encore, il gâchait tout.

— Vous avez raison, Jeremy, murmura-t-elle enfin d'une voix sans timbre. Vous ne l'avez jamais dit...

Elle redressa les épaules et ajouta :

— Je ne pourrai jamais vous obliger à m'aimer. Au revoir, Jeremy.

Sans plus un regard, elle pivota sur ses talons et marcha d'un pas résolu vers la carriole.

— Sarah !

Ce cri venait du plus profond de son cœur. Pourtant, elle l'ignora et monta en voiture, les yeux rivés droit devant elle.

Le révérend Jacobs croisa le regard de Jeremy, visiblement navré, avant de faire claquer son fouet. La carriole s'ébranla dans un nuage de poussière.

Vous ai-je déjà dit que je vous aimais ? Ces paroles faisaient mal. Terriblement mal.

Durant les jours qui suivirent, Sarah s'interdit de songer à son époux et à la peine qu'il lui avait infligée. Elle concentra toute son attention sur son frère, aux prises avec une effroyable fièvre. Lorsque, à son tour, Fanny tomba malade, elle l'installa chez eux, dans la chambre d'ami, et partagea son temps entre les deux jeunes gens.

Parfois, quand elle prenait quelques minutes pour manger avec son grand-père, ce dernier lui demandait des nouvelles de Jeremy, s'étonnant qu'il ne l'ait pas accompagnée. Sarah se contentait de répondre qu'il avait une montagne de travail au ranch, et qu'il ne pouvait malheureusement pas se libérer. Elle ne voulait pas mesurer les conséquences de leur séparation. En fait, elle refusait de croire que Jeremy se moquait d'elle.

Vous ai-je déjà dit que je vous aimais ?

Pour Jeremy, les jours s'étiraient sans fin, et ce n'était rien comparé aux nuits cauchemardesques.

« Tu n'es qu'un sombre idiot, Jeremy, se répétait-il. Et tu ne peux t'en prendre qu'à toi-même. Décidément, tu ne vaux pas grand-chose. Non seulement tu n'es pas capable de subvenir aux besoins de ton épouse, mais tu la laisses partir seule, risquer sa vie... Idiot ! Tu n'es qu'un idiot ! »

Dans l'obscurité de la nuit, il errait dans la maison, effleurant au passage les rideaux de dentelle dont Sarah avait orné chaque fenêtre. Elle n'était plus là, et pourtant, il humait encore son doux parfum de lavande, cette fragrance qui lui rappelait tout ce qu'il aimait en elle. Sa tendresse, son exubérance, qui avaient eu raison de son amertume. Jamais il ne saurait la remercier de l'avoir aidé à croire de nouveau en lui.

Lui n'avait pas trouvé mieux que de la repousser, retenant cruellement la seule chose qu'elle attendait de lui : l'amour. Il n'oublierait jamais la lueur de souffrance dans ses magnifiques yeux bleus.

Serait-elle un jour capable de lui pardonner ?

« Tu n'es qu'un idiot, Jeremy ! Tu ne vaux rien... » Toute sa vie, les mots de son père le harcèleraient. Depuis le début, il n'avait fait qu'attendre l'échec. Et, bien sûr, l'échec avait toujours été au rendez-vous...

Aujourd'hui, il refusait d'accepter la fatalité, il voulait réagir, affronter les caprices du destin. Il voulait être celui en qui Sarah croyait. Elle portait son enfant, le fruit de leur amour. Il ne pouvait plus longtemps se dérober à ses responsabilités...

Mais comment réparer ses erreurs ? Comment changer le cours des choses ? Son salaire de marshall était misérable, et la ferme ne lui rapporterait que quelques dollars, dans l'hypothèse improbable que la récolte soit extraordinaire.

C'est alors qu'une idée lui traversa l'esprit. Il allait quitter Homestead. Il s'en irait, et construirait une nouvelle vie. Il deviendrait l'homme que Sarah voulait qu'il soit, l'homme qu'elle méritait. Alors il reviendrait.

Il reviendrait la chercher, et lui avouerait ses sentiments...

Sarah battait les œufs dans la poêle quand Tom entra dans la cuisine. Elle sourit en le voyant. Il avait perdu quelques kilos et avait les joues creuses, mais du moins avait-il retrouvé des couleurs, et ses yeux pétillaient de nouveau.

— Leslie Blake s'est arrêtée à la maison ce matin. M. Bonnell va mieux, annonça-t-elle d'un ton réjoui. Et les jumeaux Morton ont pu rentrer chez eux hier.

— Tant mieux, répondit-il avec un soupir de soulagement.

Il prit place à table.

— La grippe a-t-elle fait d'autres victimes ?

Sarah secoua la tête.

— Non. Il semblerait que le pire soit passé.

Elle ôta la poêle du feu et la posa sur la table.

— Tu as vu Fanny, ce matin ? s'enquit-il.

— Oui.

— Elle va mieux ?

Sarah fit glisser les œufs brouillés sur plusieurs assiettes.

— Si tu veux mon avis, fit-elle avec un clin d'œil complice, elle ne devrait pas tarder à se lever.

— Tant mieux.

Il hésita un instant avant d'ajouter :

— Sarah ?

Elle lui jeta un regard par-dessus son épaule. Tom désigna la chaise à côté de lui.

— Viens t'asseoir une minute. J'aimerais te parler.

Aussitôt, elle sentit la peur la prendre à la gorge. Il semblait si sérieux... Grand-père était-il malade ? Il n'était pas descendu ce matin...

— Sarah, je me mêle peut-être de ce qui ne me regarde pas, mais je pense qu'il est temps que tu rentres chez toi.

Elle baissa les yeux.

— Je ne peux pas.

Il y eut un long silence, puis Tom demanda :

— Pourquoi ?

Comment lui expliquer ce qu'elle ne comprenait pas elle-même ? Pendant des semaines, elle avait cru que son époux l'aimait autant qu'elle l'aimait. Elle s'était imaginé qu'il avait simplement peur de le lui avouer. Mais, maintenant, elle n'en était plus aussi certaine. S'il avait éprouvé ne serait-ce qu'un peu d'affection à son endroit, ne serait-il pas venu la voir ici, pour s'assurer qu'elle allait bien ?

— Je te pose une question, Sarah. Pourquoi ?

Elle secoua la tête d'un air obstiné.

— Je ne peux pas, c'est tout.

— Mais tu l'aimes ! Je t'ai entendu le dire toi-même.

D'un geste rassurant, il lui recouvrit les doigts de sa paume.

Les larmes montèrent aux yeux de la jeune femme.

— Je suis désolé, je n'insiste pas, reprit-il. Après tout, ce ne sont pas mes oignons. Toutefois, s'il y a quelque chose que je puisse faire, n'hésite pas.

— Non, souffla-t-elle, la gorge nouée. Malheureusement, personne ne peut plus rien...

38

Son panier de courses sous le bras, Sarah ouvrit la porte pour sortir au moment même où Jeremy s'apprêtait à frapper. Aussi surpris l'un que l'autre, ils se considérèrent sans un mot.

La jeune femme nota les cernes mauves sous les yeux de son époux, son teint hâlé d'avoir travaillé longtemps sous le soleil de mars, sa chemise chiffonnée.

Non, elle oubliait un détail ! Le sac à ses pieds.

Prise d'une angoisse subite, elle releva la tête et croisa son regard. Chaque battement effréné de son cœur était comme un coup de poignard fiché dans sa poitrine. Jeremy s'en allait. Il s'en allait pour toujours.

— Vous... vous partez ? demanda-t-elle d'une voix sans timbre.

Il baissa les yeux vers son sac, avant de la dévisager de nouveau.

— Oui, je vais essayer d'attraper le train de midi.

— Je vois.

Avait-il souffert quand Millie avait rendu son

dernier souffle comme elle souffrait maintenant? Si oui, elle comprenait mieux pourquoi il ne voulait plus prendre le risque d'aimer. La douleur était insupportable.

— Pouvons-nous nous asseoir un instant? suggéra-t-il, mal à l'aise.

Il désigna le banc un peu plus loin, adossé à la maison.

D'un pas raide, elle alla s'y asseoir, Jeremy dans son sillage. Il s'appuya contre la rambarde, face à elle. Une fois encore, il s'arrangeait pour garder une distance respectable entre eux.

S'éclaircissant la voix, il déclara:

— J'ai entendu dire que Fanny et Tom allaient mieux, c'est vrai?

— Oui.

Un long silence les écrasa.

— Sarah... j'ai beaucoup réfléchi depuis que vous avez quitté le ranch. Etre seul m'a permis de méditer sur ma vie.

— Jeremy...

Il leva la main pour l'interrompre.

— Non, laissez-moi finir.

Elle croisa les doigts dans son giron et se mordit la lèvre, craignant la suite.

— Je n'ai jamais su exprimer mes sentiments, Sarah, et j'en suis sincèrement désolé. Je sais combien ces dernières semaines ont été éprouvantes pour vous. Vous êtes pleine de vie. Vous avez tant d'amour à donner, et je ne sais comment vous en remercier.

Il s'écarta de la rambarde et lui tourna le dos.

— J'ai su, dès le premier instant où je vous ai rencontrée, que je n'étais pas assez bien pour vous. Je ne pourrai jamais vous offrir ce dont vous rêvez. Mon père m'a toujours répété que je ne valais rien et il avait raison. Pour lui, je n'avais aucune ambition. C'est vrai. Depuis que Millie est morte, depuis que j'ai quitté cette petite ferme dans l'Ohio, je n'ai jamais cherché rien de plus qu'un toit et un peu de nourriture.

Il marqua une pause, enfonçant les mains dans les poches de son pantalon.

— Vous m'avez fait changer, vous m'avez donné envie d'avoir plus. Plus pour moi, plus pour vous. A votre manière, vous m'avez poussé à vouloir vous offrir davantage.

Le cœur de Sarah se mit à battre la chamade.

— Un seul de vos regards, et je rêvais de devenir un homme meilleur, un homme tel que vous m'imaginiez...

Brusquement, il fit volte-face.

— C'est pour cette raison que je dois partir. Je veux vous prouver ce dont je suis capable.

Elle se leva lentement.

De nouveau, il esquissa un geste de la main.

— Ne dites rien. Si je reste, je ne prouverai jamais qui je suis vraiment, et ce que je vaux. Je ne peux plus continuer à vivre sous le toit de mon père, en me contentant de peu et en espérant que cela suffira, en attendant des jours meilleurs...

Et, brusquement, il fut près d'elle. Sans lui laisser le temps de protester, il l'enlaça et l'embrassa. C'était un baiser d'adieu, un baiser poignant.

— Je ne pourrai vous blâmer si vous ne me pardonnez pas, déclara-t-il finalement en s'écartant. Si vous ne voulez plus de moi quand je reviendrai...

Il pivota sur ses talons et s'éloigna, sans un regard derrière lui, saisissant son sac au passage.

Sarah le regarda s'en aller à travers un rideau de larmes. Elle nageait en pleine confusion. Qu'était-elle supposée faire à présent? Bouleversée, elle s'agrippa à la rambarde.

Elle n'entendit pas la porte s'ouvrir derrière elle, ni son grand-père s'approcher. Hank lui prit la main et la pressa, avant de l'attirer contre son épaule.

— Sarah, souviens-toi de tes rêves de voyage. Je suis sûr que tu en connais plus sur ces pays lointains que la plupart des gens qui vivent ici.

Il ébouriffa gentiment ses cheveux.

— Eh bien, pour ce qui est de ton mari, c'est un peu la même chose. Tu le connais mieux qu'il ne se connaît lui-même.

Elle se redressa et leva les yeux vers son grand-père.

— Il ne suffit pas de le souhaiter pour voir ses rêves se réaliser, princesse. Ces rêves, ils n'existent que le jour où tu mets tout en œuvre pour les accomplir, le jour où tu puises suffisamment de courage en toi pour aller les chercher, là où ils sont. Mais faut-il encore que tu le veuilles vraiment...

Doucement, il lui prit le menton entre ses doigts.

— Je n'ai jamais cru que tu voulais t'en aller, parce que si tu l'avais désiré vraiment, tu serais déjà partie. Jamais tu ne te serais fiancée à Warren. Aujourd'hui, c'est différent. Si tu aimes Jeremy, pars. Pars avec lui...

Avec un sifflement tonitruant, le train entra en gare, accompagné d'un nuage de fumée. Il s'immobilisa sur le quai dans un dernier soubresaut.

Jeremy saisit son sac et monta dans un compartiment. Il repéra une banquette vide et alla s'y asseoir. Tournant la tête vers la vitre, il promena un dernier regard sur la vallée. Il s'était bien gardé de s'installer de l'autre côté : il n'avait guère envie de saluer Homestead. Il ne voulait plus penser à Sarah, aux McLeod ou aux habitants de cette petite ville. Il ne désirait plus songer au passé.

Mais, par-dessus tout, il craignait de regretter ce départ.

Sarah...

Laissant échapper un soupir, il fixa le chapeau jaune avec des rubans bleus dans sa main. Dieu seul savait pourquoi il s'en était encombré ! En passant tout à l'heure devant le bureau du shérif, il n'avait pu résister à la tentation d'aller jeter un dernier coup d'œil à sa chambre, au-dessus des geôles. Il avait retrouvé le chapeau sous le lit et, cédant à une impulsion insensée, l'avait emporté.

Sarah aurait été magnifique, coiffée de ce chapeau. Il l'avait acheté parce que son allure printanière, ses myosotis et sa paille jaune lui rappelaient la jeune femme. En réalité, il l'emmenait pour garder un souvenir d'elle.

Sarah...

Avec un sifflement suraigu, le train s'ébranla... au moment même où Jeremy bondissait sur ses pieds. Il se raccrocha au dossier de la banquette pour ne pas perdre l'équilibre.

Elle était là, immobile. Elle était là, une valise à la main...

— Sarah, murmura-t-il, sa voix couverte par le grondement du train.

— Quel est le programme, Jeremy ? Où allons-nous ?

Elle portait son manteau bleu, si bien assorti à la couleur de ses yeux.

— J'ai toujours voulu voyager et voir le monde, ajouta-t-elle avec un sourire.

Un léger rose sur ses pommettes rehaussait son

teint de magnolia, comme si elle avait couru. Et ses lèvres purpurines tremblaient légèrement.

Elle fit un pas vers lui.

— Grand-père dit que lorsqu'on veut réaliser ses rêves, il faut aller les chercher là où ils sont.

Sans le quitter des yeux, elle ajouta, baissant le ton :

— Tout ce dont je rêve aujourd'hui… c'est d'être auprès de mon époux. Alors, je vous accompagne. Je veux être à vos côtés quand vous trouverez ce que vous cherchez.

Il lui effleura la joue du bout des doigts.

— Ce que je cherchais, je l'avais là, sous les yeux. C'était vous, Sarah. Mais je l'ignorais…

Tendrement, il l'attira contre lui.

— Jusqu'à maintenant.

Elle plongea le regard dans ses prunelles, qui brillaient tels deux lacs sombres. Son cœur cognait dans sa poitrine, et elle avait la gorge nouée.

— J'ai bien failli vous perdre, souffla-t-il.

— Non. Je ne vous aurais pas laissé vous enfuir.

— Je t'aime, Sarah. Et je n'hésiterai plus jamais à te le dire.

Il scella ses lèvres d'un baiser, tandis que les mots qu'elle avait tant attendus résonnaient dans son esprit comme une formule magique.

ÉPILOGUE

Septembre 1899

Le soleil, gigantesque orbe de feu, flotta un instant au-dessus des cimes dentelées, nimbées de pourpre, avant d'achever sa course derrière les montagnes. L'air du soir se rafraîchit rapidement, et la brise se leva dans la vallée, charriant les premières fragrances de l'automne.

Drapée de son châle, Sarah se tenait au milieu de la cour, admirant le coucher du soleil, s'émerveillant du ruban flamboyant qu'il déroulait sur l'horizon, les pétales de roses qu'il dispersait sur la campagne assoupie.

Le faible hennissement du poulain l'arracha à sa contemplation, et elle se tourna pour voir Little Blaze traverser ventre à terre la prairie en direction de l'écurie. Plus loin, dans l'enclos, la nouvelle vache des Wesley paissait tranquillement.

Machinalement, la jeune femme se caressa le ventre, ravie que bientôt il y ait un autre bonheur à ajouter à tous ceux qu'elle connaissait depuis quelques mois.

Comment remercier le Ciel pour ce merveilleux présent ?

La porte de la grange grinça derrière elle. Tournant la tête, elle sourit en découvrant Jeremy qui approchait à grands pas.

Il semblait tellement différent de l'homme qu'elle avait vu la première fois devant la maison de son grand-père, voilà près de dix mois. Aujourd'hui, il avait le visage hâlé d'avoir passé tout l'été au grand air, et ses mains étaient devenues calleuses après de nombreuses semaines de dur labeur. Mais ce n'était pas tout. En fait, il y avait quelque chose de nouveau en lui...

Jeremy était enfin en paix avec lui-même.

Il esquissa un sourire en la rejoignant, et elle ne put s'empêcher de rire en retour.

— J'imagine que ton voyage à Boise a été un franc succès ?

— Si j'en crois Norman Henderson, j'ai eu de la chance. J'ai obtenu un bon prix de notre récolte de blé.

L'attirant dans ses bras, il la serra contre lui, aussi étroitement que le permettait son ventre arrondi.

— Nous serons bientôt en mesure d'ajouter une pièce à la maison, ajouta-t-il d'un ton malicieux.

Elle croisa son regard.

— Et pour le reste ?

Jeremy hocha la tête, soudain plus grave.

— J'ai vu Warren.

Après une profonde inspiration, il reprit :

— Nous étions plutôt gênés au début, mais nous avons discuté un peu. Et je pense qu'avec le temps tout finira par s'arranger entre nous. Tu avais raison, Sarah. Il fallait que je lui rende visite. Nous... nous pourrons peut-être un jour tout effacer, et nous retrouver, Warren et moi.

Il se pencha et la gratifia d'un baiser sur le front.

— J'ai cru comprendre qu'il courtisait la ravissante nièce de M. Kubicki. J'ai l'impression qu'il est amoureux. Nous devrions recevoir un faire-part de mariage d'ici peu.

Pour Sarah, cette nouvelle fut un réel soulagement.

— Oh, je suis si heureuse, Jeremy ! souffla-t-elle.

Passant un bras autour de sa taille, ils admirèrent la campagne caressée par les derniers rais du soleil.

— Merci, Sarah.

Elle n'eut pas besoin de lui demander pourquoi ; elle savait...

Fermant les yeux, elle se blottit contre l'épaule de son époux, se rappelant tous ses rêves de voyage autour du monde : Philadelphie, New York, Londres ou Paris. Ce mystérieux comte du Vieux Continent, et ces bals qui finissaient dans l'allégresse et l'éclat du cristal...

Elle se remémora le jour où elle avait découvert que ce qu'elle cherchait vraiment était devant elle. Que le prince qu'elle brûlait de rencontrer n'était autre que Jeremy...

— Je t'aime, Sarah.

Il arborait son sourire ô combien séduisant, et elle se sentit fondre une fois encore. Lui seul savait l'émouvoir, lui seul savait combler ses désirs les plus intenses...

Découvrez les prochaines nouveautés de la collection

Aventures et Passions

Le 4 mai

Les aventuriers de Bahamas de Patricia Cabot (n° 7691)

Payton Dixon a grandi sur le voilier de son père, un armateur, et est devenue un vrai garçon manqué. Mais elle est aussi amoureuse depuis toujours du capitaine Connor Drake.
Lorsque celui-ci hérite d'un titre de baron et annonce son intention d'épouser une jeune aristocrate comme l'exige son titre, Payton se retrouve en plein cauchemar. Elle surprend alors la future mariée en train de conspirer avec le pire ennemi de son fiancé ! Coûte que coûte, elle doit empêcher ce mariage et sauver Connor. En route ! Direction les Bahamas !

Le 17 mai

Où le vent te mène de Rosanne Bittner (n° 5189)

À 18 ans à peine, Sarah Kelly est veuve. Que faire ? Poursuivre sa route vers le Montana ? Retourner chez elle ? Hors de question, jamais elle ne retournera parmi les Quakers de Pennsylvanie, rigides et étroits d'esprits. Alors elle continue, indécise, perdue au milieu de cette plaine... Soudain, un homme, vêtu en tout et pour tout d'un pagne, surgit à quelques mètres d'elle. S'agit-il d'un de ces redoutables guerriers sioux dont elle a entendu parler ?
Terrifiée à son approche, elle se jette sur son fusil...

Le 17 mai

Les blessures du passé de Lisa Kleypas (n° 7614)

Lady Aline Mardsen et John McKenna, un domestique, grandissent ensemble et tombent amoureux l'un de l'autre. Défiant la société, ils s'avouent leurs sentiments. Mais lorsque les liens qui les unissent sont découverts, ils sont brutalement séparés. Aline est obligée de dire à John qu'elle ne l'a jamais aimé afin de le sauver. La rage au cœur, il part vers d'autres horizons.
Quelques années plus tard, John est de retour en homme fortuné et bien décidé à se venger ! Mais il s'avère difficile de détester la magnifique jeune femme qu'Aline est devenue. Surtout quand celle-ci dissimule une terrible blessure...

Le 25 mai

Les justiciers de Londres de Julie Beard (n° 7615)

Lydia, jeune veuve, n'a jamais oublié l'humiliation et la douleur d'avoir été reniée par sa famille en raison d'un amour incompris. Elle avait été sauvée par son mariage avec le vieux comte de Beaumont, atteint d'une terrible maladie. Sur son lit de mort, Lydia promet à son époux de retrouver sa fille disparue. Mais un détective a été engagé pour la même tâche : Hugh Montgomerry, son grand amour !

Ce mois-ci, retrouvez également les titres de la collection

Amour et Destin

Des histoires d'amour riches en émotions déclinées en trois genres :

Intrigue ***Romance d'aujourd'hui*** ***Comédie***

Le 1er avril *Romance d'aujourd'hui*

Blue Bayou – 2 :

Le cas Julia Summers de JoAnn Ross (n° 7581)

Julia Summers est une actrice à succès. Lorsqu'un fan la harcèle et la menace, son producteur insiste pour lui fournir un garde du corps. L'heureux élu est Finn Callahan, agent du FBI mis à pied pour avoir blessé un témoin au cours d'une enquête. Celui-ci accepte de rendre service à son frère, le maire de la ville, et de protéger la starlette. À la première rencontre, l'attraction est immédiate. Mais avant de succomber, Finn doit la protéger…

Le 8 avril *Intrigue*

Rêves en noir de Beverly Barton (n° 7582)

Jazzy Talbot tente avec hargne de sortir de sa vie son ex-petit ami, Jamie Upton. Malgré le fait qu'il soit fiancé à une autre, il accumule les conquêtes. Mais ses mœurs dissolues le conduiront à sa perte : il se fait assassiner. Les soupçons se portent aussitôt sur Jazzy, qui voit sa vie complètement chamboulée… car, au même moment, elle tombe amoureuse du videur de son restaurant. Quand le tueur frappe à nouveau, la peur s'insinue dans la petite communauté de Cherokee Point. Jazzy s'interroge : Jamie a laissé derrière lui beaucoup de femmes bafouées très en colère… L'une d'elles serait-elle coupable ?

Le 25 avril *Comédie*

La caverne de Delilah d'Amanda Lees (n° 7654)

Delilah pensait que sa vie était bien assez compliquée comme ça, surtout avec l'ouverture de sa nouvelle boutique de décoration chic et coquine. Mais une carte postale intrigante, légèrement parfumée d'after-shave et sans signature arrive sur le pas de sa porte. Delilah se perd en conjectures. Et s'il s'agissait d'un jeune célibataire bourré de charme, cultivé, intelligent, plein aux as… ? « Quelqu'un vous admire en secret. » Ces simples mots risquent de lui faire perdre pied ! Et, après tout, pourquoi pas ?…

ainsi que les titres des collections

Amour et Mystère

Sous le charme d'un amour envoûtant

Le 15 avril

La communauté du Sud – Quand le danger rôde

de Charlaine Harris (n° 7684)

Sookie est jolie, mais célibataire. C'est le problème lorsque l'on est télépathe. Lorsque Bill, un séduisant vampire, se présente, les choses changent : Bill est la seule personne au monde dont Sookie ne peut lire les pensées. Tout aurait pu être parfait, si quelqu'un n'assassinait pas systématiquement les filles qui sortent avec les vampires. Bill saura-t-il la protéger ?

et

Passion intense

Quand l'amour vous plonge dans un monde de sensualité

Le 15 avril

Séduction en ligne

d'Erin McCarthy (n° 7657)

Kindra Hill comble son vide affectif en échangeant des e-mails très chauds avec des correspondants anonymes. Jusqu'au jour où le beau Mack la surprend...

Jared et Candy travaillent ensemble, mais se détestent cordialement. Leur patron leur fait suivre une séance de thérapie de couple par Internet...

Halley Connors est terrifiée: elle découvre sur le site web de sa société une image d'elle entièrement nue. Evan Barrett, qui s'occupait de son site, lui promet de retrouver les coupables !

5232

Composition Interligne B-Liège
Achevé d'imprimer en France (La Flèche)
par Brodard-et-Taupin
le 15 mars 2005. 28546
Dépôt légal mars 2005. ISBN 2-290-34551-2

Éditions J'ai lu
84, rue de Grenelle, 75007 Paris
Diffusion France et étranger : Flammarion